大方
sight

NANCY ARMSTRONG

How Novels Think

The Limits of Individualism from 1719-1900

小说如何思考

个人主义的限度（1719—1900）

[美] 南希 · 阿姆斯特朗 著
罗萌 译

中信出版集团 | 北京

图书在版编目（CIP）数据

小说如何思考：个人主义的限度：1719—1900 /（美）南希·阿姆斯特朗著；罗萌译. -- 北京：中信出版社，2025. 9. --（远读丛书）. -- ISBN 978-7-5217-7565-5

Ⅰ. I561.074

中国国家版本馆 CIP 数据核字第 2025PU6981 号

小说如何思考——个人主义的限度（1719—1900）
著者：［美］南希·阿姆斯特朗
译者：罗萌
出版发行：中信出版集团股份有限公司
（北京市朝阳区东三环北路 27 号嘉铭中心 邮编 100020）
承印者：河北鹏润印刷有限公司
开本：880mm×1230mm 1/32　印张：8.5　字数：156 千字
版次：2025 年 9 月第 1 版　印次：2025 年 9 月第 1 次印刷
京权图字：01-2025-1740　书号：ISBN 978-7-5217-7565-5
定价：58.00 元

服务热线：400-600-8099
投稿邮箱：author@citicpub.com

纪念霍默·奥贝德·布朗

目录

致谢

我毕生对个人主义真实性的怀疑无疑是这本书的灵感来源，而其写作远非一桩个人完成的事业。若非周蕾 (Rey Chow) 的慷慨相助，将我引荐给最优秀的编辑詹妮弗·克鲁 (Jennifer Crewe)，本书不可能问世。克鲁女士则说服我将1999—2004年在多所大学所做的关于小说的一系列讲座扩展成一本专著。

这一时期恰逢我担任布朗大学英语系主任。在此期间，仰赖与研究生们的对话，我尝试厘清想要表达的大部分观点。也正是在此期间，我得以理解自己研究的核心论点，这应归功于与我密切合作的一批杰出新锐学者，包括：卡罗琳·伯曼 (Carolyn Berman)、弗兰克·克里斯蒂安森 (Frank Christianson)、洛伊丝·库库柳 (Lois Cucullu)、尼克·戴利 (Nick Daly)、阿曼达·爱默生 (Amanda Emerson)、珍·弗莱斯纳 (Jen Fleissner)、乔纳森·戈德曼 (Jonathan Goldman)、贾里德·格林 (Jared Green)、阿瓦克·哈斯拉蒂安 (Avak Hasratian)、科尔·海因诺维茨 (Cole Heinowitz)、伊万·克雷尔坎普 (Ivan Kreilkamp)、约翰·马克思 (John Marx)、丽莎·奥康奈尔 (Lisa O' Connell)、卡罗琳·赖茨 (Caroline Reitz)、珍·鲁斯 (Jen Ruth)、贾森·索林格 (Jason Solinger)、以斯拉·塔维尔 (Ezra Tawil)、辛西娅·托伦蒂诺 (Cynthia Tolentino)、安妮特·范 (Annette Van)，以及尤金妮亚·祖罗斯基 (Eugenia Zuroski)。若非我的研究助理西安·希林·罗伯茨 (Sian Silyn Roberts) 始终如一的才智，我可能至今仍迷失在图书馆里，苦寻我曾引用的某部小说的版本，或是追溯一两年前读过的某篇文章的确切标题。

我同样深深感谢在我担任系主任期间受聘的初级教员 (其中三位获得终身教职)：蒂莫西·比尤斯 (Timothy Bewes)、斯图尔特·巴罗斯 (Stuart Burrows)、琼·费里克 (Jean Feerick)、奥拉昆勒·乔治 (Olakunle George)、阿琳·凯泽 (Arlene Keizer)、丹尼尔·金 (Daniel Kim)、罗兰·默里 (Rolland Murray) 和拉维特·赖克曼 (Ravit Reichman)。他们研究项目的非凡多样性以及思想讨论时极具感染力的能量，是对那些唱衰人文学科未来前景的论调的有力驳斥。还有我的非正式顾问团——穆特鲁·布拉辛 (Mutlu Blasing)、吉姆·伊根 (Jim Egan)、菲尔·古尔德 (Phil Gould)、比尔·基奇 (Bill Keach)、凯文·麦克劳克林 (Kevin McLaughlin)、埃伦·鲁尼 (Ellen Rooney) 和芭芭拉·赫恩斯坦·史密斯 (Barbara Herrnstein Smith) ——将系主任职位的寻常考验转化成了一场集体的胜利。

我幸有良友相伴。在我的行业“亲属圈”中，那些在想象中与我共同书写此书、促膝长谈的同伴人数众多，难以一一列举。我必须特别感谢丹·科顿 (Dan Cottom)、约翰·库基奇 (John Kucich)、迪尔德丽·林奇 (Deidre Lynch)、帕姆·莫里斯 (Pam Morris)、凯西·索米亚德斯 (Kathy Psomiades)、克利夫·西斯金 (Cliff Siskin) 和詹妮弗·威克 (Jennifer Wicke)，感谢他们在本书手稿撰写和出版过程中帮助我度过犹疑不定的时刻。

莱恩 (Len) 和莫德 (Maude) 维系着我关于自治性的幻觉。

马萨诸塞州橡树崖镇

2005年5月

导论：小说如何思考

本书封面肖像[1]绘于1780—1781年，画家是乔舒亚·雷诺兹 1
爵士（Sir Joshua Reynolds）。作为卷头插画，它阐明了我将要用五章来阐释的悖论。这位班伯里少爷的形象很快被一种幻觉笼罩，这种幻觉将某种认同永远地锚定在一个原本无特征的男孩的独特形象之上。艺术史家仍在争论，他究竟是班伯里兄弟俩中的哪一位，是哥哥还是弟弟，不过，我要探讨的这个人的身份跟出身没什么关系。雷诺兹画作中主体的身份转型始于一则轶闻，并在接下来的两个世纪里反复上演。为了解释肖像那让人好奇的表情、微张的嘴及睁大眼睛的凝视，轶闻称雷诺兹在画男孩的时候为他讲故事，男孩坐在一棵树前长满草的小山丘上，听得入了迷。这是现代主体的缩影。

---

1 ［译者注］封面肖像题为《班伯里少爷的肖像》（Portrait of Master Bunbury），雷诺兹代表作。

根据18世纪认识论和道德哲学的观点，现代主体的形成依
靠从外部世界获取感觉，并首先用这种感觉材料构成观念，然
后形成了判断力和道德感，从而赋予主体一种自我封闭、内在
一致的身份认同。由此，迥异于雷诺兹那些身份显赫的男女人
物肖像，在这幅绘画中，观者的注意力从传统上标志着世俗地
2 位的人物身躯表面决定性地转移开去。比起雷诺兹的任何其
他肖像作品，小班伯里的画像更能引发观者揣测：当个体被故
事按下暂停键时，是怎样的内心世界赋予他生机。争论雷诺兹
画的是班伯里家的老大还是老二，是次要的，更要紧的是一个
心理学问题——是什么导致了孩子的表情。在轶闻提供的解
释的帮助下，这个表情让我们想象自己处于他的位置，并做出
几乎一样的表情。

班伯里的画像为独特的心理状态提供了外在可见的标志，这一点同样引起了人们对画家的注意。[1]1781年，《公报》

1　在《制造现代自我：十八世纪英国的身份与文化》（纽黑文：耶鲁大学出版社，2004年版）（*The Making of the Modern-Self: Identity and Culture in Eighteenth-Century England*）一书中，德罗尔·沃尔曼（Dror Wahrman）将雷诺兹誉为推动“艺术界对儿童兴趣激增”的“艺术先锋”，这一兴趣把焦点转移到“他们的个性和性格”。沃尔曼注意到，雷诺兹的同时代人格兰瑟姆夫人称赞他向观者展示了“孩子的性格有待‘发掘’的特质”（第284页）。关于雷诺兹如何不仅为自己树立名望，还一定程度上赋予他的人物相同的特质，可参见马丁·波斯特尔（Martin Postle）：《“现代的阿佩利斯”：乔舒亚·雷诺兹和名人的发明》（“‘The Modern Appelles’：Joshua Reynolds and the Creation of Celebrity”），收入马丁·波斯特尔编：《乔舒亚·雷诺兹：名人的发明》（伦敦：泰特出版社，2005年版）（*Joshua Reynolds: The Creation of Celebrity*），第17—34页。

(*Gazetteer*) 刊载了这幅画日后广为人知的一些关键事实。小班伯里是"如此的活泼，乔舒亚·雷诺兹爵士没法让他保持稳定的坐姿，只好给他讲个有趣的故事，集中他的注意力"[1]。1781年，故事和画一起来到了皇家艺术学院展览；展览上，诗人、哲学家詹姆斯·比蒂 (James Beattie) 称其为全英国最著名画家最好的两幅肖像画之一，描述道"应该是一个男孩正听着一个精彩的故事"(引自多蒙特《英国绘画》，第294页)。据报道，霍勒斯·沃波尔 (Horace Walpole) 觉得这幅画"很迷人"(同上，第296页)。时间流逝，沥青涂料的褪色既没有削弱绘画唤起轶事的力量，也没能减损那桩轶事让图像重获生气的能力。故事让男孩的独特性的源头转移回到画家本人身上，理查德·多蒙特的观察对此提供了现代证词，"亨利身后那渐深的树林，以及左边那 (多瘤节的？) 树干可能并非凭空而来，让人想到神话里有点可怕的背景环境"(同上，第294页)。鉴于以描绘梦魇者著称的画家亨利·富塞利 (Henry Fuseli) 是雷诺兹的同时代人，两人偶尔还有交流，我忽然想到，雷诺兹完全有可能是通过讲恐怖故事哄诱出了男孩脸上的表情。和哥特式感性相符，男孩面部表情体现出的感觉并非由实际存在的客体所引起。这些感觉

1　转引自理查德·多蒙特（Richard Dorment）：《费城艺术博物馆的英国绘画：17到19世纪》（费城：宾夕法尼亚大学出版社，1986年版）(*British painting in the Philadelphia Museum of Art : from the seventeenth through the nineteenth century*)，第294页。

被故事激发，它们来自前景的某处——已然充满了感情——让他停下他的动作，那动作则体现在他皱起来的衣服和敞开的衬衫上。

让我们假设这些故事确实打动了雷诺兹画里的主体人物，
即使它们令他的身躯定于一处。为了本书的目的，我还要请你
们设想，树干左边那光线良好的自然风景，在那儿，客体就是客
3 体应该有的样子——一个和我们的世界相连的世界——却不
比右边那幽暗、好似幻影的背景少一分虚构性。我打算把人们熟悉的现实主义疆域读作哥特风格的另一面，仿佛二者处在相互界定的关系之中。这样一来，画家、人物和观者被完全封闭在一个虚构的世界中，每一方对于他人而言都是个人，这种读图的方式提供了一种我认为有效的模式，来解释与这幅画同时期的小说家和他们的主人公们相互建构的关系，鉴于那一时期的小说同样获得了赋予读者们个体性的力量。

本书指出，小说的历史和现代主体的历史实际上是一回事。英国小说提供了测试案例。我认为，在作家们力图构想一种尚未在写作中存在过的主体的过程中，现代主体形成了。然而，一旦在小说中得到塑形，这一主体即表现出独特的自我再生能力，不仅再生于作者之间，也再生于读者和其他小说之中，还体现于法律、医学、道德、政治哲学、传记、历史及其他以个人为基本单位的写作形式中。简而言之，这一特定阶级、特定文化的主体正是我们所说的“个人”。为了生产一个“个人”，小

说必须设想已经存在一个"个人"，这一个人不仅是叙事主体和写作源泉，也是叙事客体和写作指涉的对象。为了生产一个"个人"，同样有必要让与之抵触的主体观念变得无效——那些观念常常由其他一些小说所建构——让它们显得异质、人格上不够完整、荒诞不经，或是危险的。由此催生的文化范畴和修辞手法，既脆弱至极又总处于防御状态，却又特别有弹性，永远能在新的文化历史条件下因时而变。[1]

设想个人

为了让这一假说拥有概念上的肉身，我们可以像约翰·洛克 (John Locke) 设想人类心灵那样设想人类的身体：像一个"橱柜"或"储藏室"，空空如也，缺乏先天特质，有待被外部世界的信息充盈。[2]对身体的内在价值的清空引发了一个问题，

1 参见弗雷德里克·杰姆逊（Fredric Jameson）：《政治无意识：作为社会象征行为的叙事》（*The Political Unconscious: Narrative as a Socially Symbolic Act*）（伊萨卡：康纳尔大学出版社，1981年版）。本研究中，关于小说必须不断复现什么内容才能成其为小说的论述，亦即贯穿本研究的"个体性"概念，均受惠于杰姆逊的"主导叙事"概念。

2 关于洛克这一开创性推进的更详细解释，参见南希·阿姆斯特朗和列奥纳多·特内豪斯（Leonard Tennenhouse）：《激情的头脑：洛克与哈奇森的欲望论述》（"A Mind for Passion: Locke and Hutcheson on Desire"），收于《政治与激情：1500—1850》（*Politics and the Passions, 1500–1850*），丹妮拉·科利（Daniela Coli），维多利亚·卡恩（Victoria Kahn），尼尔·萨卡曼诺（Neil Saccamano）编（转下页）

即如何以及在什么情况下，这样身体能够累积起社会价值
4 和经济价值。就好像，在洛克的理论中，心灵通过对世界的感觉获取信息、继而把感觉转化为评判后续感觉的观念，所以，在丹尼尔·笛福 (Daniel Defoe) 和其他18世纪小说家的虚构作品中，身体获取社会经验，然后把那些在世界上的遭际转化为自我约束和良好的礼仪。身体的外表和举止因此成为从第一手经验中得来的知识和判断的公开可视的标志。到了18世纪中叶，同样的身体还展现出个人的同情能力。

但不是所有的虚构人物都可以成为小说主人公。一个人物必须对他/她在社会中被分配的位置怀抱强烈不满且感到有必要找寻更好的位置，只有这样，他/她才合格。乔舒亚·雷诺兹爵士正是这样一个人，与他画作中的主体人物截然不同的是，作为一位毫无远见的校长的第十一个儿子，他成为皇家美术院第一任院长，并获得爵位。实际上，我还要说，通过使用一种专供名流的绘画类型，来捕捉男孩静态姿势中不安定的活力，雷诺兹标明了画家和主体人物之间的区别。雷诺兹随后以一种生命力重新激活了这幅肖像，这种生命力唤起了人们对画家的注意，仿佛表明，这幅画为传统主题增添了个体性元素。[1]小说家必须构想出能引发人们对现有社会可能性

（接上页）（普林斯顿：普林斯顿大学出版社，2005年版）。另外，这篇文章展现了哈奇森如何重构了洛克的思维模式，把内在的美感和美德感包括了进去。

1 在《乔舒亚·雷诺兹爵士：主题绘画》(*Sir Joshua Reynolds: The Subject* （转下页）

不满的修辞手段，然后他们才能创造出愈来愈不安分的人类主体——久而久之，经过一系列阶段——这一主体成为更完整的个人，从社会角度来说也更有价值。[1]因此，小说将一种欲望具象化，这种欲望让身体同旧社会为个人自我实现选择设下的限制之间发生冲突，让身体从社会等级的标识转化为独特主体性的容器。

换句话说，我首先关注的这些小说，为传统赋予构成18世纪英国社会各阶层的属性增添了新特质。这一修辞学附加物(rhetorical additive) ——无论它呈现为不安分、野心勃勃，还是性亢奋——都有效地将主人公驱逐出指定位置，将他/她抛进一个充满各种可能性的场域。正像笛福的《鲁滨孙漂流记》(*Robinson Crusoe*, 1719) 常常提到的那样，在这个场域中，一个

（接上页）*Pictures*）（剑桥：剑桥大学出版社，1995年版）中，马丁·波斯特尔解释所谓“幻想画”（这类作品让他自由地尝试新的想法）与其名人肖像画之间的关系（60）。这两种类型在他的儿童肖像画里得到融合。以《阅读少女》（Girl Reading）为例，波斯特尔指出：“这幅画不仅再现了捧着书的雷诺兹的侄女，而且再现了感性如何通过自我教育的阅读训练进入意识的方式”（77）。我觉得班伯里少爷更有趣，因为它悬置了一个关键问题：故事究竟规训了男孩那已经显然的自我，还是赋予他形象以个性的根本动因。关于雷诺兹如何以自身经历演绎我所论述的这种小说化的个人主义逻辑，请参见理查德·温尔道夫（Richard Wendorf）：《乔舒亚·雷诺兹爵士：社会中的画家》（*Sir Joshua Reynolds: The Painter in Society*）（剑桥：哈佛大学出版社，1996年版）。

1　要理解这一修辞策略的成功之处，只需要想想早期现代的不满者——往好里说是荒谬可笑（《第十二夜》中的马伏里奥），往坏里说则是致命危险（《奥赛罗》里的伊阿古）——再想想从《鲁滨孙漂流记》《简·爱》到《远大前程》里那些不领情的主人公，即使不领情，我们仍旧期望现代社会接受并奖赏他们。

人冒着变得一无所有的风险。这一增补 (supplement) 努力弥合个人观念 (比如爱或公平) 与他/她遭遇的物质条件之间的差异，其运作方式被洛克归属为“**欲望**”。他写道：“一种事物在我们当下享受它时，如果能产生出愉快的观念来，则它不在时，亦可以引起一种不安。这种不安之感就是所谓的欲望；因此，欲望之或大或小就是看不安之感之或强或弱而定的。”[1]理论上，这一切都非常合理，但我们必须要问，当世界最初无法提供幸福条件时，这种“不安” (uneasiness) 如何改变一个人对自我和世界关系的理解方式？

正是在这一节点上，启蒙哲学止步，小说接手。我们发现18世纪小说的典型之处在于，不愿意让主体完全迎合他/她所生存的社会环境。另一方面，笛福显然和大多数人的观念一致，认为不能简单地让世界适应个人，如果那个个人来自和鲁滨孙·克鲁索或摩尔·弗兰德斯 (1722) 同样的社会阶级的话。笛福在流浪汉题材中找到了答案，这一题材允许主人公从一开始规定的等级秩序中迁出，进入一个社会可能性的新场域，在那里，他们能找到一个容纳他们的需求和可能性的地方。当然，唯有那些在才智、意志、能力和欲望皆超过其

1 约翰·洛克著，彼得·H.尼迪奇（Peter H. Nidditch）编：《人类理解论》（*An Essay Concerning Human Understanding*）（伦敦：牛津大学出版社，1979年版），第二卷第二章第6节。所有引用均来自这一版本，将在文内注明。[译者注]中译见关文运译：《人类理解论》（北京：商务印书馆，1959年版）。

出身所属阶层的个体，才能实现这种流动。他们例外于社会规则，这一点令这些主人公个性化了，与此同时又让他们成为一般人的典范。

塞缪尔·理查逊 (Samuel Richardson) 同样利用流浪汉小说传统，在文学手段上让他的主人公发生社会秩序内的流动，可他不可能让他那道德上毫无瑕疵的女主人公像笛福笔下的克鲁索和摩尔那样具备身体流动性。帕梅拉 (1740) 被禁足在她的诱引者的庄园里，而克拉丽莎 (1747—1748) 的行动被拉弗雷斯精心算计，令她越来越处于妥协的位置，直到在辛克莱太太的家里落脚。为了制造对现代主人公来说至关重要的不满足感，理查逊想出了另一种离间内在性和社会地位的方法。帕梅拉的信透露了她对B先生的性骚扰的真实不满，但凡他还抱着让她当情妇的念头，她就决心和他对抗，如此一来，她拥有了一位女士所能具备的感性 (sensibility)。凭着读写能力，她从一个他可以强行占有的客体变成一个沉着自制、能够接受他的求婚的主体。怀揣着早期小说的核心 6
幻想——即写作制造个人——帕梅拉通过书写，把自己变成了一位富有地主的妻子。从帕梅拉回看克鲁索和摩尔，我们发现，如果缺乏书写自己故事的手段，他们那不寻常的冒险对他们成为典范将毫无帮助，唯有在书写的意义上，他们才能成为真正的例外。他们能把自己铭刻在书写之中，作为一个客体，或一个身体，与栖居于身体的主体相分离，然后让这个身体通过一连串动作获得社会价值的升值。因此，他们完成了洛克派只能用理论表述的内容：读写能力的新形式能够提供一种可能性，相当于某种增补，能将早期现代主体转化为自治的个人。

如果说简·奥斯丁的小说（1811—1818）代表了欲望的个人和自治公民的完美结合，那么它们同样标志着那完美结合破碎的一刻，尤其在社会反叛的威胁下，比如流离失所的农场工人暴乱、失业的劳动者在英国的工业中心聚集，以及许多剧烈挑战了由自治个人组成社会这一幻想的社会因素。19世纪的头二十年见证了虚构作品传统的正典化的最初尝试，安娜·拉埃蒂茨娅·巴鲍德（Anna Letitia Barbauld）、威廉·马德福德（William Mudford）和瓦尔特·司各特爵士（Sir Walter Scott）开始为英国小说编选文集，并撰写批评性介绍文章，合法化他们的选择。显而易见，司各特的课题赋予他那代小说家以权威，他让我们特别注意这样一个事实，奥斯丁“是过去十五或二十年间出现的一种风格，区别于先前（以往所有小说的风格）设定的趣味所在；既非警告我们不要受骗上当，也没有用形形色色的插曲，或是那些浪漫爱情和感性的描述来取悦我们的想象力，这些曾是虚构人物的必然属性，而在现实生死场上出现的频率很低”[1]。在新标准之下，依靠异国情调的

1 《〈爱玛〉：一部小说》（“*Emma:* A Novel”），洛恩·威廉斯（Loan Williams）编：《瓦尔特·司各特爵士：小说家与小说》（*Sir Walter Scott: On*（转下页）

情境和放纵的感情主义来吸引读者的小说家会黯然失色。同时，司各特又迅速补充道，如果小说家想要效法奥斯丁那“与生俱来的模仿艺术，仿佛真的在各行各业里待着似的”，那么他必然会“把他的作品置于普遍经验提供给每位读者的广泛批评中”（第231页）。至此，一种度量过去和未来的小说的文类标准得以确立。

正如荷马·O. 布朗（Homer O. Brown）所指出的，司各特对 7
奥斯丁和她的前辈们所做的区分，正是他对小说和“罗曼司”（romance）的区分[1]。奥斯丁小说同时标志着个人的现代化与小说的成熟化。她的主人公们——那些在乡绅和他们的附庸所形成的封闭共同体里，因内心产生的微小变化而产生重要影响的人物——和司各特的主人公们一起被阅读。身为由不列颠民族所塑造并有助于塑造不列颠民族的历史小说的作者，司各特认为有必要把他自己的小说和“罗曼司”区分开来。如此一

（接上页）*Novelists and Fiction*）（纽约：Barns & Noble出版社，1968年版），第230页。所有对司各特关于小说的论文的引用均来自这一版本，因此将在文内标注。

1　司各特解释道，小说只有在奥斯丁的作品里才达到成熟，依据是：“乍看之下，小说是罗曼司的合法后裔，尽管为了适应现代，行文习惯和一般转折发生了变化，作者依然保持着从罗曼蒂克虚构的原初风格中衍生而来的不少特点。这些主要可以在叙事行为以及赋予虚构人物的感伤口吻中寻见踪迹。”（《爱玛：一部小说》，第227页）在《英国小说的制度》（*Institutions of the English Novel*）（费城：宾夕法尼亚大学出版社，1997年版）中，荷马·O. 布朗指出，通过使用这一区分，适时将他的时代看作小说文类成熟的时代，司各特制造了一部小说般的小说史（第187页）。对布朗的所有引用均来自这一版本，因此将在行文中注明。[译者注] 原文中布朗著作的书名为*Institutions of the Novel*，应属笔误。

来，毫无疑问，他同样有志于让自己和哥特小说保持距离。根据罗伯特·迈尔斯 (Robert Miles) 的研究，1788—1807年间，哥特小说占据了30%的市场份额[1]。正当哥特作品的创作传统日益巩固时，小说再度向至少两个方向转向，而个人的形象，似乎仍然非常不确定。在司各特力图建立的传统之内，以及这一传统和他企图驱逐的小说之间，均存在张力。面对文类标准的双重压力，能揭示这一时期形式上的迫切需求的不是奥斯丁的小说，而是那些无法像她那样实现个人诉求和更广泛的共同体需求之间神奇调和的小说。

司各特的《威弗莱》(*Waverley*, 1814) 和玛丽·雪莱 (Mary Shelley) 的《弗兰肯斯坦》(*Frankenstein*, 1818) 同样专注于保卫公民规范免受个人欲望的侵蚀。威弗莱在叔叔的图书馆里受到的"杂乱无章的"教育促使他透过罗曼司的英雄之眼发现高地人的粗暴。怪物在书中邂逅了弥尔顿的撒旦和歌德的维特，从而学到手段，来加强对弗兰肯斯坦家庭中无辜成员的攻击。在18世纪小说家的塑形下，当小说开发利用书写的增补性 (supplementary) 潜能时，它所考虑的是一项完全不同的任务。实际上，《威弗莱》和《弗兰肯斯坦》里的教育培养了个人主义

1　罗伯特·迈尔斯：《18世纪90年代：哥特的光辉》("The 1790s: The Effulgence of Gothic")，收于《剑桥指南：哥特小说》(*The Cambridge Companion to Gothic Fiction*)，杰罗尔德·E. 霍格尔 (Jerrold E. Hogel) 编（剑桥：剑桥大学出版社，2002年版），第42页。

的形式，但由于结果过于放纵，以至于必须以人性的名义摧毁它们。不过，要让小说放弃其标志性修辞，势必要经历一番激烈挣扎。因此，两部作品布满了历史上属于它们的时刻的伤痕，它们把非凡的个人主义形式转换成亚人类形式 (subhuman forms)，一种同时针对家庭和国家的威胁。毫无疑问，当弗格斯·麦克伊沃 (Fergus MacIvor) 和弗兰肯斯坦的怪物各自被降级为罗曼司和哥特文学时，世界变得美好多了。然而，这些形 8
象不会无声无息地被历史遗忘。在为超越任何现代社会地位限度的人类主体的品质注入情感和美学价值之后，司各特和雪莱必须谴责这种宏伟的个体性，而把我们留在这样一个个体性被清空、几近死气沉沉的世界里。

维多利亚小说把对表达型个人主义 (expressive individualism) 的背叛作为主体成长和发展的必要环节。然而，为了创造一个个人，仍然需要小说提供超出个人原有的社会地位的内在性。在19世纪下半叶创作的小说里，那种按照个人的共同体观念调整共同体动态的欲望，扰乱了共同体的整体性。相应地，过剩的迹象必须受到规训，即被观察、被遏制、被升华，并被重新导向一个社会接受的目标。在这种环境下成为一个个人，主体仍须超越被指定的社会地位的限制。然而，这只是通往个体性的第一步，而且是错误的一步。在狄更斯的《远大前程》(*Great Expectation*, 1860) 中，我们注意到，个人主义天生是有侵略性的，它残暴地对待那些值得珍惜的人。在这一情节中，残暴卓有成效，因为它有助于消磨主人公的欲望，让他/她妥协，接受替代品，把个人主义的能量导向体现社会生产性的目标。我打算将此类小说中的一连串嬗变解读为一系列移置(displacement) 运动：驱动移置运动的并非躁动的个人能量，而是在不撼动似乎极度脆弱的社会秩序的前提下，缝合自我和社会地位之间差距的当务之急的要求。结果是，个体作为经历连续移置层叠而成的主体，得到彻底重组。这一主体必然会内部分裂，因为对于主体的成长和发展至关重要的欲望对主体的个体性造成了威胁。维多利亚时代小说的主人公不是在渴望什么、有多渴望的基础上成为个人；个体性取决于他/她如何选择将一种本质上非社会性的欲望转移到社会认可的目标之上。这一过程催生了内在冲突的主体，而这样的主体正是由F. R.利维斯 (F. R. Leavis) 所赞美的、构成“伟大的传统”的那些小说制造出来的[1]。与这一过程极为相似的某些东西，同样产生了精神分析的多层次意识。

9 实际上，可以这么说，弗洛伊德将那些我用来区别现代小说史上不同时期的形象——过度 (excess)、矛盾 (ambivalence)、移置和重复 (repetition) ——转化为无意识表达自身的修辞。在20世纪初，弗洛伊德与现代主义者一起写作，开始在个人

1 F. R.利维斯：《伟大的传统：乔治·艾略特、亨利·詹姆斯和约瑟夫·康拉德》(*The Great Tradition: George Eliot*，*Henry James and Joseph Conrad*)（纽约：纽约大学出版社，1964年版）。

内部发现许多相同的文化思想的转向，使个体成形的同时，也限制了它的存在，为的是维护由相似主体组成的共同体的利益。如果没有增补行为（一种超出自我的无意识自我）、矛盾情感（与自我的爱恨关系）、移置（我们用来学会在复杂的社会中与自我相处的一系列伪装、替代、转换机制），以及重复（同时强迫和拒绝这种调适）这些修辞，精神分析还有什么意义？应该这么说，弗洛伊德通过把外部重置于内部，不仅将个人从一种小说制造的话语转化为能使自身永久保存的话语，他还确保了主体的个人历史会复现小说的历史。因此，通过弗洛伊德，“个人”在理论上重述了小说史——随着步入成熟和帝国责任的增加，它重新斟酌了年轻时的攻击性。

在20世纪，小说的各民族传统在英语世界中涌现，正如19世纪美国所经历的那样。我把这种多元性看作一种后发的现象。这些小说——被归为国际现代主义、后殖民小说和世界文学——构成了一个独特时刻，这一时刻是从小说惯例的巩固和亚文类的激增中谱系性地浮现出来的，而这正是19世纪英国小说的特征；而19世纪英国小说又形成于18世纪英国学术场域关于个人主义的本质（nature）和限度的公开论争之中。虽然我的这一观点仅限于用英语写作的小说，但我怀疑这一概括对其他民族语言的小说同样适用，因此，无论小说写于何地，在哪里被阅读，它们很有可能都在虚构和事实层面上

再现现代个人[1]。如果这一未经证实的论断（为了写出这本书，暂不提供论据）保有任何真理性的话，那么，后殖民小说研究及
10 最近的全球英语文学研究必须追问的是：一代又一代国际知识分子所建立的新的各民族小说传统，是否通过挪用英国小说的形式惯例，让它们为受压抑的边缘化群体发声，从而真正挑战了英国小说的霸权，而不是延续了这一霸权。

我不太相信有任何一部小说能够在触及并修正文类的意识形态内核的同时，仍然还是一部小说。我这么说，并非为这样一种观点背书：使用殖民者的语言不可能为新成立的民族国家发声。我所说的“意识形态内核”指的不是小说承载的英国、欧洲甚或西方特征，而是这样一种假设，即小说像个人那样思考，思考在特定文化历史条件下自我实现为“个人”的困难。无论这一过程是否包含抵抗、共谋、模仿或杂交，都不能改变一个基本事实——写于不同国家的新生代英语小说，无论小说在哪里被创作和阅读，本质而言，都是对现代个人的持续再生产。的确，小说的全球传播以奇妙的新方式改变了文类的形式策略——该文类原本致力于把现代中产阶级和民族实践不同，尤其是读写实践不同的人区分开来。同时，新的小说种类不得不担负起将个人主体普世化的课题。简而言之，这正是小说的使命。

1 关于这一观点，我要感谢周蕾、酒井直树，以及其他于2002年6月在中国台湾交通大学“视觉理论和文化研究国际中心”和我展开对话的学者们。

另一种思考的可能性

至此，我已经以小说的方式描绘了个人主义的形式成长和发展：将其视为哲学、科学及虚构作品中形成的主体概念的一种多少无法避免的结果。正如我一开始说的，我强烈怀疑，要不是小说把个人主义这一概念转化为叙事形式，它是否可能在西方快速、彻底地形成和传播。我以小说式的措辞描述了英国小说，想要强调一个附带观点：某些小说并非不受异议地获得文化主导地位[1]。我们现在所谓的"小说"是在论辩场上赢得声誉的，因为它学会了如何适应、吸收和弃绝那些相互矛盾的关于个人的思考模式。实际上必须强调，小说再现这种对抗的方式保障了它所主张的那种个人的霸权地位。尽管 11
一本书的篇幅不足以让我充分讨论那些小说式思辨为了维系其权威地位不得不压制的虚构形式，但我认为，这些形式始终非常活跃——每当英国文化觉得必须以恐惧症式的措辞来表现个人主义的替代性方案，就会把它们贬入梦境、幻觉、暗恐

1　正如J. 保罗・亨特所充分论证的："没有一个字、一句话把小说和罗曼司或其他文类区分开来，而且勉为其难地把'现实主义''个人主义'或'人物'当作典型特征会让文学类别概念变得琐碎。"(《小说之前：18世纪虚构的文化脉络》[*Before Novels: The Cultural Contexts of Eighteenth-Century Fiction*，纽约：诺顿出版社，1990年版]，第22—30页）我认为，是18世纪末统治英国思想的个体形式，导致了其他对立形式的边缘化，而这些对立的形式赋形了"个人"这一概念及小说这一文类的本质。

(uncanny) 经历、东方主义、异国情调和恐怖故事的领域。在下文中，我甚至会把自由个人主义的长寿归因于它在捍卫“个人”概念方面的技巧，用以抵御其他主体构形模式对其普遍性的侵袭。

为了厘清生成个人的思想和质疑个人自治的思想之间的关系，有必要回到由洛克首先提出的模式。1690年，他在关于心灵如何获取并运用理性的论述中解释了人如何在观念上发展为有能力自治的个人，进而有能力治理他人。按照他的说法，为了获得理性，人与外部世界接触，通过物理感觉获得信息，这些信息填满了心灵的“空虚橱柜”（《人类理解论》第二卷第二章第15节，下文括号中均指此书）。世界以物的形式提供原始内容，心灵将对物的感觉转化为观念。洛克提出，一旦被一定量的感觉填满，心灵会开始感知它自己的运作。它会对通过感官方式累积的材料展开反思，并判断这些感觉应该如何被区分、安排、评价和概括。用洛克的话说，判断能力是“为人自身完全拥有”的一种能力（第二卷第一章第4节）。直到心灵储备的信息足够做出整理分类，判断才会出现，但这没有关系；对洛克及其拥趸来说，重要的是证实判断源于个人心灵，对我们如何理解，并最终如何感受我们所看到、听到、触到、尝到和嗅到的事物负责。

然而，在文化逻辑方面，洛克式的“感觉”概念被证明是一条双向道。个人的自我封闭可能受到挑战，因为归根结底，个体是由经过感官门户摄入心灵的信息组成的。如果以心灵为出发点，它运用内在判断官能处理从世间万物获取的感觉，从而制造观念，那么，个人的成长和发展可以以一种类似致力于保护个人财产的国家的方式顺利演进。正如主体将他的身体 12
劳动与物质世界融合，把物质转换为他自己的财产一样，通过把他的判断和对世间事物的感觉融合，主体积累了智性财产，获得了他自己的心灵。[1]但是，如果以此类推，一个人获得的知识——这知识被《鲁滨孙漂流记》的主人公认定为自我价值的主要来源——来自外界，那么，谁又能说主体不会被那些已包装为观念、投注了价值观和情感的感觉渗透呢？谁又能说我们的观念或感受当真属于我们自己呢？

1777年，大卫·休谟与洛克的观点发生分歧，不同意后者主张的人类情感是悲喜、善恶等观念的产物，但他在“自我封闭”这一基本问题上并未同洛克分道扬镳。休谟仅仅把重点转移到“我们的较活跃的一切知觉，就是指我们有所听，有所见，有

1 《政府二论》，彼得·拉斯莱特（Peter Laslett）编：《政府论二篇》（剑桥：剑桥大学出版社，1991年版）。这一篇中，众所周知，约翰·洛克以个人主义为依据定义了财产：“土地及一切低等动物为一切人所共有，但是并非每人对他自己的身体都享有一种所有权，除他以外的任何人都没有这种权利。他的身体所从事的劳动和他的双手所进行的工作，我们可以说，是正当地属于他的。因为任何东西只要是脱离了自然所提供的和那个东西所处的状态，他就已经掺进他的劳动，在这上面掺入他自己所有的某些东西，因而使它成为他的财产。”（第五章第27节；[译者注] 中译见叶启芳、瞿菊农译：《政府论》（下篇），北京：商务印书馆，1964年版，第19页）

所触，有所爱，有所憎，有所欲，有所意愿的知觉而言”，而不是“在反省上述的那些感觉和运动时，我们所意识到的一些较不活跃的知觉”。[1]休谟认为，我们不是经过推理达成观念的，更不是通过推理产生驱动我们行动的情绪。正相反，他论辩道，是“两个物象——如热与焰——的恒常会合”让我们学会“由此一物象的出现便期待彼一物象”(第43页；中译本第41页)。我们关于“火是热的”的知识“就是人心处于那些环境中以后所生的必然结果”(第46页；中译本第44页)。同样，当我们感到“有所爱，有所憎，有所欲，有所意愿”时，我们利用以往的情感场合，想象我们自己回到了同样的环境里。因而，当我们获益时，我们自动感受到爱的激情；相反，当我们受伤时，我们会感到憎恨。休谟让人回到原初感觉中，为的是强调观念和感受均由“习俗”(custom) 塑造，而非逻辑推理。倘若我们的情感反应看起来直接由某些物引发，那只是因为我们日渐习惯于以特定情感来回应特定刺激。

感受来自个人内部的主张不可避免地引起一个问题，即个人如何彼此分享感受。他们必须在这么做的同时不危及个体性，这一点对于个体社会的理念而言至关重要。卢梭在对曼德

1　大卫·休谟（David Hume）：《人类理解研究》（*An Enquiry Concerning Human Understanding*）（牛津：克拉伦登出版社，1975年版），第18页。所有引文均来自这一版本，将在文内注明。[译者注］中译见关文运译：《人类理解研究》（北京：商务印书馆，1981年版），第20页。中译引文均采用该版本，并在文内注明页码。

维尔 (Bernard Mandeville) 的某段骇人听闻的文字做出修正时，毫不含糊地表明，同情人类同胞是人的天性。[1]卢梭反驳了"人类天性缺乏社会美德"这一臭名昭著的论断，并陶醉于一个事实——曼德维尔本人： 13

不得不承认人是容易受感动而有同情心的存在。他改变了他那一向冷峻而细致的文笔，在他所举的例子中给我们呈现出一个悲惨的情景。他描写了一个被幽禁的人，望见外面一只猛兽，从母亲怀抱里夺去了一个幼儿。在它伤人的利齿间，咬碎了那个脆弱的肢体，用它的爪子撕开了那个尚在跳动着的脏腑。这个人亲眼看到的虽然是与他个人毫不相干的事情，但是却使他如何惊心动魄！目睹这种悲惨景象，对于昏了过去的母亲和垂死的婴儿都不能给予援救，他又是如何焦急不安！[2]

1　卢梭就这一问题的观点比曼德维尔的要经得起考验，因为曼德维尔预设了一个尚不是现代主体的读者，因而难以完成共情认同的飞跃。与共情不同，曼德维尔旨在诠释"怜悯"，他宣称："人类多多少少受它影响；但脆弱的心灵往往受其影响程度最大。"为了证明他的观点，曼德维尔请我们"观看柔弱肢体先被践踏继而被扯断的无抵抗姿势；再看看肮脏的口鼻拱进还跳动着的内脏，吸食冒着热气的血；不时听见骨骼的碎裂之声，那残暴的动物带着野蛮的欢愉，呼噜呼噜地享受着恐怖的盛宴"（《蜜蜂的寓言》[*The Fable of the Bees*，哈蒙兹沃思：企鹅书局，1970年版]，第264—265页）。值得一提的是，刺激所有感官的可怕器官的集合体，制造了一个类似于福柯的绞刑架奇观的场景，而非唤起同情之认同。

2　让·雅克·卢梭（Jean-Jacques Rousseau）：《论人类不平等的起源和基础》（"Discourse on the Origins and Foundation of Inequality Among Men"），收于《论文及其早期政治著作》（*The Discourses and Other Early Political Writings*），（转下页）

为了展示人天生易于分担他人的痛苦，卢梭故意端出一个夸张的场景。我想，这个例子之所以经久不衰——不仅在伯纳德·曼德维尔的《蜜蜂的寓言》(1714) 和卢梭的《论人类不平等的起源和基础》(1755) 里看到，同样可见于亚当·斯密 (Adam Smith) 的《道德情操论》(*The Theory of Moral Sentiments*, 1759) 和其他许多著述——是因为它夸张地证明一个原理，即个人通过目睹别人受苦的场面来理解他人的感受。

按照亚当·斯密的说法，有时候仿佛“只要在另一个人身上看到某一种感情，便可以在我们身上引起感情”。他承认，感情“好像就在一瞬间便从某个人倾注到另一个人似的，事先完全不必知道如何在主要当事人身上引起了那种感情”[1]。但无论卢梭还是斯密，都不打算认为我们表面上的情感共享能力源于个体之间的自发性情感传播。斯密认为，一旦我们了解了情感的缘由——比如一位母亲在目击她的子女受伤时的痛苦——我们就自动使用想象力，“把自己摆在她的位置，我们设想自己正在忍受所有相同的酷刑折磨，我们可以说进入她的身体，在某一程度内与她合而为一，从而对她的感觉有所体会，甚至我

（接上页）维克多·古勒维奇（Victor Gourevitch）编译（剑桥：剑桥大学出版社，1997年版），第152页。[译者注] 中译见卢梭著，李常山译：《论人类不平等的起源和基础》（北京：商务印书馆，1997年版），第100页。

1 亚当·斯密：《道德情操论》（纽约：普罗米修斯出版社，2000年版），第4页。所有引用均来自这一版本，将在文内标注。[译者注] 中译见谢宗林译：《道德情操论》（北京：中央编译出版社，2008年版），第4—5页。中译引文均采用该版本，并在文内注明页码。

们自身也升起某种程度上虽然比较微弱，但也并非与她的感觉完全不相像的感觉”(第4页；中译本第3页)。换句话说，作为个人，我们无法确切地体验到他人的感受，除了产生“虽然比较微弱，但也并非与他的感觉完全不相像的感觉”。母亲悲痛欲绝的场景中包含着她被肢解的孩子的惨状，这一事实让卢梭笔下的囚徒深切意识到她痛苦的原因，他不禁想象自己正在体 14
验这种痛苦。值得注意的是，他的痛苦和那母亲的一样，不是受害者的痛苦，而是作为一桩可怕袭击的目击者或旁观者的痛苦。当卢梭让他的典范 (exemplary) 个人对缓解痛苦的根源无能为力，从而加剧他的痛苦时，斯密却不关心受害者的痛苦。一个孩子“所感觉到的，只不过是眼前这一刻的不舒服，而这种不舒服也绝不可能很严重”，幸亏“懵懂无知与缺乏远见”，成了孩子“对抗畏惧与焦虑的免疫力”(第8页；中译本第7页)。旁观者占领了主体的位置，把受害人当作客体。

对斯密和卢梭而言，重要的是，同情是感受而非行为。为了证明这一点，卢梭把他的囚犯关入笼中。斯密进一步拉开了怀抱同情的观众和悲苦场面之间的距离，凭借的是把卢梭意象中横亘在观者和人类痛苦之间的笼子替换为个人心灵在面对外部客体时的自我封闭。斯密声称，通过以旁观者的身份反复经历，个人分裂了，“仿佛被分割成两个人”：“第一个‘我’是旁观者，他对于我自己的行为的感觉，是我努力想要体会的感觉，为了得到这种体会，我努力设想我自己处在他的位置，并且努力思索，当我从他那个观点来看待我自己的行为时，我会有什么样的感觉。第二个‘我’是某个代理人，是我可以正当称之为‘我自己’的那个人，是那个关于其行为我正努力以旁观者的角色想要做出某种审判意见的人。”(第164页；中译本第137页) 在这个情景中，旁观者和代理人成形了，在自我与他人的关系里严格扮演各自的角色。当我们反复目击他人的欢乐和痛苦时，我们不仅学会将情感场合的特质和强度对照其诱因进行权衡，还日渐清晰地觉察到，自己的情感在别人眼中应该是什么样的。这使得我们的内在旁观者发生双重分化，其中一方回应了不恰当的感受，激烈到可能采取行动，但会被鲜明对照的另一方所调和，这一方是“中立的旁观者”，无动于衷地旁观，用与快乐或痛苦的原因相称的同情做出回应。根据斯密的说法，当有人激怒我们时，我们尤其需要呼吁内心那理想化的旁观者来审视现状，“站在某个第三者的立场，并且使用这第三者的眼睛。这个第三者，不管是和我们或是和他，都没有特殊的关系，因此可以不偏不倚地在我们和他之间做出公正无私的评判”
15 (第192页；中译本第162页)。换句话说，为了想象一个由个人组成的集体，就连最具规范性的公共情感，斯密也认为它发源自个人的内部。[1]

---

1 在《19世纪小说中的包容性社会想象：公共领域内的“真诚”代码》(*Imagining Inclusive Society in Nineteenth-Century Novels: The Code of Sincerity in the Public Sphere*)（巴尔的摩：约翰·霍普金斯大学出版社，2004年版）(转下页)

我们最强烈的情感可能源自我们自身之外，在事关“感性”(sensibility) 的写作中变得尤其明显，批评家和文化史家却错误地将其和“同情”混为一谈，统统归入感伤文学的范畴之内。感性的运作一旦违背同情的逻辑，便对洛克、休谟和斯密传统里发展起来的个人自治性提出疑问。“感性”假设感觉并非直接来自外部客体（像洛克理解的那样），因为事物早在被我们注视之前，已经承载了意义和感情。仿佛为了炫耀这种可能性，霍勒斯·沃波尔 (Horace Walpole) 把这样一种物引入《奥特朗托城堡》(*The Castle of Otranto*, 1764)，当时皇家婚礼即将开场。新娘的父亲被仪式的拖延给惹烦了，匆匆赶往混乱现场，在那里，他“看到自己的孩子粉身碎骨，几乎被压在一顶庞大的头盔下面，这顶头盔比常人所戴的头盔要大上百倍，上面还覆盖着与之相配的一大簇黑色羽毛”。[1]这件侵入性的物品不仅剥夺了曼弗雷德的继承权，还宣布他的封邑不合法，当一个现场的年轻人“观察到了一个现象：这顶奇怪的头盔同圣

（接上页）一书中，帕姆·莫里斯（Pam Morris）指出：“正如斯密所描述的那样，当（这种自然的同情）被理解为一种都市和谐情感的媒介时，人们相信自然的同情是对社会结构的自然巩固。”（第19页）

1　霍勒斯·沃波尔：《奥特朗托城堡：一个哥特故事》，W. S. 李维斯（W. S. Lewis）编，E. J.克利里（E. J. Clery）作导言和注解（纽约：牛津大学出版社，1996年版），第17页。所有引用均来自这一版本，将在文内标注。[译者注] 中译见伍厚恺译：《奥特朗托城堡》（成都：四川人民出版社，2001年版），第3页。中译引文均采用该版本，并在文内注明页码。

尼古拉斯教堂里一座黑色大理石雕像所戴的头盔一模一样，那座雕像塑造的是他们从前的亲王‘仁慈的阿方索’”(第18页；中译本第4页)。这个物不仅象征性地体现了即将颠覆曼弗雷德家族的篡夺和谋杀故事，而且还启动了这一叙事。曼弗雷德正是在这样的前提下看到头盔，他“从恍惚状态转为勃然大怒，一把抓住那个年轻人的衣领。‘你胆敢说出这等大逆不道的话来？这样说会要了你的小命’”(第20页；中译本第4页)。

沃波尔蓄意将一件有魔力的物引入普通人的世界，为的是复兴埋葬已久的情感，并使之凌驾于个人情感之上。亨利·麦肯齐 (Henry Mackenzie) 的《有情之人》(*The Man of Feeling*, 1771) 有着同样古怪的叙事，证明即使相对平凡的物也可以获得在个体间直接传达感情的力量。请见证这枚“小石榴石戒指”牵引的情感轨迹，它来自一位疯女人的指间，经她的手传递到哈利手中，积聚起情感的力量：

> 16 “我爱你，因为你像我的比利，但我决不会爱他这样的人。”——她将手伸向哈利；他把它拢在自己的双手之间，用眼泪浸湿了它——“不，那是比利的戒指，”她说，“你真的不能拿走，但这里还有一个，看看这里，我今天给这个小东西镀了点金；你能为了我留下它吗？”……哈利望着他的戒指。——他给了那男人几个基尼：“对那不幸的人好

点儿”——他泪如雨下，转身离去。[1]

这段文字表明，感受不再遵守同情式交流的逻辑，而是直接在两人之间来回流动，很难分辨一方在哪里中断，另一方在哪里开始。主体和客体之间的差异瓦解了，随之而来的是旁观者和不幸场面之间的界限瓦解。很难说是人类的情感赋予戒指感情的力量，还是物本身负责生产所有的感情，主体和客体之间的边界如此不稳定，因此他们各自的认同也无法稳定。实际上，这个例子里的物展现出即时双重化 (doubling) 的能力，并向两个方向迸发。哈利在贝德莱姆 (疯人院) 里体验到的感性的极端状态，侵蚀了他的自我封闭，因为情感从外界进入个人，并以其自身意志在人与事物之间传播。

任何对抗个人主义的思维模式 (我相信很多感性文学都是如此)，都可能因此挑战小说创作的基本命题：从主体内部涌现的感情呼应了感觉，并获得了观念的形式，丰富主体的个人知识储备，就像斯密笔下典范公民的例子那样。不妨说，小说能够吸纳任何数量的感伤论据，只要这些论据放大个体，使之圆满，而不侵蚀它的自我封闭性。简·奥斯丁始终在试探这些限度。

在乡绅的世界，每一件东西都以相似的精确表现着它的主

1　亨利·麦肯齐：《有情之人》(*The Man of Feeling*)(纽约：诺顿出版社，1958年版)，第23页。

人，一种类似沃波尔的头盔的新事物入侵了这个世界，动摇了关于物的惯用语言。一天晚上，爱玛得知，一位贝茨小姐家的访客（本地教区牧师的遗孀，在社区中的地位很低）“一进屋就看见一架钢琴，不由得感到震惊，那可是一架非常讲究的钢琴；
17 不是一架大钢琴，而是一架大尺寸的四方形钢琴”。这个礼物“是前一天从布罗德伍德琴行运来的……完全出乎意料”。[1]这件没留下寄送人姓名的礼物的到来，引发无数猜测：谁送的，为什么送。与爱伦坡那封失窃的信形成对照，奥斯丁笔下偏离正轨的物持续干扰着社会秩序，直到它的秘密完全暴露。祖母的去世让风度翩翩又表里不一的弗兰克·丘吉尔有机会把钢琴的接收者称为他的挚爱，并自称是这风流口信的寄件人。面对曾经以为丘吉尔爱上自己的爱玛，他辩称自己也曾以为她“猜到了他的秘密。那当然啰！他自己满肚子阴谋诡计，就以为别人也是这样”（第404页；中译本第446页）。不够中立的旁观者奈特利先生如是说。通过把钢琴纳入维系传统海伯里社会的物系统，奥斯丁剥除了该物的情欲神秘性。不过，她这么做是想让读者领会到，物从来不仅仅是物，尤其当它们和它们的拥有者关系亲睦时。倘若有外来的物进入这一图

1 简·奥斯丁：《爱玛》（*Emma*），詹姆斯·金斯利（James Kinsley）编（纽约：牛津大学出版社，1995年版），第192页。所有引用均来自这一版本，将在文内标注。[译者注] 中译见祝庆英、祝文光译：《爱玛》（上海：上海译文出版社，2010年版），第216页。中译引文均采用该版本，并在内文注明页码。

景，那么很快，物并非栖身于语言彼端的一个维度这一点就会显而易见，物完全就是语言自身。

钢琴正体现了这一悖论。它是简·菲尔费克斯女性价值的标志，因而也是她向上流动能力的标志，这一流通中的物不仅扰乱了物的传统语言体系，更让那些以物为媒介的人们开始运转。奥斯丁显然乐于支持这样的流动性。与此同时，她也担心，如果购买这优雅的玩意只是一时兴起，且能在旦夕间从伦敦运抵，那么，又将如何在构成理想社会的精细层化等级制度中，确认个体认同与归属？显然，这需要共同努力，为物重新赋魅。我们当然可以把爱玛的人生教育看成一个去神秘化的过程，她屡屡窘迫地发现，物**并非**主体的延伸。与此相反，沃波尔“奇怪的头盔”和麦肯齐的“小石榴石戒指”的确在个人与个人之间直接传达了情感信息；这些物按照“感染”(contagion) 原则运作 (斯密《道德情操论》，第219页；中译本第187页)。但我们也可以把这段关于钢琴获得意义的描述解读为一种反向的“再赋魅”，这一过程建立了一种精细的禁奢法令 (sumptuary code)，它对现代个人的作用，就像早先的法令对贵族血统那样。

《爱玛》(1816) 证明，世上从不存在不传递感情及感觉的 18
物。每一个物都将它的拥有者置入海伯里社会这个错综分化的等级系统中。比方说，当爱玛从登威尔修道院望向奈特利先生的庄园时，她看到：“这所房子比哈特菲尔德 (伍德豪斯家)

大，而且完全不像它，占地很多，不规则地向四周扩散开去，有许多舒适的房间和一两间漂亮的屋子。它恰到好处，而且朴实无华——它作为一个血统和思想都纯洁无瑕的真正绅士世家的住宅，爱玛越来越对它怀着敬意。”(第123页；中译本第364页) 那些精通物的语言(有时称为“品位”)的人，能根据他人是否表现出节制、品位、关心别人和拒绝欺骗等特质，判别出其“物我关系”(object relation) 的好坏。奥斯丁的女主角们通过物说话，并基于那些物的表达被授予主体地位。通过这种方式，物不再是纯粹简单的物，而转变为不完全的物，成为个体内在性的象征。但每当从外部事物经由感官进入个人的情感，压倒那些源自个人内部的真实情感时，奥斯丁小说便会划下界限，好像在宣告：“感性，汝不可再进一步。”因此，对于每一个女主角，奥斯丁都提供了一个被感性驱使并越界、危害到家庭未来的“坏”姐妹。

如果说，奥斯丁之前的18世纪小说并不比“个人”更加稳固和自然化，而是参与到关于个人主义，以及小说是事实还是虚构的多方面论争之中，那么，我们又如何将任何小说作为完整自洽的整体来阅读呢？尽管难以绘出论争的全貌，但我们还是可以从那些构成小说传统的小说内部来察觉这些“外部”论争的轮廓。这种抗辩的存在，在奥斯丁第一部成熟作品中最为明显。《诺桑觉寺》(*Northanger Abbey*) 写于1794—1799年，出版于1818年，奥斯丁去世的第二年，这部小说通过指认安·拉

德克里夫 (Ann Radcliffe) 对英格兰生活的虚假指南，声明了它和哥特小说的区别，宣告了自身："尽管拉德克里夫夫人的全部作品，甚至她的全部模仿者的作品，都很引人入胜，然而，人性，至少是英格兰中部各郡居民所表现出的人性，也许在这些作品中是找不到的。阿尔卑斯山脉与比利牛斯山脉，那里的松树林及其邪恶的行为，在这些作品中可能有真实的描绘；而在意大利、瑞士，以及法国南部，令人恐怖的事可能也会如这些作品中所描述的那样层出不穷。"这一段推断了一个认知过程，即女主角接受了拉德克里夫对堕落的欧洲贵族的描写并以此来解读"英格兰中部的人性"。[1]

拉德克里夫的小说诱导奥斯丁的女主角将熟悉的东西陌生化，赋予诺桑觉寺的人和物一种她在阅读《奥多芙的神秘》(*The Mysteries of Udolpho*, 1794) 时体验到的兴奋感。用洛克式的语言来重述的话，我们可以说，因为拉德克里夫，凯瑟琳·莫兰看不到她眼前真实发生的事，即存在于"英格兰中部"的"人性"。为了授权那些直接来自个人外部世界的信息，洛克不遗余力地区分了这类信息和那些缺乏物质对象来源的信息。[2]奥斯丁同样认为，无法在某个时刻锚定一个参照

---

1 简·奥斯丁著，詹姆斯·金斯利、约翰·戴维（John Davie）编：《诺桑觉寺》（伦敦：牛津大学出版社，2003年版），第147页。所有引用均来自这一版本，将在文内标注。[译者注] 中译见金绍禹译：《诺桑觉寺》（上海：上海译文出版社，2010年版），第220页。中译引文均采用该版本，并在文内注明页码。

2 在《人类理解论》一文中，洛克还非常谨慎地否定了那些声称能描（转下页）

物 (referent) 的信息，可能是不良信息。当这种信息成功伪装成真理时，它就践行了所谓“模仿的谬误”(mimetic fallacy)。当这一谬误生效，媒介 (文字或图像) 就会创造其客体，或使其失真，而非予以精准反映，正如我所说的，当雷诺兹的画作把专注的表情放到小班伯里脸上时所做的那样。也就是说，当这一谬误占上风时，男孩的面部表情作为客体，本应是信息的来源，却被雷诺兹如何吸引男孩注意力的故事所取代，这个故事描述的可能是雷诺兹的真实所见，也可能不是。因此，奥斯丁攻击哥特小说，不仅因为它让人在不值得的客体上投注意义：“现在事情再明白不过了，这都是自己主观臆测、胡思乱想的结果，因为决心要历险而想象，又因想象而将一桩桩小事演化成至关重要的大事，由于她还未踏进这座寺院时心里就已经渴望着来历险，因此一切事情都不得不服从一个目的了。”(第146页；中译本第220页) 她还反对那些牺牲个人判断和同情心、渴望情感刺激的读者。为什么在每部小说中奥斯丁都坚持划定界限？又为什么动用哥特风——一种事物和人物都不固定在其被分配的类别中的情境——来达成目的？

让我们假设同情逻辑可以逆转。在这种情况下，我们分享

(接上页)述世界，却无法追溯到外部世界本源的信息。例如他解释道：“[我] 把一个人的腿、胳膊和身体构想成一个**概念**，再把马的头和脖子连接起来，这并未构成任何事物的**虚假**观念……但是我如果称它为人或鞑靼，并想象它代表某种真实的存在”，那么，“我可能犯了错误”(第二卷第三十二章第25节)。[译者注] 中译本第373页。

他人情感，不再是通过设身处地地想象其处境并间接地体验他/ 20
她的情感。恰恰相反，这种“换位思考”实则是把我们自己的情感投射到他/她身上。[1]如果可能发生这样的逆转，那么又用什么阻止感情的回流，从被观看对象回流到旁观者身上，使我们反被他人情感所浸染？在这一事件中，同情心那彻底的个人主义逻辑，终将屈从于更具对抗性的“传染”逻辑。和卢梭一样，斯密把这种自发的、集体性的情感反应和党派主义的威胁相联系；18世纪上半叶，党派主义是霍布斯主义政治体（the Hobbesian body politic）的代名词，这一政治体由相互冲突的宗教派别和强大君主控制之下的好战的政治团体组成。18世纪下半叶，由流离失所的农业劳动者组成的不受控的暴民，以及数量不断增长的城市贫民，扮演了文明社会里主要的对抗者角色。[2]当个人主义把政治体重新定义为自治个人的法人团体时，

1 《屈从的场景：19世纪美国的恐惧、奴役和自我制造》（*Scenes of Subjection: Terror*, *Slavery*, *and Self-Making in Nineteenth-Century America*）（纽约：牛津大学出版社，1997年版）一书中，赛迪亚·V. 哈特曼（Saidiya V. Hartman）举例说，在对卢梭的重要评论中，约翰·兰金（John Rankin）在一封书信里向他的兄弟描述了他亲眼看见的奴役场面。哈特曼指出，尽管兰金把自己投射到被鞭打、强奸、虐杀和自杀的受害者身上，为的是“更好地理解别人”，但他混淆了自己想认同受奴役者的意图。“然而，如果这一暴力只能通过受虐幻想［对奴隶的认同］才变得明显可查并充分唤起愤慨之情，那么，很清楚，移情是把双刃剑，因为，在把别人的痛苦当作自己的痛苦的过程中，这种痛苦会因为他人的毁灭被遮蔽。”（第19页）

2 在《身体、大众和权力：斯宾诺莎及其同时代人》（*Bodies*, *Masses*, *Power: Spinoza and His Contemporaries*）（伦敦：韦尔索出版社，1999年版），沃伦·蒙塔格（Warren Montag）指出，英国个人主义的缔造者洛克被“群众”的（转下页）

它便在两种意义上为党派主义制造的问题提供了象征性的解决方案。

奥斯丁借用一本新小说出现在流通图书馆的现象来表明，当个人判断被悬置，人们开始以派系的方式感受和行动时会发生什么。听人谈论政治时，凯瑟琳·莫兰报告“听说伦敦不久将要出一桩非常令人震惊的事”(第81页；中译本第123页)。受她的错误传染，她的朋友和未来小姑匆忙得出结论，“这桩事”只可能是“暴乱”(第82页；中译本第124页)。通过联想逻辑，这一指涉让整个对话急剧偏离了实际客体——他们本来在讨论修道院周围的风景。男主人公用如下批评来终结这场煽动性的谈话：“你说到了伦敦可能会出现的恐怖，但是她并没有像一个肯动脑筋的人那样，立即想象出这些字句只能跟流通图书馆有关，而是马上在脑海里描绘出一幅这样的画面：三千暴民在圣乔治广场集结，英格兰银行遭到袭击，伦敦危在旦夕，伦敦街头血流成河，轻装龙骑兵第十二团的一支小分队……从北安普敦调来镇压暴乱”(第82页；中译本第124页)。这里我们看到，一个文化事件(流通图书馆里一本新书的到来)被认作一桩政治事件(一场需要军事行动的暴力叛乱)。这一段的绝妙

(接上页)形象所困扰，鉴于“人民”“既是毁坏性的，也是被毁灭的”。他主张，群众“是一个［财产所有者组成的］政治国家里一股部分内在、部分外在的力量，群众既可以造成对政府的破坏，像洛克的早期著作所述，也可以是社会分解的结果，像《政府二论》所说的，分裂的、‘缺乏秩序和联系的’个人的总和，失去了一切法律地位，除了纯粹消极的那种”(第113页)。

讽刺在于，奥斯丁通过展示女主人公以回应政治事件的态度，回应文化事件的荒唐，有效地把迫在眉睫的政治冲突的可能性 21 转化为一场文化辩论，在这场辩论中，植根于客体世界的言辞总是占据上风。[1]亨利·蒂尔尼指责他的同伴们无视周围宁静的英国乡村，却急于追逐最终导向暴力结论的联想链条。一旦转译到这个层面，奥斯丁就能通过引入精准指涉“流通图书馆”的语言，消解伦敦政治的侵入造成的问题。我认为，这一转译行为恢复了公共领域作为论辩场域的定义，在这一场域中，个人观点通过小说、论文、散文等形式，彼此激烈交锋。如果我们**没有**倾向于从宗教冲突的苦难、英国经济的动荡及派系化政府引发的暴力等角度理解18世纪，那么很可能是因为，有太多作者像《诺桑觉寺》这一段中奥斯丁所做的那样，使用了转译的手法。

感性的遗产

进入19世纪，我们看到众多杰出的文学评论家与编辑致力于为这些错综复杂的文学争论建立秩序。巴鲍德 (Anna

1 《哥特小说与法国革命》（“Gothic Fiction and French Revolution”），《英国文学史期刊》（*ELH*）第48期（1981）。文中，罗纳德·保森（Ronald Paulson）指出，主流观点假设“暴乱”一词必须指向某些人众叛乱，“在《诺桑觉寺》的语境里，讽刺的是对符号的夸大与既定现实不符。可到底**什么**是现实？”（第533页）

Laetitia Barbauld) 的《英国小说家：论文、传记与批评性序言》(*British Novelists*, *with an Essay*, *and Prefaces Biographical and Critical*) 出版于1810年，共50卷。前21卷仅针对理查逊、笛福和菲尔丁的作品。不过，余下的文集包括沃波尔、亨利·麦肯齐、奥利弗·戈德史密斯 (Oliver Goldsmith)、克拉拉·里夫 (Clara Reeve)、伊丽莎白·英奇博尔德 (Elizabeth Inchbald)、安·拉德克里夫、弗朗西斯·伯尼 (Frances Burney)、夏洛特·史密斯 (Charlotte Smith)、玛利亚·埃奇沃思 (Maria Edgeworth)，等等。荷马·O. 布朗令人信服地论证道，现代小说史起源于19世纪的前二十年，当时编辑们回溯性地赋予18世纪一种传统。但是他同样指出，这些作者并非单纯自发地形成传承脉络（《小说的制度》[*Institutions of the Novel*]，第52—82页）。正如布朗所讲述的，巴鲍德的文集刚刚付印，马福德 (Mudford) 的《英国小说家》(*British Novelists*, 1810–1817) 就以平价版的形式面世了，紧跟着是司各特的《巴兰坦的小说家图书馆》(*Ballantyne's Novelist's Library*, 1821–1824)。这些19世纪早期的正典制造者把那些赞美个人的小说确立为小说传统的中心，他们反复把特定的一些小说收入文集和评论集，让它们处在显眼的位置。
22 另一些小说被确定为次要的，它们极少露脸，或是被放置在文集的末尾。哥特小说相对较少被重印。从一场基本开放式的关于个人本质的政治论争中，编辑们创造出小说史的主干脉络。18世纪的小说传统也因此变得很像构成该传统的小说所制造的个人，它时不时受到自身能量的驱使，超越自己，获得成长，同时吸收新信息，改造世界，也改造邂逅这一世界的个人。那么，那些演绎相反的感性逻辑的叙事文本呢，它们又遭遇了什么？

首先需要指出，自奥斯丁以后，没有小说能够在不包含哥特元素的情况下，宣称自己准确地呈现了“日常生活中真实存在的自然本性”。《简·爱》(1847) 里的桑菲尔德庄园，《远大前程》(1860) 里哈维沙姆小姐的大宅，《呼啸山庄》(1847)、《维莱特》(1853)、《白衣女人》(1860) 里的鬼魂，显然都是恰当的例子。正像几乎每一本重要的维多利亚时期的小说那样，这些小说吸收了反个人主义的哥特元素，但最终把这些元素归化为包罗万象的成长发展叙事的有机成分。如果像弗洛伊德所说，文学中“暗恐”的出现代表了所谓的现代成年人认为自己已经摆脱了的原始思维方式的浮现，那么，维多利亚现实主义则暗示着，一旦克服了这样的奇幻思维模式，他/她就成了一个现代成年人。从这个意义上来讲，维多利亚小说有赖于对标准现实的干扰。每当小说将主体的知识积累过程重塑为一个探测的过程时，那么，这些小说不仅认可了它们与启蒙主题之间的纽带，同样也承认了与哥特式感性之间的关系。为了创造出被称为英国现实主义的作品，维多利亚时代的人们持续对这一感性的残余元素进行理性化处理，通过把它归因于主人公的天真或神经质，以及那些无情、扭曲、堕落、恶毒或者纯粹无赖的人犯下的欺诈罪行。尽管赞美个人的小说乐意处理这一残余素材，但它们还是通过边缘化那些无法被归纳与包容的挑战，来维持自身的文化威信。因此，在小说巩固其文类形式惯例的时期内，哥特小说也以新的、值得注意的不同版本经历着周期性爆发，
23 同时还伴随着亚文类数量的激增，包括浪漫主义小说、奇情小说（sensation novel）、帝国哥特小说、侦探小说、木乃伊故事、颂扬仙境的儿童文学、男孩的冒险故事，等等，它们为无法被纳入一个本身类似于小说的文学传统的主体建构提供了范例。以这样的传统为基准，大多数小说都没资格在诸如F. R. 李维斯（F. R. Leavis）《伟大的传统》（*The Great Tradition*, 1948）和伊恩·瓦特（Ian Watt）《小说的兴起》（*The Rise of the Novel*, 1957）那类20世纪写就的小说史中占有一席之地[1]。

本书前文已经论证19世纪的主体最终无法调和由个人内部滋生的和从外部侵入的欲望之间的矛盾。在这本书的最后两章中，我会讨论创作于19世纪最后二十年的两部很受欢迎的罗曼司。届时对H. 赖德·哈葛德（H. Rider Haggard）的《她》（*She*, 1887）和布拉姆·斯托克（Bram Stoker）的《德拉库拉》（*Dracula*, 1897）的解读可以说明，为什么小说无法在不脱离主流的情况下容纳这些素材。这两部小说以现代个人和由公民主体组成的社会为代价，演绎了感性逻辑。我倾向于认为，这

1　伊恩·瓦特：《小说的兴起：笛福、理查逊和菲尔丁研究》（伯克利：加州大学出版社，1957年版）。

类流行小说的滥觞，可追溯到维克多·弗兰肯斯坦思索时提出的问题，他思考着如果为他的怪物试验品制作一位女性伴侣，并允许它们繁衍种族，那么会给人类带来什么？玛丽·雪莱提出这一问题，似乎只是为了证明，如果一本小说在19世纪初期遵循这一思路发展，那它就无法成为一本流行小说。然而到了19世纪后期，详细描绘个人和某种抹杀个人主义的集体性之间冲突的小说屡见不鲜，令读者津津乐道。那时，英国读者显然已经习惯了这样的观念：作为现代个人，生活在"集体"的阴影之下，而这个集体，他们再也无法想象是由像他们的个人组成的[1]。大众人(mass man)的形象作为手段凸显出来，它既是对帝国内部聚集的人群的概念化，也是对现代个人主义的威胁。小说通过赋予其食人族的特征，淋漓尽致地展现了这一人类形象的双重破坏。

在《她》中，赖德·哈葛德把他的英国主人公放逐到北非，在那里，唯有得到一位古老且光芒四射的女性的保护，才能避

---

1 《群众：英国文学和公共政治》(*The Crowd: British Literature and Public Politics*)（伯克利：加州大学出版社，2000年版）一书中，约翰·普洛兹（John Plotz）对古斯塔夫·勒庞（Gustave Le Bon）《乌合之众》（1895）开创的极具影响力的思想传统提出了重要质疑。他认为这种思维传统是关于人群的社会科学思维传统的罪魁祸首，这种思维传统利用勒庞的方法和术语，"让转瞬即逝显得永恒不变，让工人抗议的支配性结构显得好像人类心理根深蒂固的特征"（第4页）。在我看来，在将人群假定为集体人性的负面形象这一倾向，勒庞和斯托克如出一辙，都是特定时代的产物。问题在于，勒庞的经验方法让恐惧转化为事实，斯托克则确保他笔下非人化的人类群体负面形象会被一代代人理解为幻想。

免依照阿玛哈格 (Amahaggar) 习俗被扔进锅里炖煮的命运。当叙事人进入一个已灭绝的山中王国的腹地一探究竟时，故事
24 渐趋至暗——他沿着被小心保存的个人坟墓，下到王国的最底处。在那里，他来到一个大坑边上，无数躯体从这里坠落，堆积如山，就像在一个巨大的茅坑里：

> 据我估计，这个大坑约有伦敦圣保罗大教堂的圆顶大厅那么大，就着高举的灯光，我看清它是一个巨大的死人坑，成千上万的骷髅充塞其间。尸体从上面的洞口被扔下去，重重叠叠，像一座白花花的金字塔。一个民族竟以变成一座尸山来宣告灭亡！我实在无法想象，世界上还有没有比这更悲惨、更恐怖的事情！此外，由于地下空气干燥，不少尸体已经干缩，但皮肉犹存。就在那堆积如山的白骨中，他们正从四面八方朝着我们龇牙咧嘴，这更令人心惊肉跳。[1]

在这个集体人类的梦魇版本中，个人被消耗并肢解了，其身体部件转化为一个全然不同的有机体，而斯托克的吸血鬼令我们

---

1 H. 赖德·哈葛德：《她：一段冒险史》（*She: A History of Adventure*）（伦敦：企鹅出版社，2001年版），第184页。[译者注] 中译见于童译：《她》（北京：首都师范大学出版社，2015年版），第178—179页。

从相反的方向思考这种关系[1]。德拉库拉用他的鲜血传染了个人，从而剥夺了那人的个体性。在这里，个人的私人观念宝库不仅被异质的欲望渗透，而且被它改造，颠覆了内在的判断力。虽然如此，如我所说，哈葛德的食人族和斯托克的吸血鬼遵守着一种相似而非相异的文化逻辑。二者都推翻了社会契约，抹杀了社会契约生来要保卫的边界：通过把肉身和肉身相连，以“每具肉身一颗心灵”或“每颗心灵一具肉身”为前提的个体性主张都被放弃了[2]。

尽管看起来像是时代错误，但我要说，这些集体性的人的不同版本造成的特定威胁可能来自残余的感性线索，在城市贫民人口日益增长、殖民地人民起义以及新型大众媒体持续侵蚀

---

1 《19世纪小说中的包容性社会想象：公共领域的“真诚”代码》一书中，莫里斯把19世纪60年代大众形象的出现和公共领域的第二次转化联系起来，这种联系是把对情感的直接表达和“不受控制的肉身的过剩”（第27页）关联起来的结果。和我的研究尤其相关的是她观察到“肉身的存在性主导着大众的文化想象，这是公共领域发生进一步转化的决定性因素……在想象的过程中，肉身构成不同程度的抽象化和具象化的复杂意义系统：象征性的肉身，被吞没的肉身，野兽般的肉身，被分类的肉身”（第25页）。哈葛德对大众人性的印象涵盖了以上所有。

2 《食人族和哲学家：启蒙的身体》（*Cannibals and Philosophers: Bodies of Enlightenment*）（巴尔的摩：约翰·霍普金斯大学出版社，2001年版）一书中，丹尼尔·科顿姆（Daniel Cottom）就这一形象在现代思想中的中心地位给出了我认为最好的解释。在指出食人族是如何以神秘的脚印入侵了鲁滨孙的小岛王国之后，科顿姆进一步展示了它如何对整个启蒙文学领域施加微妙的影响，并在19世纪留下印记：“借由食人族的历史议题，我们可以看到黑格尔哲学概念的边界，就像文化和认同的边界一样，唯有在符号、领地和身体的戏剧性斗争中得以阐明。食人族只有通过对文化、心理、概念边界的自我区分式表达才变得可以想象：通过对同一性的假设，这种假设必须在其每一次断言的过度中颠覆自身。”（第178页）

传统英国文化的背景下，这残余的感性汇聚成不祥的能量[1]。大
众人的特征在于，其精神能量超过组成群体的个人欲望的总
和，假设这一群体确实由个人组成的话。在19世纪晚期的罗曼
25 司中，像这种超个人欲望的东西如同电流穿过聚集的人群，把
形形色色的个人熔铸成一体，而不考虑种族、性别、阶级和民族

1　要想了解19世纪中叶个体和群众威胁之间的关联，我们可以回顾一下弗里德里希·恩格斯在1848年对曼彻斯特贫民窟里爱尔兰人生活的描写——尽管怀抱着高尚的意图，他却像是在描写另一物种：“这种不爱清洁的习惯是爱尔兰人的第二天性。它在人口不密的农村中还没有多大害处，可是在这里，在大城市中，因为人口非常密集，就足以使人战栗并招致各种各样的危险。弥勒斯人按照在家乡时的老习惯，把一切废弃物和脏东西都倒在自己门口，造成了污水坑和垃圾堆，结果把整个工人区都弄脏了，空气也弄得污浊不堪。如同在家乡一样，他紧靠着自己的房子就盖起猪圈来，如果不能这样做，他就干脆把小猪放到自己屋子里。在大城市中饲养牲畜的这种不像话的新方法，完全是爱尔兰人传来的。”（大卫·麦克莱伦［David McLellan］编，《英国工人阶级状况》［纽约：牛津大学出版社，1999年版］，第103页；［译者注］中译见《马克思恩格斯全集》第二卷［北京：人民出版社，1995年版］，第376页）《伦敦劳工和伦敦穷人：愿意工作、不能工作和不愿意工作的人的状况和收入》（*In London Labour and the London Poor: The Condition and Earnings of Those that Will Work*，*Cannot Work*，*and Will Not Work*）（伦敦：查尔斯·格里芬出版有限公司，1861年版）一书中，亨利·梅休（Henry Mayhew）使用了同样的形象来对照受尊重的穷人和“不同行业的成衣工人——廉价劳工或者不属于任何团体的工人——构成了这个国家的大规模穷人群体。这里涉及有组织的工人和没组织的工人之间的主要社会区别——不隶属于任何团体的工人自顾自地穷下去，而有团体的工人靠的是教区的怜悯”（第三卷第232页）。在《论自由》（1859）一文中，约翰·斯图尔特·密尔认为个人主义在新的群众文化面前是无助的：“到现在，个人却迷失在人群中了。政治上，若还说什么公众意见现在统治着世界，那几乎是多余的废话了。唯一实称其名的势力，只是群众的势力，或者是作为表达群众倾向或群众本能的机关的政府的势力。”（约翰·格雷［John Gray］编：《论自由及其他》［牛津：牛津大学出版社，1991年版］，第73页；［译者注］中译见许宝骙译：《论自由》［北京：商务印书馆，2007年版］，第78页）

的差别。尽管参与了“罗曼司的复兴”的小说质疑了我们是否真的是“内在性即宿命”的个人，然而那些小说再度融入主流，保卫个人免受外部攻击，它们将这种攻击描绘成对人类本身的攻击。

作为结论，我将解释为什么这些对人类聚集的恐怖再现使得后来的小说家、评论家和读者们很难想象这样一个个人可以自由追逐欲望，且不会侵犯他人权利的社会。这始终是西方文化史上较为突出的矛盾之一：当个人主义在一个试图全球扩张的国家内部取得领导权地位时，那种个人主义模式就转为防御姿态，可以这么说，现代个人唯有在与磨灭个体性的吞噬性他者或大众的对立中定义自身。倘若主流小说为读者提供了居家式的充实感或完整感的幻觉，那么，流行的罗曼司则把这样一种“家常”以外的替代性选择描绘成可怖的生活形态，能够把个人从自治的公民转变为群体欲望的工具。我想，唯有当小说开始考虑一种真正的“个人”之外的选择，一种不会激起恐惧却以我们栖居的世界为根据的选择，到那时候，我们才有能力抛弃这种防御性姿态。小说固然不是为了让人超越个人去思考而生，但另一方面，它也不是为了复制现状而生。

第一章　不合时宜者如何成为道德主人公

27 与风行的批评意见相反，现代世俗道德行使至今的非凡权力并非获取自任何制度性宗教、《圣经》，或者一般意义上的犹太–基督教伦理。在我看来，它的力量来自并授权于虚构作品，在那些作品里，当个人面对且反对社会灌输的价值系统时，道德仿佛就从个人的内核涌现。从这一角度出发，我所说的资产阶级道德本身不能被看作一种价值，而更多的是一种解读、评价并修正现存的身份类别及其文化授权机制的方式[1]。常常对

1　我接受马克斯·韦伯的观点，他所谓的“现代资本主义精神”内含的诸多因素，通常称为新教工作伦理，“与我们这里所表明的清教世俗禁欲主义的内涵并无二致，只不过它已没有宗教的基础”。但相似性并不意味着工业资本主义文化伦理“正是从基督教禁欲主义中产生出来的”（《新教伦理与资本主义精神》[*The Protestant Ethic and the Spirit of Capitalism*]［伦敦：劳特利奇出版社，2002年版］，第120—121页；[译者注] 中译见于晓、陈维纲等译：《新教伦理与资本主义精神》［北京：生活·读书·新知三联书店，1992年版］，第141页）。恰恰相反，我认为，小说在修辞方面使用了基督教禁欲主义的某些成分——具体来（转下页）

快乐生疑，不关心利润，不留意生活琐碎，这一道德的特定现代形式正是个体性的自我声张，是欲望的对象，更是追逐它们的手段。在反对维系以血缘为基础的等级制度的价值观念的过程中，资产阶级道德把价值赋予个人的内在品质，让他/她有权得到比任何单以财富或等级定义的生活地位更令人满足的社会地位。的确，我们或许可以把资产阶级道德看作一种修辞手段，为的是说服我们，价值的替代性来源早已存在于个体之内，等待着被现代作者和读者辨识出来。要让某些人缺失道德感，就必须让大多数人拥有道德感。但事实并非向来如此[1]。

然而，为了探讨“道德”这一概念，我想要再推进两步。首 28
先，我认为，小说表面上对个人内部已有价值根源的发现，是一

（接上页）说，“工作作为天职的神圣化”，蕴含了延迟的喜悦——为的是一个全新的目的：治理欲望，服务于一个新兴中产阶级的物质目标（第121页；中译本第141页）。从这个角度来讲，道德的世俗化与其说是中产阶级剥削他人劳动力的机制或愿望，倒不如说是一种文化领导权的征兆，驱使阶级成员自己把这种修辞信奉为真理，并实践着它的主导叙事。

1　南希·阿姆斯特朗和列奥纳多·特内豪斯：《激情的心灵：洛克和哈奇森的欲望论述》（“A Mind for Passion: Locke and Hutcheson on Desire”），收于丹妮拉·科利（Daniela Coli）、维多利亚·卡恩（Victoria Kahn）和尼尔·萨卡曼诺（Neil Saccamano）编：《政治与激情，1500—1850》（*Politics and the Passions, 1500–1850*）（普林斯顿：普林斯顿大学出版社，2005年版）。文中指出，通过拆解心灵的运作，约翰·洛克的认识论有效地破解了早期的现代激情，比如罗伯特·伯顿（Robert Burton）在《忧郁的解剖》（*Anatomy of Melancholy*，1621）中所描述的。单凭这个原因无法解释个人对于刺激的情感反应，托马斯·哈奇森（Thomas Hutcheson）等学者继续论证道，美与道德的内心感受依照类似于外部感受的方式运作，生产出道德判断的审美感性和能力。不是所有个体都发展出对美和美德的反应，但作为人性的一部分，每个个体都拥有发展的能力，就像每个人都拥有发展出理性判断的能力一样。

种为“个人”概念增添某些现代特质的手段。当代批评理论使用“增补”来描述一种与其所属类别如此不同、文化上无法相容的附加物，唯有对这一类别进行彻底重组，它才能融入其中[1]。无论得到增补的实体看起来和它早期的形式及修辞行为之间有多少共性，这种强势的增补改变了它的性质，为它添加了全新的属性和潜能。我认为，小说以修辞性附加物为形式的“某些东西”使读者相信，普通人有能力行动，而如果他们有能力行动，那么他们也有能力拒绝依照那些独立于自身社会地位的欲望来行动——这些欲望想必完全源自个人内心。本章展示了，一个不合时宜的人 (misfit) 如何吸取增补的修辞力量，把英国主体从一种存在状态、一个位置转变为一种“成为”或是“执行”的过程，主体借此可能获得与其欲望和能力相称的位置。

尽管我们不能把这一附加物看作传统意义上的“物质”，但我坚持认为，资产阶级道德改变了现代国家及其统治精英的物质财富，其有力程度堪比出身和等级因素赋予早期农业经济和贵族文化背景下的财富的意义。这就是关键所在。资产阶级道德把自己确立为肤浅沉迷于物和关注表面的对立面，而总是把这两点 (无论以怎样间接的方式) 归咎于早先的那个缺乏资格的统治阶级。我们现在所说的宽泛意义上的物质主义——关心财产，关心此世的物 (尤其是能被购买的物)，还有身体的

---

1 雅克·德里达：《写作学》（*Of Grammatology*），佳亚特里·C. 斯皮瓦克译（巴尔的摩：约翰·霍普金斯大学出版社，1976年版），第144—145页。

健康及生物繁殖——最终成为资产阶级道德的准绳。在追求普遍令人渴望的物的过程中，个人对于共同利益要么上心，要么疏忽。只要这些物品不是以牺牲他人利益为代价获得的（这样会违背现代道德），那么它们就是对个人自制甚至自我牺牲的奖赏，并因此成为他/她的道德标志[1]。尽管不具备小说那样的一致性，但其他类型的写作——包括旅行书写、关于品位和道 29
德哲学的论述、本土和世界各地的道德与礼仪的散文、任何有关自我提升的文章——同样使用这一附加物来思考个人与既定社会秩序之间的关系。我们自己的阅读习惯正是这种思考的结果。

坏主体

关于现代主体是虚构的产物而非源头的假设，自然是所有主要后结构主义流派的标志性论点的一个版本。例如，路

1 《家庭财富：英国中产阶级的男人和女人，1780—1850》（*Family Fortunes: Men and Women of the English Middle Class*, *1780–1850*）（芝加哥：芝加哥大学出版社，1987年版），莉奥诺·大卫杜夫（Leonore Davidoff）和凯瑟琳·霍尔（Catherine Hall）证明新兴商人阶层到了19世纪30年代才在英国掌握了权力。而且他们并非靠资本上位。两位作者论证道，现代中产阶级领导权在法国大革命之后的几十年中成为可能，而英国脱离了金本位，信用基础突然且果断地转移到个体的品性上，品性可以通过道德的外部标志得以展现：一位美丽的妻子、一幢有仆人的好房子和一个健全的家庭。

易·阿尔都塞所谓的"意识形态国家机器"，就表现了个体认同和语言归因的类似反转。根据他的说法，早期现代教会赋予个人自由，只是为了服从权威的外部形式，这种权威与个人的区别，好比白天和夜晚。相比之下，现代世俗国家的教育制度强调主体性自由，将"个人"概念化为，借用阿尔都塞的话，"一个主动权的中心，能发起行动并对其负责"。对阿尔都塞而言，现代社会的连贯性依靠对个人的教育，要把他们定位在社会文化范畴之内，并引导他们——无须通过武力威胁——遵守他们各自位置所受的限制。因此，现代国家在主体内部制造了矛盾，一边是自由主体性的意识形态，一边是社会服从的事实。没有哪种意识形态是万无一失的，而且这种"召唤"或者"询唤"机制无论被如何熟练、重复地执行，偶尔总会失败。阿尔都塞所说的"坏主体"(bad subject)，指的是那些对自由主体性意识形态过分上心的个人，他们无法爽快地同意服从。他解释道，坏主体有时会引起军队或警察的干涉[1]。

1 政府通过阿尔都塞所谓的意识形态国家机器，还有我简单称之为虚构的东西（或者说，帮助受过教育的民众形成想象自身和真实的关系的能力），不仅以暴力手段确立自身，而且需要以实际使用武力的可能性来支持武力威胁。如阿尔都塞所说，多数时间及在绝大部分情况下，"主体'工作'，他们'自行工作'"，目前为止，他们自认是自治的主体。然而这并不适用于"那些偶尔招致（强制性）国家机器中一支的干预的'坏主体'"（《意识形态与意识形态国家机器［研究笔记］》，收于本·布鲁斯特（Ben Brewster）译《列宁与哲学及其他》［*Lenin and Philosophy, and Other Essays*］［纽约：每月评论出版社，1971年版］，第181页）。这些主体就像鲁滨孙的五个俘虏那样，是通过支持对暴力的再现把它转化为国家控制的有效手段的例证。

在自愿接受他/她的从属地位的主体和罪犯或异端之间，小说开辟了一个充满可能性的世界，我相信，倘若没有这些可能性的话，一个由意识形态主宰的现代世俗国家不可能在那个时刻、以那种方式兴起。从一个由教会主导且以武力维系自身的文化转向一种主要依赖意识形态让人民安分守己的文化，这在许多国家，需要的都不仅仅是一场政治革命。说来奇怪，在1776—1848年的动荡时期，尽管很多人预测英国会发生革命，但它却并非经历政治政府的根本变革的国家之一。[1]然而，英 30
国最终成为现代民族国家的典范。因此，18世纪晚期现代国家的兴起引出了一个重要问题。当阿尔都塞把现代国家描绘为以意识形态取代暴力作为控制民众的手段的国家时，他没有提到，在没有政治革命的情况下，意识形态如何夺取了过去军队和警察在动荡时期治理民众所行使的权力。他的另一篇文章给了我们解答的路径。

在审视早期现代欧洲文化如何以启蒙主义的方式重新思考政府时，阿尔都塞着眼于社会契约如何在旧的主体概念内部制造逻辑矛盾，然后又用个人发展叙事来掩盖这种矛盾[2]。在阿

1 参见雷蒙德·威廉斯（Raymond Williams）：《漫长的革命》（*The Long Revolution*）（纽约：哥伦比亚大学出版社，1961年版）；南希·阿姆斯特朗和列奥纳多·特内豪斯：《想象的清教徒：文学、知识劳动和个人生活的起源》（伯克利：加州大学出版社，1992年版）。

2 路易·阿尔都塞：《卢梭：社会契约论》（"Rousseau: The Social Contract"），收于本·布鲁斯特译：《政治和历史：孟德斯鸠、卢梭、黑格尔和马克思》（*Politics and History: Montesquieu, Rousseau, Hegel, and Marx*）（伦敦：NLB（转下页）

尔都塞的解读中，这种两面性并非卢梭的目的，而是他所处理的材料的副产品。为了想象一个不让自由主体性和政治服从相互抵牾的国家（在这个国家里，自由主体性和政治服从实际上合二为一），卢梭拒绝早期现代的解决方案，并试图想象一个纯粹世俗的政府，其权威不仅仅来自其臣民同意被统治。卢梭认为，唯有在个人只接受自己的统治的情况下，他才可以保存他的自由。为了实现这一宏大的含糊其辞，卢梭设想出一个政治实体，个人对其的服从与其说是服从，不如说对其自由的保障，因为这个政治实体只有在个人得到他所服膺的权威时才会形成[1]。

对于阿尔都塞来说，卢梭论证的关键点在于，他放弃了契约交换的逻辑，并诉诸形象化手法重新思考交换的双方[2]。为了

（接上页）出版社，1972年版），第113—161页。

1 只有在交换的条件下，卢梭所说的社会契约才成立，个人仅服从于以社会体（social body）为形式的自身权威，因为主体“由组成主权者的个人所构成，所以就没有且也不能有与他们的利益相反的任何利益”（莱斯特·G. 克罗克［Lester G. Crocker］编，莱斯特·G. 克罗克和亨利·J. 托泽［Henry J. Tozer］译：《社会契约论》［*The Social Contract*］［纽约：华盛顿广场出版社，1967年版］，第21页；［译者注］中译见何兆武译：《社会契约论》［北京：商务印书馆，2005年版］，第23页）。

2 阿尔都塞提出，“为了让［契约］机制正常地实现功能”，卢梭必须加上一个条件，即“‘民众必须具备足够的信息’，也就是说，启蒙必须发生”（《卢梭：社会契约论》，第150页）。卢梭解释道，因此，包括一切公民的身体政治取决于“使他们能看到物质客体的真相，有时还得看到客体所应该呈现的假象”。必须经过正确的方式将个人欲望导向这些客体。不但必须为公众“指出一条他们所寻求的美好道路”，还必须“保护他们不至于受私人利益的诱惑”（《社会契约论》，第41页；［译者注］中译本第49页）。

让早期现代国家转变为自愿的个人的集合体，他必须构想出一种全新的个人，这一“个人”天生具备理解成为公民的益处的能力。这个新人让卢梭有了一个全新的起点，让他把国家当作一个由类似自己的个人组建而成的政治精英集团来重新思考。但是，社会附加物从哪里来？现代国家的概念缔造者能使用什么作为他们的基础范畴呢？在对这些问题的回答中，阿尔都塞 31
的“坏主体”概念（即一个单纯不适应任何现有社会类属的个人）突然变得极其重要。现代个人不仅是对卢梭笔下天生倾向于自我治理的新人的小说式描绘，而且也是阿尔都塞的坏主体的化身，天生无法被“召唤”。

到了18世纪40年代，英国学者已普遍摈弃卢梭的社会契约论，理由是政治上不可行，但这并未妨碍他们以契约的方式思考[1]。例如，在《论原始契约》（“Of the Original Contract”）一文中，大卫·休谟指出，几乎没有历史证据表明，任何此类许诺曾构成政府的创制时刻和基础。据他估计，让人感到有义务服

1 《任性的契约：英国政治义务的危机，1640—1674》（*Wayward Contracts: The Crisis of Political Obligation in England, 1640–1674*）（普林斯顿：普林斯顿大学出版社，2004年版）一书中，维多利亚·卡恩（Victoria Kahn）提出，早期现代契约理论和此前这方面论述的区别在于，它强调了政治契约让新的义务成为现实的权力：“对合同的本质性力量的强调……让新政治成为诗学史的一部分……在实际意义上，这意味着，就政治思想是一种明辨行为看来，一个行为常常关系到美德的标准概念，很多17世纪的人都把政治看作一种现实主义诗学，甚至虚构物本身。关于政治契约的小说曾经是早期现代唯一的、最重要的政治思想方法。”（第15—16页）我认为，早期现代文化把契约思想转变为诗学，而小说文化则反过来让契约包含的双方转化为组织社会经验的概念范畴。

务于公共利益并自愿服从政府的观念，唯有两个来源。他解释道："第一种是由天生本能或直觉倾向驱动所产生的道德责任……不受一切义务观念以及于公于私究竟有无实利等看法的影响。"这些义务包括"对儿童的热爱、对恩人的感激、对不幸者的同情"，先于公共利益的反思发生，但当人响应这些自然本能时，公共利益就产生了。不过，休谟对第二种"不是由任何原始本能所支持的"道德义务更感兴趣[1]。"如果有人问我们为何必须服从政府"，休谟会"立即"给出这个答案：因为不以服从为前提，**"则社会无法生存下去"**（休谟原文中使用斜体标识）。他的文章结语初看像是摈弃了社会契约论，理由是更像虚构而非历史真相："我所读过的古代文献中仅有一节将服从政府的义务归诸个人允诺，这一节见于柏拉图的《对话集》（*Crito*）。据此集所载，苏格拉底拒绝越狱，因为他已默允遵守法律。"（第201页；中译本第137页）然而在解释为何在没有武力威胁也不存在不服从就会犯叛国罪的君主的前提下，人们依然服从国家这个问题时，休谟显露出他实则受那种他意图摈弃的逻辑的影响。他声称，人充分意识到这一事实，即"如果没有法律、行政长官和法官一起阻止强者侵犯弱者，阻止狂暴者欺

1　大卫·休谟：《论原始契约》（"Of the Original Contract"，1748），收于努德·哈孔森（Knud Haakonssen）编《政治文存》（*Political Essays*）（剑桥：剑桥大学出版社，1994年版），第201页。所有引用均来自这一版本，将在文内标注。[译者注] 中译见张若衡译：《休谟政治论文选》（北京：商务印书馆，2010年版），第131—132页。中译引文均采用该版本，并在文内注明页码。

凌公正讲理者，那么人们在社会中，至少在文明社会中，根本活不下去”(第197页；中译本第132页)。[1]虽然休谟摈弃了卢梭关于契约的自然起源的主张，但他把这样的原则当作常识来接受：为了生活在一个和平的共同体之内，人不得不限制自己的 32
欲望。

契约道德

如果丹尼尔·笛福可以被称为第一位小说家和占有型个人主义 (possessive individualism) 的首位倡导者，主要是因为他在《鲁滨孙漂流记》中把个人主义和某些心灵品质的表达等同起来，那些品质是值得书面表达的。我将不再赘述同名主人公是如何合理化他针对各种社会权威形式 (从他的父亲到传统基督教上帝) 的多次不服从行为。我只想说，鲁滨孙·克鲁索通过这样的姿态，不带讽刺地将自己定义为我所谓的坏主体：“从我前面的自述中，读者可以知道，至今我已遭遇了种种灾难，但我从未想到这一切都是上帝的意旨，也从未想到这一切都是对我罪孽的惩罚，是对我悖逆父亲的行为，对我当前深重的罪行，以

1 值得一提的是，在《论政府的起源》(“Of the Origins of Government”) 一文中，休谟普遍化了自由表达自身的主体和治理主体之间的张力，由此给予个人好比小说给予它们不合时宜的主人公们那样的增补性能量：“在所有政府中，权威与自由之间存在着一场永久的内部斗争，无论是公开的还是秘密的；而且，两者均无法在竞赛中绝对获胜。”(《政治文存》，第22页)

及对我邪恶生涯的惩罚。”[1]重要的是，克鲁索不把自己视为有罪，而是天生不愿意顺从传统权威形式。“我从未想到这种冒险生涯会给我带来什么后果”，他解释道，但全然“没有想到上帝，想到天意；我的行为完全像一个畜生，只受自然规律的支配，或只听从常识的驱使，甚至连常识都谈不上”（第65页；中译本第90—91页）。我感兴趣的并非主人公最初如何确定是什么促使他拒绝被分配的中等阶层的位置，我感兴趣的是他拒绝适应的修辞性后果。因此，我关注的是，随着克鲁索在他的岛屿上发现其他人类、一个新的统治模式出现时，坏主体这一类属发生了什么变化。为了和这些人共存，他必须让所有人遵守同一行为准则，而他自己也必须受其制约，这一准则含蓄地承认了它和社会契约的英国版本之间的哲学承袭关系。他向从叛变者手下逃脱的船长解释道：“**我只有两个条件**。第一，你们留在岛上期间，决不能侵犯我在这里的主权；如果我发给你们武器，无论什么时候，只要我向你们索要，你们就得交还给我。你们不得在这岛上反对
33 我或我手下的人，并必须完全服从我的管理。第二，如果那只大船收复回来，你们必须把我和我的仆人免费送回英国。”（第184页；中译本第266页）这不仅仅是一次服务的交换，也是一次协

1　丹尼尔·笛福著，迈克尔·辛纳格（Michael Shinagel）编：《鲁滨孙漂流记》（纽约：诺顿出版社，1994年版），第65页。所有引用均来自这一版本，将在文内标注。中译见郭建中译：《鲁滨孙漂流记》（南京：译林出版社，1997年版），第90页。中译引文均采用该版本，并在文内注明页码。

议，双方都要尊重和维护对方的自治性和流动性。

根据约翰·洛克的《政府二论》(*Second Treatise of Government*)，儿子不仅继承他父亲的地位，而且在理解法律的过程中赢得他自己的公民身份。理解法律是为了服从它，进而满足治理他人的前提[1]。因此，公民身份完全取决于人驾驭侵略性的能力，而人正是凭借这种侵略性来表达个体性。在这方面，现代国家从创始之初就可以被理解为一个防御性结构，一个致力于保护它的公民以及那些不适宜成为公民者的集体，使他们各自的财产权和个人自治权免受任何侵犯的蚕食。换句话说，现代国家因为维护个人主义不受某些形式的侵犯的需求而得以正当化，而这些侵害形式却往往与个人主义的表现形式有着诡异的相似。在这种情况下，坏主体如何成为好公民？资产阶级道德实现了这个戏法。这一特别行为准则反对直接发自内心的自我表达，支持那些经过加工的情感表达——这些表达旨在奉承、哄骗、欺骗、胁迫或腐蚀那些它们的表现对象。与此同时，资产阶级道德还把那些为公共利益服务的激情和驱力和那些更可能扰乱社会秩序的区别开来。一个表达型个人要想成为好的主体，他的欲

1 在《论父权》一章中，洛克以想象无主之地的方式想象了儿童，也就是说，理性的缺乏直接转化为政治权利的缺乏；此时，儿童接受父亲的管治。可一旦儿子“悟性可以驾驭他的意志”时，父亲和儿子“同样地受制于同一法律，父亲对他的儿子的生命、自由或财产都不再拥有任何统辖权”（彼得·拉斯莱特编《政府论二篇》[剑桥：剑桥大学出版社，1988年版] 第二卷第59节；[译者注] 中译本第39页）。

望必须不完全属于他；它们最终还得服务于公共利益。

当克鲁索独自一人时，他的特殊利益和公共利益之间缺少可辨识的差异。因此，故事的前半部分读起来像是对增补物的展开，克鲁索由此首先获得了对周围土地的认识，继而以财产的形式获得了土地本身。信息以财产的形式累积起来，把他从劳工转化为土地拥有者。或者说，为了把洛克关于心灵和财产的两个原则表达成叙事形式，笛福把某些东西添加到克鲁索身上，让他超越了被分配的社会地位的限制。这个“某些东西”借助提供解释的“我”以及他的“胡思乱想”的影响力，暗中自己发挥作用：“我是家里的小儿子，父母亲没让我学谋生的手
34 艺，因此从小只是喜欢胡思乱想，一心想出洋远游。当时，我父亲年事已高，但他还是让我受了相当不错的教育。他曾送我去寄宿学校就读，还让我上免费学校接受乡村义务教育，一心一意想要我将来学法律。但我对一切都没有兴趣，只是想航海。”(第4页；中译本第3页) 除了颠覆洛克模式 (当儿子重现父亲对法律的理解而成为公民) 之外，鲁滨孙对流动性的固执坚持，还为他提供了一个场景，让那种过度可以倾泻到自然风景中，让那些在故土已经得到完全测绘和分类的东西转变为一种新的财产形式，表达他自己的意志和欲望：

> 你们要知道，现在我在岛上已有了两个庄园——我也许可以这么称呼我的两处住所。一处是我的那个小小的

> 城堡或帐篷。这儿，在小山脚下，四周建起了围墙，后面是一个岩洞，现在，岩洞已扩大成好几个房间，或者说好几个洞室，一个套着一个。……此外，在我的乡间别墅那边，现在也有一座像样的庄园。首先，我有一间茅舍。……也就是说，我经常修剪周围的树篱，使其保持一定的高度。我的梯子也一直放在树篱里面。（第110—111页；中译本第155—156页）

人们不禁注意到，扩张自我的欲望如果没有恐惧相伴的话，只会让欲望本身扩张，而这种恐惧唯有靠自我封闭机制来平息。克鲁索的“梯子”向我们揭示了一个事实，即这一主体在每一次财产扩张时都倾向于感到脆弱：脆弱，永远焦虑着维护自己身体及其供给的自治权，因此极度防卫，尽管显然他才是入侵者。

显然，这一扩张和自我封闭的过程主导了大半部小说，一代代杰出的评论家（或许尤以卢梭和马克思为最）在解读笛福的成就方面留下了丰富的遗产。对多数读者而言，笛福把克鲁索转化为一个和平的世界主义国家总督的过程并不那么有趣。通过这一转化，他的主人公不再扮演增补物的角色，至少扮演得不那么明显，并且以形形色色的个体的名义行动，让他们凝聚为一个群体。他牺牲个人主义，换取对生命、身体和财产的保护。从这样一种治理的角度出发，个人心甘情愿地待在自己 35

的位置上会赋予他道德价值。

克鲁索岛上生活的前后两阶段之间的显见矛盾其实同样是社会契约本身的矛盾，即要求个人约束他/她的个体性，以换取国家对个体性的保护，免受自我表达的其他形式的侵扰。为了约束他的同伴，克鲁索必须自己不再是一个坏主体。小说把克鲁索对财产贪得无厌的欲望再现为一系列防御手段，为的是保护生命和财产不受想象中的掠夺者侵袭，通过这一再现，笛福使我们认为，克鲁索从自我表现转向自我约束，是一种自我保护行为。此外，鲁滨孙崛起成为领袖是通过一系列冲突实现的，在这些冲突中，他将其他个人从野蛮的公开形式中解救出来。笛福以克鲁索的读写能力抗衡食人族和叛乱者的身体暴力，包括计算、制图、测量、分类，并向那些才智不及他的人传播岛屿及其居民的虚构记述。他最终指派给"星期五"的体力劳动创造了财产，而当岛上有其他人露面之后，他依靠智力劳动捍卫了这些财产[1]。那些与他一样具备与众不同的读写能力的人，也会欣然同意按照他的治理规则行事。当克鲁索指示那位遭遇下属兵变的船长"我们必须把囚犯分隔开"时，这点变得显而易见。

1　在《想象的清教徒》一书中（第184—195页），列奥纳多·特内豪斯和我讨论，作为个人主义标志的克鲁索的财产，一开始就是智力劳动而非体力劳动的结果。面对自身个人主义遭遇的威胁，克鲁索迅速把维护自己必需的暴力指派给"星期五"，从而有效否认了意识形态治理在一定程度上依赖它所取代的武力形式。

笛福的主人公就是这样来应对人数上的悬殊差距的，在一个权威归属于能垄断暴力的派系的世界里，这种差距可能使叛乱者占据上风："我叫船长再回去一趟，从他们七个人中挑出（潜在顺从的）五个人来。我要他告诉那些人……现在只要挑选五个人做他的助手，总督要把其余两个人以及那三个已经押送到城堡（我的洞穴）里去的俘虏留下来做人质，以保证参加行动的那五个人的忠诚。如果他们在执行任务过程中有任何不忠诚的表现，留在岛上的五个人质就要在岸上用铁链活活吊死。"（第194页；中译本第282页）笛福的确利用了对惩罚的恐惧来建立他的新共同体，但他将暴力统治转译成虚构叙事，向叛乱者散播。那么，某种意义上，可以说他是利用恐惧而非暴力事实来实施统治。克鲁索精心构思他的故事，为的是让那些天生有暴力倾向的人相信暴力会降临到他们自己头上。在建 36
立权威的过程中，更重要的是，他有能力说服五个潜在公民相信，如果他们不服从，同船水手就会受到伤害，共同体就会受到损害。因此，他假定被选中的五个人有能力理解，服从法律是为他们自己好，因为他们这样做满足了集体利益。如果说，通过把旧的叛乱者共同体个体化，他遏制了他们的暴力能量，那么正是依据他们的个体化程度，他再现了这个即将启程前往英格兰的新共同体："我们出征的兵力是这样的：一，船长、大副、旅客；二，第二批俘虏中的两个水手。我从船长口里了解了他们的品行，早已恢复了他们的自由，并发给了他们武器；三，另外两个水手。这两个人直到现在还被捆绑着关在我的别墅里，现经船长建议，也把他们释放了；四，那五个最后挑选出来的人。因此，参加行动的一共是十二人。包括五个关在城堡石洞里当人质的。”（第195页；中译本第282页）小说最初是从国籍身份和宗教信仰的角度描述这些人的，现在，根据他们对于土著“星期五”所体现的社会行为最低标准的遵守程度，对其进行了重新分类。

克鲁索还将五个负隅顽抗的个人藏匿于公众视线之外，以便更好地表现暴力重返的威胁：不仅仅是这五个人可能给他人带来的暴力威胁，还有政府可能对这五个人采取的暴力的威胁。就这样，新兴的治理形式将暴力归入想象和恐惧的领域。通过这一举动，我们可以说，克鲁索解决了社会契约逻辑内部隐含的问题，即如何造就愿意服从国家的个人。不过，克鲁索成功地从一个类属跨越到另一个类属是有代价的，随着他成为一个模范公民，他丧失了不合时宜者的道德能量，因此，他在契约逻辑层面的成功，恰恰成了修辞意义上的败笔。在认同他作为个人的过度行为之后，现代读者很难再渴望新型共同体成员必需的那种同质性。

性道德

通过劳动（先是体力劳动，后来日益致力于观察、信息收集

和分类)，克鲁索把自身从一个孤独的落难之徒转变为一个可复现的自治主体典范。摩尔·弗兰德斯与罗克珊娜和他一样勤 37
勉。不过，克鲁索的女性版本并没有把土地变成财产，从而提升她们各自的社会地位，而是嫁了人，利用性好处 (sexual favor) 同那些处于权威地位的上位者做交易，由此跳出了原本分配给她们的位置。在早期现代文化里，有权把她们送进婚姻的人可能是她们的父亲、兄弟、监护人或者主人，但摩尔和罗克珊娜抓住时机，自己完成了和男性的交易。过程中，她们把坏主体的创业能量等同于性能量：吸引并让顾客满意的力量。这些女性把自己塑造成被驯服的躯体之外的东西，从此踏上了一条并非通向公民身份，而是与之相悖的犯罪和社会排斥的道路。如果笛福无法让自己认可她们的性行为，那我们好奇的是，他为何还授权她们讲出自己的故事。为了着手这一问题，我们必须评估，把社会契约转化为性关系，会获得哪些相对优势，又需要承受什么样的弊端。

鲁滨孙·克鲁索的故事表明，要成为典范的公民主体，光靠坏主体放弃那些和父辈文化发生分歧的实践是不够的；他还要学着彻底重建自己。因此，克鲁索不但通过财产的获取表现自身；他还学会了克制自己的占有冲动，并和其他同样贪婪的个人分享这座岛屿。克鲁索作为总督被神化的过程，与笛福笔下的女性人物试图跨越横亘在坏主体和典范公民之间那道本体论鸿沟的尝试，这两者间的相似之处是富于启发性的。摩尔和罗克珊娜把自己从男人之间的交易中抽离出来，她们不再是驯服的身体，而是放荡的女人。这种放荡破坏了同等级男性之间的女性交换，使得婚姻联盟得以形成，而这类婚姻联盟遵循着个体与财产的限度。当摩尔和罗克珊娜在此类联盟构成的社会体（social body）中获得位置时，她们就取得了审视和评估她们以往行为的能力，从而展现出像克鲁索那样的自治能力。摩尔正是这样解释她向资产阶级体面的转变的：“我立刻拥有一所布置讲究的房子和一个很有钱的丈夫，所以假使我知道怎样安排的话，我一定会过着美满的生活；此外我还有闲暇去细想
38 我将来那种生活的真正价值。这和我从前那种放荡不羁的生活是多么不同啊！这种清白善良的生活比我们所谓的愉快生活是更快乐得多了。”[1] 在这个角色里，笛福的女主人公们既不侵犯其他家庭的神圣性，也绝不容忍自己的家庭被侵犯。

尽管以性好处做交易似乎是罗克珊娜和摩尔在被她们描绘成掠夺性的社会秩序中摆脱令人不满的位置、进入让人满足且获得道德认可的位置的唯一方法，但她们的成就显然是不稳定的。她们可能赢取的任何体面都已被某种行为形式所危及，这种行为存在于少数能灭绝道德价值的一切根基的个人主义

1　丹尼尔·笛福著，爱德华·H. 凯利（Edward H. Kelly）编：《摩尔·弗兰德斯》（纽约：诺顿出版社，1973年版），第146页。所有引用均来自这一版本，将在文内标注。[译者注] 中译见梁遇春译：《摩尔·弗兰德斯》（重庆：重庆出版社，2008年版），第144页。中译引文均采用该版本，并在文内注明页码。

表现之中。在摩尔的故事里，对丈夫兄弟的欲望构成了这种威胁。她在反思中意识到："处在像我们从前那样地位的人们，借口居心纯良、友谊深厚，等等，彼此太过自由，产生了不幸结果；因为肉欲常常在这种友谊中起了很大的作用，以致最后会压倒最严肃的决心。当廉耻丧失的时候，罪恶就会冲进来。"(第99页；中译本第95页) 为什么个人主义一旦通过性来表达，就必然招致道德指责，且最终危及个体作为社会体成员的资格？答案在于克鲁索制定的社会契约和女性可获得的婚姻契约之间的差异[1]。

随着20世纪晚期女性主义的到来，我们常常强调，从社会契约的角度定义男性和身体政治的关系，以及从性契约的角度定义女性和身体政治的关系，是有缺陷的。但是无论在过去还是现在，在某些方面，性契约中隐含的交换依然可以带来潜在的积极意义。男人从女人身上强征了性好处，而不同意供养她，这隐隐地违背了户主和他的受养人之间的理想关系。根据

1 参见卡罗尔·帕特曼（Carole Pateman）：《性契约》（*The Sexual Contract*）（斯坦福大学出版社，1988年版），第50—60、154—189页。据帕特曼的观点，女性主义文学批评传统提醒我们注意，在广大的文学疆域中，经由父亲、兄弟、丈夫甚至儿子之手，女性在文明社会中与其说是被表现，不如说是被压抑、有时甚至被奴役。最近，温蒂·布朗（Wendy Brown）提出，自由主义个人的整套幻想很大程度上取决于这样一个事实：男性超越了具体体现为女性和儿童的家庭界限，而他们又需要二者的情感和生理支持；参见《伤害的状态：晚期现代性中的权力与自由》（*State of Injury: Power and Freedom in Late Modernity*）（普林斯顿：普林斯顿大学出版社，1995年版）。

洛克的说法，每一户的户主都有责任在他的后代和家仆身上复现他特有的自治形式。一个在这样的家庭中成长的个人懂得尊重其他家庭，正如他尊重自己家里的每个成员那样，只因为他理解，尊敬他人的自治权是每个人生存和繁荣的必需。无论是从摩尔这样出身仆役阶层的女人，还是罗克珊娜那样社会地位沦落的女人身上强迫获取性好处，都会造成对原则的颠倒。
39 而这一掠夺性行为的受害者变成了加害者，毕竟这是“放荡的女人”一词的意味所在。

由于依靠这样堕落的手段上位，所以我们压根不觉得，这些不合时宜者得到体面地位，能让这个世界变好那么一丁点。摩尔在不知情的情况下和自己的兄弟缔结了一桩投机婚姻，而且，即便得知了这段关系的乱伦本质，她仍继续维持着婚姻，直到确定有利可图的下一步在哪里。罗克珊娜在女仆艾米身上复现了自己的性放荡。在通过交易攀附体面地位的过程中，她们俩都攀上了自己无法完全占领的位置。洛克想象的作为新型契约国家之基本单位的家庭，根本无法吸收和转化让这些女人获得成功的那些特质，印证这一点的，是她们必须用虚构的名字来讲自己的故事[1]。笛福用化名命名这两本小说——“摩

---

1 摩尔这么解释：“因为**新门**和**老牢**这两个监狱的簿册里都有我的真实姓名，那里好些还未解决的重要案件都与我个人过去的行为有关系，所以在这本书里我不能说出我的真名和家世。”（第7页；[译者注] 中译本第1页）罗克珊娜同样害怕曝光：“距离故事发生地很近的地区大部分都对得上号，有必要隐姓埋名，唯恐镇上的人尚未完全遗忘，对有些事还有所记忆，追溯来的事实又太露骨，（转下页）

尔”和“罗克珊娜”——他的主人公们借以掩饰她们肆无忌惮的手段，通过这些手段，她们获取了道德权威，能够在出版物中现身说法。矛盾的是，在虚构她们名字的过程中，作者赋予了人物一种伴随着“过度”而生的生命力，一种因她们的存在大于虚构而得以表意的生命，从而清楚无误地表明：小说的大部分内容始终超越且游离于任何自治主体的范围之外。

为了更明确地表示，罗克珊娜的行为对上流社会而言实在过于敌对，以至于她无法立足其中，笛福用走背运作为她故事的结尾：“在这里，我过了几年表面荣盛、看上去快快活活的日子，后来，我和艾米遭受了一连串可怕的灾难；我的日子正好和以前的好日子翻了个面。我们两人伤害了可怜的姑娘（她的女儿）后，上天的惩罚就接踵而来了，我又一次成了下等人，正像我的罪过只带来了我的不幸，而我的不幸只给我带来了忏悔。”（第329—330页；中译本第358页）摩尔和罗克珊娜的优势在于，她们的财富完全属于她们自己。因此，笛福把摩尔送去美洲而不是荒岛，看她单靠天生美貌和经济头脑能为自己做些什么。在英格兰，他以同样的条件释放了罗克珊娜。不过，在试图构想这个家庭如何在英国本土实现内部变革时，作者塑造的

（接上页）许多仍然在世的人会按图索骥，对号入座”（丹尼尔·笛福著，约翰·穆兰［Johan Mullan］编：《罗克珊娜，或幸运的情妇》［牛津：牛津大学出版社，1996年版］，第1页；所有引用均来自这一版本，将在文内标注）。［译者注］中译部分见天一、定九译：《罗克珊娜》（广州：花城出版社，1984年版）。中译引文均采用该版本，并在文内注明页码。

家庭却仍保留着诸多催生“坏主体”的特征，这些家庭用体面的外表掩盖着性丑闻。

笛福于1731年去世。14年后，他的某位编辑修订了《罗克
40 珊娜》，这个版本试图处理女主人公、她的女仆艾米和那个威胁要揭露她们过去放荡行为的女儿之间复杂关系所造成的问题。这个版本有第二卷，详述了罗克珊娜时运逆转以后的故事，包括她漫漫无期的悔恨，还有萌发的母爱。不过，出版于1775年的另一修订版同样受到18世纪晚期和19世纪读者的欢迎。这一版，用一个现代编辑的话说：“叙事人的用词变得更为体面，她的行为虽然仍需忏悔，但罪恶程度已大幅降低。尤其是情节中最怪异且令人不安的那部分，被遗弃的女儿对叙事人穷追不舍，这段情节被完全省略了。取而代之的是对笛福小说长篇大论的补充，‘罗克珊娜’发现了做贤妻良母的快乐。”[1]

对《罗克珊娜》的一系列修订是否表明，后世的读者未能领会笛福的讽刺，因此也看不出他无情地暴露了那些外表体面但私德有亏的人的虚伪？或者，另一方面，笛福未能声讨女主人公在真挚亲情方面的缺乏，这种失败是否恰恰让他的小说被定位到一个更早的、对普通女性的道德判断还不那么严格地跟性行为绑定的时代？我赞同，罗克珊娜对她生存处境的坦然接受，几乎保证了她所进入的契约关系都是相互剥削的，这也

1　约翰·穆兰：《附录：〈罗克珊娜〉的文本历史》（“Appendix: The Textual History of *Roxana*”），《罗克珊娜》，第338页。

赋予了她力量，让她质疑那些用体面外表来遮掩私生活的人的诚实性。我还倾向于认为，在塞缪尔·理查逊的《帕梅拉》(*Pamela*) 问世前的一段时期内，是物质境遇而非情感倾向决定了女主人公的道德观。这有可能意味着，在18世纪早期读者的眼中，罗克珊娜付钱给一对夫妇，从而给予她的孩子相对健全的养育，已经算充分履行了为人母的义务了。不过，尽管我同意这两种说法都有些道理，但我确信最好的解释另有他处。

我不认为笛福对女主人公的道德有那么关注，他更感兴趣的是设计一种手段，把社会上的不合时宜者转变成甘愿服从的那种公民。实际上，我认为，笛福对这些女性特别有兴趣，因为她们最充分地体现了那种增补物——她们的财产仅仅在于她们自身，形式是性劳动。与此同时，她们的性特征 (sexuality) 如 41
此直接地攻击了他人的自治权，以至于无法被以保护个人自治权为己任的社会体所容纳。一旦被纳入这个体系，摩尔和罗克珊娜要么受到驱逐，要么持续暴露社会整体的道德伪善。笛福对女性营销她的性特征所造成的问题有充分认知，这一点很清楚地体现在，当他的女主人公用毫不体面的手段获得体面时，那些手段必须归因到别人身上。因此，笛福的读者难以分辨，哪个摩尔或罗克珊娜是真的，哪个是假的，是讲故事的人呢，还是故事的女主人公。为了确保摩尔的体面，笛福必须通过让她和第一个真正令她动情的男人结合，来统一她的双重身份，这是她唯一自由选择的对象。正如《罗克珊娜》修订版本所示，主人公即使在小说完结之后，仍然心存不安。因为两位女主角都没能内化那些让她们可以面向读者展开回忆的特征，她们都无法获得公民主体的完整性和自治性。在这两个人的例子里，叙事主体（或曰欲望个体）与正在叙述的主体（或曰公民主体）始终对立。这种解决方式对男人不管用，仅适用于一类女性——对她们而言，性契约在取代社会契约的同时，又通过赋予财产使其享有安全保障。

然而她们的书写却并非如此，这些文字读起来比塞缪尔·理查逊的任何作品都更真实地披露了当时性方面的实践。比如，摩尔记述道："我真爱和他们在一起，他们都是嘻嘻哈哈、诙谐有趣的人。我常觉得他们很有趣，像我觉得另外一种人同样的有趣一样。但是经过仔细的观察，我看出最漂亮的人干出来的是最不漂亮的事——那是从我的目的方面来看，他们可以说是最不漂亮的。而那些带着最好的条件来向我求婚的人却又是天下最不漂亮、最令人讨厌的。"（第48页；中译本第43页）如果我们把她的性特征当作一种让她可以在社会上飞黄腾达的附加物，那么我们必须钦佩她的诚实，同时谴责她狭隘的唯利是图。这场交易没人看好。但如果我们不考虑性，而将写作视作附加物——写作使她从一个驯服的躯体转变为一个不合时宜者，她那以读写能力为标志的向上流动性是值得我们欣赏的——那么，把这样一个不合时宜者转变为一个自治主体就突
42 然变得可能了。写作可以满足两个目的：写作表达了令人不满

的社会地位可能压抑的个体性的方方面面，同时限制了那些一旦他们实现令人满意的局面后的过度行为。从这个角度来看，《摩尔·弗兰德斯》和《罗克珊娜》用虚构的名字做标题，展现了书写的力量，在表达的同时也限制了个人主义的过度行为。

在理查德逊的头两部小说中，他确实可以被指责为同时利用了笛福所阐述的男性流浪汉小说和女性流浪汉小说的优势。笛福让摩尔和罗克珊娜在她们的性早熟行为势必会侵犯其他家庭自治权的情境中展开行动。为了避免这个问题，他让克鲁索在岛上释放野心，在那里，没人因为他的获利而变得更穷。让我们想象克鲁索穿上衬裙，用个人书信写作的方式来抵御几乎不间断发生的性侵犯，那么这便是帕梅拉，她的身体除了是她自己的财产之外，毫无意义。亨利·菲尔丁 (Henry Fielding) 认为，虽然最初是她的性特征吸引了那位浪荡主人，但最终是她的书写掌控了他。“我以前看过你所说的那些信，这对你并没有不利，”他向她解释道，“因为它们使我对你有很高的评价。”接着，在暗示帕梅拉的书写造就了他所倾慕的对象之后，B先生施展了小说自身的戏法，颠倒了客体和再现之间的关系：“如果我（已经）不爱你，那你认为我会为你的信这么操心费神吗？”[1] 从修辞角度来说，答案必须是“不”，尽管从逻辑层面而言，答案

1　塞缪尔·理查逊著，彼得·赛波（Peter Sabor）编：《帕梅拉，或美德的奖赏》（*Pamela; or，Virtue Rewarded*）（伦敦：企鹅出版社，1985年版），第265页。[译者注] 中译见吴辉译：《帕梅拉》（南京：译林出版社，1999年版），第218页。

只能是“是”。从笛福的女主人公那里学了一课以后，理查逊利用帕梅拉的书信把过度的性特征转换成一种有能力改造浪荡子行径（特属于统治阶级的行径）的家庭情感形式。接下来，让我们想象一下：摩尔和罗克珊娜用驱使克鲁索抵抗父亲、神、大自然和异族的精力抵抗主人的甜言蜜语。为了把她们变成克拉丽莎，我们只需要从笛福的女性人物身上剥除仆从和妓女特有的匿名性，让她们告诉有能力感到类似义愤的读者，她们是如何被迫接受讨厌的性挑逗，否则就面临失去生计的风险。克拉丽莎用书写来回应每一次性提议，最终也是书写保障了她在跨国读者群体中的权威地位。通过把摩尔和罗克珊娜的性早熟转换成言语上的攻击，笛福为帕梅拉和克拉丽莎这类在话语上具有攻击性的主人公的登场铺就了舞台。

新的阶级气质

43 早在笛福之前，一直存在持异议的观点主张治理始于家庭，而且作为一种道德义务。不过18世纪初期，小说为旧公式提供了新的决定性转向。女儿的命运开始代表个人命运，并为自我表现设下某些限制。倘若任性的女儿丢父亲的脸，以致威胁到他在男性共同体内的地位，那么当专制的父亲将男性定义为不适合照料受养人的人时，同样会让整个共同体蒙羞。如理查逊所见，这种双重约束的唯一出路是创造一个情境，授权女儿为自己选丈夫，选一个阶级高于她、但看重女性的智慧和心灵超过她们的社会地位或身体魅力的男人。帕梅拉用写信来策划这样的婚姻，并在这个过程中提升了整个家庭的地位。但比理查逊的处女作更吸引人的是《克拉丽莎》，这部小说畅销国际，影响了好几个欧洲国家及其殖民地的小说创作[1]。

在理查逊书信体的连篇累牍和简·奥斯丁风格化的精确之间，小说经历了巨大飞跃。亨利·菲尔丁声称，不是因为写作的能力，而是在施与性好处方面的克制，让理查逊那原本平凡无奇的侍女有本事俘获一个富有的求婚者，这番言论意味着，尽管理查逊的小说呈现了那么多引诱的场景，却又自称顾虑重重，其本质不过是一场精心设计的挑逗而已[2]。奥斯丁丝毫没有

1 参见杰伊·弗里格尔曼（Jay Fliegelman）：《浪子与朝圣者：反对家长制权威的美国革命，1750—1800》（*Prodigals and Pilgrims: The American Revolution Against Patriarchal Authority, 1750–1800*）（剑桥：剑桥大学出版社，1982年版），第82—89页；多萝西·E. 冯·穆克（Dorothea E. von Mücke）：《美德与幻觉的面纱：18世纪文学的文类创新和教育工程》（*Virtue and the Veil of Illusion: Generic Innovation and the Pedagogical Project in Eighteenth-Century Literature*）（斯坦福：斯坦福大学出版社，1991年版）。

2 关于理查逊女主人公的成功，亨利·菲尔丁在《沙梅拉》的序言中极妙地表达了这些观点："我认为，它传达给女仆的指令是非常明白的，就是要尽可能敏锐地留心她们的主人。其后果将是，除了忽视她们在本职工作之外，还使用各种各样的手段，达到装饰个人的目的，如果主人不是傻瓜，她们会受他诱惑；如果他是一个傻瓜，她们会嫁给他……我的朋友，整个故事是如此歪曲事实、颠倒黑白，我相信，一旦你细读了我现在附给你的文字，你会同意，正如我希望的那样，你和其他好人会把这些文字传达给公众，那么，这小蹄子就不能在世上行骗了，像她骗她主人那样。"（《奥利佛牧师给提克泰克斯牧师的开场信》（转下页）

给读者留下想象空间，让他们认为她的女主人公对跟地位高于自己的男人发展关系感到不情愿这种态度包含任何虚情假意。是她们的克制、她们拒绝的能力（不但拒绝讨厌的性挑逗，也拒绝有利可图的求婚）把她们从原本驯服的身体转变为坏主体的身体。通过说不，这些女主人公挑战了维系社会等级制度的婚姻规则。为了成为典范公民，她们必须把践行违抗行为的冲动转化为同等强烈的修复她们可能造成的任何社会破裂的冲动。试想奥斯丁让爱玛表现出的忏悔之举，比如在她将依附者贝茨小姐当作讽刺对象之后。所有这些手段，目的在于保护女主人公不受到理查逊让帕梅拉轻易遭受的误解，不过我坚持认为，目前为止，奥斯丁的叙事者才是最重要的。

随着这一叙事者的现身，英国小说弥合了早熟的女主人公和道德评判叙事者之间的鸿沟，解决了令《摩尔·弗兰德斯》和《罗克珊娜》直到20世纪晚期才进入推荐阅读名单的形式问题[1]。奥斯丁的叙事者比女主人公自己还了解她。同时，这个叙事者不受限于一套特定的经验，也无须因害怕个人曝光而被迫对她公开的真相进行审查。奥斯丁的叙事者明确站在《劝导》的女主人公一边，反对那位好心但太过传统的导师，让大家了

（接上页）["Prefatory Letter from Parson Oliver to Parson Tickletext"]，茱蒂丝·霍利［Judith Hawley］编：《沙梅拉》［伦敦：企鹅出版社，1999年版］，第12页）

1　参见荷马·O. 布朗：《英国小说的制度：笛福的贡献》（"The Institution of the English Novel: Defoe's Contribution"），《小说》第29期（1996）：第299—318页。

解，“安妮知道，拉塞尔夫人在得知艾略特先生的真面目并不再支持他以后，肯定感到有些痛苦；而且也在努力要真正认识并公正对待温特沃思上校”，安妮和上校已经相恋了很久。要让女主人公承认她的良师益友从一开始就使用了错误标准来评估一个男人的价值，在社交上是很别扭的，叙事人继续道：

> 不过，现在拉塞尔夫人非这样做不可。她必须学会懂得，她对两个人的判断全错了；她对这两个人的外表产生了错觉。温特沃思上校的举止不符合她的心意，她就过早地认为，他的举止反映了一种危险的鲁莽性格……拉塞尔夫人所能做的，就是承认她过去完全错误，必须接受新的观点并迎合新的希望。[1]

没有让女主人公以回忆录或书信写作的方式讲述自己的故事，奥斯丁的非人格化叙事者记录了个人感情（常常是她自己仅能半意识到的感受）转化为判断的过程，并通过分裂或巩固共同体的语言显现出来。在弥合个人和集体之间形式上的鸿沟的过程中，叙事者没有让任何个人思考发声，发出声音的唯有为主要人物和与之相似的读者设下标准的文化。在这种情况

1 简·奥斯丁著，帕特里夏·迈耶·斯帕克斯（Patricia Meyer Spacks）编：《劝导》（纽约：诺顿出版社，1995年版），第165—166页。[译者注] 中译见裘因译：《劝导》（上海：上海译文出版社，2008年版），第274页。

45 下，写作依然作为增补物运作着，但它赋予主体的是适应其社会位置所需要的东西，而非拒绝这个位置所需要的东西。女主人公的自我表现越接近叙事者的书面标准所建立的形式，她就越靠近典范主体的地位：一个内在自我表现和自我治理完美协调的人。让我暂停一下，来看看写作如何为扩大和现代化奥斯丁笔下以乡绅为代表的社会旧秩序提供手段，同时却不会对其成员的等级性倾向 (hierarchical disposition) 构成挑战。

不止一个奥斯丁的女主人公拒绝了会带给她决定性的社会阶梯跃升并让她终身经济无忧的结婚提议。这种拒绝在《傲慢与偏见》中造成了一个小丑闻。的确令人难以置信，伊丽莎白·班纳特直率地拒绝了柯林斯先生——班纳特家乡宅邸的继承者——而他不理会她的拒绝，因为“年轻的姑娘们遇到第一次求婚，即使心里愿意答应，口头上总是拒绝”[1]。伊丽莎白的动机同理查逊式女主人公的羞怯毫无相似之处，她毫不迟疑地打消了柯林斯自以为是的念头：“老实跟你说，如果世上真有那么胆大的年轻小姐，拿自己的幸福去冒险，让人家提出第二次请求，那我也不是这种人，我的谢绝完全是严肃的。你不能使我

1 简·奥斯丁著，唐纳德·J. 格雷（Donald J. Gray）编：《傲慢与偏见》（纽约：诺顿出版社，1966年版），第75页。所有引用均来自这一版本，将在文内标注。［译者注］中译见王科一译：《傲慢与偏见》（上海：上海译文出版社，2010年版），第122页。中译引文均采用该版本，并在文内注明页码。

幸福，而且我相信，我也绝对不能使你幸福。”（第75页；中译本第124页）奥斯丁女主人公的这个标志性举动完美诠释了作为增补物的坏主体。由于拒绝保障父亲在同阶层男性中的地位，她令他作为一家之主的地位岌岌可危。

更重要的是，由于拒绝同意按照提议的条件缔结婚姻，她以唯一可能在道德上被认可的方式成了一个规则破坏者。她不顾危害到自己以及整个家庭的经济安全的可能性，坚持要签订一份基于某种情感的契约。这种情感直接源于伊丽莎白·班纳特对达西先生的傲慢及其阶级优越性的抵抗，让她抵触的还有，与她自身岌岌可危的处境相比，他的亲朋好友们过分奢侈的生活方式。这种抵抗不是一瞬之间可以攻克或是用钱软化的。的确，他和她的等级对立如此激烈，以至于她的父亲，通常应该为女儿嫁给像达西这样地位的男人而高兴，却感到有必要 46
问她一句：“你在闹些什么？你疯了吗，你怎么会要这个人？你不是一向都恨他吗？”听闻女儿收回了那些感受，班纳特先生接着质问她：“他当然有的是钱，可以使你比吉英（你的姐姐）衣服穿得更高贵，车辆乘得更华丽。难道这就会使你幸福吗？”（第259—260页，中译本第414页）为了保证这个问题会引起读者响亮地说“不”，奥斯丁早已提供了夏绿蒂·卢卡斯的先例，她同意嫁给那个在其他方面一无是处的柯林斯，只是因为他可以给她一个舒适的家。伊丽莎白回想起她“一向觉得，夏绿蒂关于婚姻问题方面的见解，跟她颇不一致”，尽管如此，她接着思忖，“却不曾料想到…… (夏绿蒂) 竟会完全不顾更美好的感受，来屈就一些世俗的利益。夏绿蒂竟做了柯林斯的妻子，这真是天下最丢人的事！”(第88页，中译本第144页) 在这样说出丽萃没说出口的想法时，叙事者暗示文化本身和她共义愤。这位女主人公——实际上，每个奥斯丁的女主人公——想要从婚姻获得的东西，显然是柯林斯那只能提供社会地位和经济保障的婚姻所缺乏的。如果说夏绿蒂·卢卡斯的婚姻**不是**学习的榜样，那么我们是否要假定《傲慢与偏见》倡导的是一种通过违背那些原则而缔结的婚姻？小说是否会让我们感到，伊丽莎白的婚姻比她姐妹们的优越，仅仅因为她们不需要反抗惯例寻找伴侣，因此可以认为，她们不会为婚姻带来任何超出惯例、属于她们自己的东西？

很可能是这样吧，但关于克服惯例远不止乍一看所见的那么简单。奥斯丁让这些疑问尘埃落定，随着她的女主角攻克了班纳特先生的怀疑，“几次三番地说，达西先生确实是她选中的对象，说她对他的敬爱已经步步提高，说她相信他的感情绝不是一朝一夕生长起来的，而是经历了好几个月才考验出来的”(第260页；中译本第415页)。伊丽莎白凝视着达西的袖珍小像，而他的管家在为主人唱赞歌的那个片段，最常被学者们指认为小说中的情感转折点，在这一刻，女主人公爱上了唯一与她相配的对象。伊丽莎白确实重新解读了高于她的阶级的那些阶级标志——就达西而言，这些标志根植于这个男人的内在品质，使她能够从资产阶级道德的角度重新评估他的价值。确实，关于这次邂逅，叙事者发问道：“什么样的称赞会比一个聪明的下人的称赞更来得宝贵呢？她认为他无论是作为一个兄长，一个庄主，一个家主，都一手操纵着多少人的幸福……他可以行多少善，又可以做多少恶。那个管家奶奶所提出的每一件事情，都足以说明他品格的优良。她站在他的画像面前……她不由得想起了他对她的钟情，于是一阵从来没有过的感激之情油然而生。”（第170—171页；中译本第279页）如果小说的目的只是为了让自负的女主人公臣服、说服她接受达西的优越性（无论以她的标准还是他的标准），那么我并不认为，《傲慢与偏见》会获得它今日已然获得的典范性地位。一方面，伊丽莎白确实随着达西的等级标志成为代表可靠的一家之主的美德而被征服；另一方面，小说也指派给他进一步启蒙女主人公的任务。“从小时候起，大人就教我，为人处世应该如此这般，”他坦白道，“却不教我要把脾气改好。他们教我要学这个规矩那个规矩，又让我学会了他们的傲慢自大……不幸我是一个独生子……从小给父母亲宠坏了。虽然父母本身都是善良人……却纵容我自私自利，傲慢自大，甚至还鼓励我如此，教我如此。他们教我，除了自己家里人以外，不要把任何人放在眼里，教我看不起天下人，至少希望我去鄙薄别人的见识，鄙薄别人的长处，把天下人都看得不如我。”（第254页，中译本第407页）通过这番陈述，达西将那些曾在彭伯利庄园向着伊丽莎白雄辩诉

47

说的等级标志，重新铭刻进维系地位区隔的意义传统之中，而地位区隔原本是小说质疑的东西。

但是在下一段陈述中，通过经济学上的解释，达西为传统等级注入了新的道德价值，把伊丽莎白认定为附加价值的来源："从八岁到二十八岁，我都是受的这种教养，我最亲爱、最可爱的伊丽莎白，要不是亏了你，我可能到现在还是如此！"他解释道，首先她剥除了他的等级价值："你羞辱得我好有道理。当初我向你求婚，以为你一定会答应。"他接着回忆她是如何证明等级本身的价值微乎其微："多亏你使我明白过来，我既然认定一位小姐值得我去博得她的欢心，我又一味对她自命不凡，那是万万办不到的。"就这样，他总结道，她令他得以获得更高层次的价值："我哪一点不都是亏了你！你给了我一顿教训，开头我当然受不了，可是我实在得益匪浅。"(第254—255页；中译本第407页）由此，他们摆脱了各自体现的准则之间的相互敌对——他对于她的家庭和等级的抵触，她对他关于家庭和等级优越性意味着道德优越性的信念抱有的敌意——一种微妙的
48 综合产生了：一种将传统阶级标志附着到社会契约道德之上的新"真理"。小说自身提供了通向这一真理的路径。因为它修正了阶级优越性的基础，并向达西声称伊丽莎白教育了他那样，教导读者把单纯的等级标志转化为一种自我表现形式，从而让进入这一交换关系的双方都得到提升。可以说，通过提升他们作为个人的价值，小说加强了普遍意义上个人的潜在价值。

道德作为规训

正如18世纪所构想的，社会契约要求个人承诺抑制个体性，为的是确保其神圣性和保护效力。启蒙知识分子——我当然把奥斯丁包括在内——把抑制自私的满足看作对完整公民资格首要且最好的保障。按照他们的思维方式，这种自我约束不会带来个体性的损失，恰恰相反，它保证了个人权利在自我层面的累积。然而在浪漫主义时代，小说的注意力从个人转向集合体，彼时，一方面小说力求综合地方文化经济，另一方面又融合世界性有闲阶级的实践，由此创造出一种既民族主义又体现小说特质的文化。这一焦点转移给坏主体带来了什么？这个形象再也无法产生过度个人主义的表达，在将个人从限制性的社会类别中分离出来的同时，让他/她有机会成为更彻底的公民主体，从而评判治理他人。确实，后来的小说假设个人天生过度个性化，因此是**先于文字**（*avant la lettre*）的不合时宜者，并由此成为家庭和国家自治的威胁，这种潜能在笛福的摩尔和罗克珊娜身上已经蛰伏。本书下一章会解释，在19世纪早期，小说如何最终放弃了想象一个日益民主化的国家的使命，并把国家重新想象为一个要求其成员不断实现更高的升华成就的共同体。

这一意识形态方向上的彻底转变，以鲁滨孙·克鲁索在他的岛屿王国上实现霸权权威所预示的方式，改变了小说的修辞。在此过程中，它制造出伴随小说形式转变的同样的修辞问题。就像上个世纪的读者所理解的那样，道德之于维多利亚时
49 代的人似乎来自主人公内部，当那个个人抵抗其社会地位所造成的对自我表达的限制时，道德必须是某个人自己的，而非别人的。在美洲殖民地革命和法国大革命之后的日子里，加上国内普遍且常常猛烈爆发的民众不满，被确立为“小说”的虚构开始对个人主义产生怀疑（就像克鲁索那样），并寻求一种除公开暴力压制之外的手段，控制并利用其能量，为集体目标服务。实际上，若要进一步推进19世纪小说和克鲁索故事最后几章之间的类比关系，我们恐怕要说：小说开始将自身视为规训（discipline）的手段，而非增补的手段。当克鲁索想象出一个虚构的总督，并为居住在自己岛上的叛乱者扮演这一角色时，我们感到越来越难尊重他那大胆的、驱使他抵抗父亲、君主和神的个人主义。另外，笛福用虚构暴力造就的服从取代了暴力造就的服从，不仅因其过于明显而难以让服从伪装成自由，还很容易滑向实际暴力的深渊。因此，克鲁索有时与他曾经试图克服的权威形式颇为相像。尽管随着他从代表性个人转变为规训的典范形象，吸引力有所减损，但要认识到的是，增补性原则对克鲁索的塑造丝毫未减。他不再展现出个人主义的前社会因素，但也没有退回到小说开篇时为他设定的社会地位。在他留在岛上的最后日子里，他享有某些完全靠言语获得的属

性——即他是个无所不知的总督的传闻——这样的属性使他牢牢把守着权威地位。

来到18世纪的尾声，我们察觉到自我表达的主体和自我治理的主体之间的鸿沟渐渐消融在奥斯丁那大胆的女主角和叙事者之间的窄隙之中，而女主角想要成为彭伯里的女主人，必须采纳叙事人所具备的集体性智慧。我认为，我们可以把这种集体性智慧的声音理解成一种比摩尔和罗克珊娜为自己过去的过度行为辩护的写作更加微妙的形式。换句话说，我们可以把奥斯丁的叙事者理解成为伊丽莎白·班纳特彻底经历了文化适应的自我表达，是她与文化协商的结果，而非她天性使然，是 50
一种必须从女主人公意识之外向读者传达的自我表达形式，直到它被她的意识完全内化。

后世的小说把资产阶级道德转化成为某种类似克鲁索这个幽灵总督以及奥斯丁笔下那同等幽灵的叙事人的东西。资产阶级道德既非个人欲望的一种功能，亦非社会权威的一种形式，它构成一个范畴，既和二者分离又斡旋其间。在对卢梭的社会契约论的独创性解读中，阿尔都塞关注到契约修辞核心存在的一个矛盾，而其说服力正有赖于这一矛盾。就前社会个人而言，契约自身呈现为一种自愿行为。在服从国家法律的过程中，个人并不会丧失个体能动性，因为他是出于自愿服从的，就像“星期五”匍匐在克鲁索脚下时那样。当在向一个由同样服从的个人组成的集体服从的过程中，前社会个人获得了一种他在只服从于自身的自然状态里享受不到的自由。前提是，任何一个个人不但服从，而且在服从的过程中，开始以大致相同的方式理解自身和个人利益。

正如阿尔都塞所指出的那样，这种幻想永远无法实现——如果不存在第三方来确保个体与集体之间的交换实际上是个体与一群大致相似的个体之间的交换。他强调，要让交换形象成为心理和社会政治的双重现实，就必须存在一种文化机器(cultural apparatus)，确保形形色色的个人以近似的方式想象他们和现实的关系。怀揣着几乎相同的现实主义，形形色色的个体会认为那些同样怀揣这种现实主义的人跟他们大同小异；这无疑是本尼迪克特·安德森(Benedict Anderson)《想象的共同体》(*Imagined Communities*)一书的核心事实，书中把小说的民族传统的出现视作文化迈向现代民族国家的明确标志。[1]如卢梭主张，唯有教育能够提供社会契约中这第三方具有中介及主体塑造功能的成分。在米歇尔·福柯(Michel Foucault)的《性经验史》(*History of Sexuality: An Introduction*)和《规训与惩罚》(*Discipline and Punish*)之前，杰里米·边沁(Jeremy Bentham)的《虚构理论》(*Theory of Fictions*)可能是关于虚构的权威性最直截了当的政治论证了，也因此是权威的虚构性的明证。这无

1　本尼迪克特·安德森：《想象的共同体：民族主义的起源与散布》(*Imagined Communities: Reflections on the Origin and Spread of Nationalism*)（伦敦：韦尔索出版社，1983年版）。

疑是对该论点内在悖论最清晰的表述。这部著作部分出版于1812年，全书到1932年才面世，该书主张人是在权利、义务、真 51
理抑或正义的虚构中理解大部分身体经验的。边沁认为，“理论上来说”，这些纯粹虚构的现象“被假定为公理；在实践中，它们被视作规则”，公理主要存在于语言中，而规则经由我们的言语行为生效。然而，为了让语言对人和财产行使这样的权力，它表面上看起来不能是这样的。因此，当在虚构胜利的那一刻，边沁断言：“**虚构**的时代业已结束，那些过去在虚构的名义下得到容忍和赞同的事情，如果现在试图着手实行，会被谴责为**故作姿态**。”[1]如果主体将受到附着于社会契约的非凡虚构之网的规范——这些虚构既赋予它心灵与客观，又为其注入血肉与世界——那么虚构本身就必须受到规范。从今以后，坏主体将必须得到强制约束。

我认为，从一开始，虚构就隐藏了它可观的力量，在看似自然的教育过程背后履行职能，通过教育，虚构想象着将猛虎出柙的个人主义转化为公民道德。最终，通过一系列可谓教训的历练，小说把个人天生过度的标志转变成公民主体的文化智慧。我们不要单纯把小说看成教育课程的一部分，可以更准确地把它当作更为宏大的文化框架，在此框架内，适当的教育提供的不过是把坏主体改造为公民的一种手段。在更宏大的

1　杰里米·边沁著，C. K. 奥格登编：《边沁的虚构理论》（纽约：哈考特–布雷斯出版社，1932年版），第123页。

意义上，小说不能被归结为任何个别小说、传统或者小说制度。小说更像是一种普遍存在的文化叙事，它不仅从个人在集合体中有效定位自身的能力这一角度来衡量个人成长，同时也通过集合体容纳个人日益增长的异质性的能力来评估集合体本身。如果小说本身是推动现代个人行动的增补物，那么道德就是一种修辞，被小说用来在历史的不同时刻精确地发出信号，划定限制个人主义的界限，从而在彼此竞争的主张之间取得平衡。

与本土文化和官方教育机构形成对照的是，19世纪的小说自我正当化为一种中介形式——它看起来仅仅是中介，因为它自称是虚构而非真实。然而，就像笛福的总督形象，或是奥斯丁的叙事者那样，19世纪的小说获得了一种独特的力量：它
52 可以建构由它规范关系的双方。在这方面，小说自身开始像附加物那样运转，负责推动现代主体的历史进入连续性的历史齿轮。在代表集体说话的过程中，笛福的总督和奥斯丁的叙事者以某种不可逆的方式重新塑造了创造他们的作者，就像卢梭的前社会个人在同意服从国家这一过程中将自己重塑为公民那样。同样地，每当又一个个人同意服从时，第二方或者说公民集合体，就会发生改变，其中的任何个体都可能提供增补，该增补一旦被吸纳，就会要求对整个群体进行彻底重组。

当时没有其他媒介能够像小说一样，以修辞的灵敏性重构个体读者和全国读者群体之间的想象性关系。依靠所制定的阅读契约，小说不仅修正了识字人群对契约双方的想象方式，

还为确保读者群体常态性（若非同质性）的交流活动打上了道德烙印。不过，为了授权给那些像克鲁索那样依赖近乎想象的治理形式的文化实践，小说不得不在中途改变方针。它必须精确取缔那些对18世纪读者极具吸引力的早熟个人。18世纪以后的小说中，未婚女子依然体现着表达型个人主义的原则，但通过有利可图的婚姻来获得幸福的入场券，靠的不再是她拒绝一切低于应得标准的东西的权力。要得到幸福，转而取决于她放弃欲望、接受一个最初看起来远低于她的位置的能力。以这种方式，英国小说用自我治理代替了自我表达，作为取得社会成功的关键。

第二章　当小说缔造了国家

53　始于1789年法国的剧烈动荡，结束于1819年彼得卢大屠杀，简·奥斯丁的创作生涯与物质条件的重大变化同时发生，在这样的变化下，读者可以想象任何人实现个体性的可能。劳动的广泛机械化、对公共用地的大面积征用、非熟练劳动力向城市移民，还有从金本位制向不同币种的纸币制度的转变，这一切加起来，共同创造了卡尔·马克思描述的资本主义古典形式(classic form of capitalism)的条件[1]。本章中，我将考察同时期发生的另一系列变化，我认为，这些变化对于社会经济领域内的变革取得成功至关重要。我所关心的变化让英国读者群体得以把自身理解为一个稳定的个体集合体——即便在新经济条

1　参见拙文《19世纪的奥斯丁：恐惧史上的转向》（“The Nineteenth-Century Austen: A Turn in the History of Fear”），《文类》（*Genre*）第23期（1990）：第227—246页。

件下，其中一些个体分散到了全球各地，而另一部分人口在英格兰内部得到重新分配，同时还有来自爱尔兰的劳工源源不断地流入。在相对殷实的家庭内部，一场相应的革命正在把理想的英国家庭重新定义为一个物的场域，部分或全部来自异地，并由外国人制造。奥斯丁《爱玛》里的海伯里村，一架来自伦敦的钢琴运抵，在微观层面上掀起如此波澜。在这种情况下，为了保持文化的连贯感，小说不得不重新塑造社会体形象，让读者得以想象，尽管吸收了外国人和外国东西，并向外国土地延伸，但社会体依然保持着英国特质。那些住在大不列颠岛上 54
的英国人开始根据是否遵循以维系稳定的社会秩序为目标的自我控制形式，来斟酌他们的同胞在多大程度上算得上一个英国人[1]。由此，身为英国人，指的不再是一个人的出生地、母语或家乡，而是一整套义务和约束，人们可以怀揣着它们去往异国他乡。

这正是奥斯丁实现个人的自我表达和社会服从之间精妙

1　在此期间，现代中产阶级成员以及怀抱成为中产阶级野心的人，不遗余力地把自己识别为英国人，来对照居住在所谓凯尔特边缘社会（Celtic periphery）的更原始的民族；参见譬如迈克尔·赫克特（Michael Hechter）《内部殖民主义：英国国家发展中的凯尔特边缘，1536—1966》（*Internal Colonialism: The Celtic Fringe in British National Development*，*1536–1966*）（伯克利：加州大学出版社，1975年版）。我想指出的是福柯在《规训与惩罚：监狱的诞生》（阿兰·谢里登［Alan Sheridan］译，纽约：古典书局，1979年版）中观点的另一种说法，即现代中产阶级从不要求作为他们殖民对象的文化成员实践他们自己没有率先实践过的自我约束形式。

综合的时刻，她一方面为笔下乡绅居住的等级世界注入某些灵活性，同时让她那向上流动的女主人公们服从于叙事人清晰表述的文化标准。别的小说以相当不同的方式迎接这一世纪的到来，它们肩负起改造社会体概念的任务，把此概念从仁慈的地主及其本地依附者组成的群体，转变为容纳了更加多样化的社会类型并提供他们生计的国家。我所关心的小说必然地消解了奥斯丁式的综合，为主体性和服从之间的辩证关系创造了条件，而这一辩证关系塑造了主流维多利亚小说。以此为目的重塑文类，这类虚构便无法再让坏主体担任主人公——如果不想挑战“唯有自治主体才能成为公民”这一基本原则的话。然而，显然正是这样的小说和以往一样需要坏主体。放肆甚至畸形的个人主义形式在这些过渡期小说里喷涌而出，证明了小说无法将所有这些能量同化进一个自治公民的共同体，除非彻底摧毁“此类共同体可经由个体渐次生成”的幻想。因此，这样的小说面对着一个事实，它再也兑现不了它的文类承诺，既鼓励不了表达型个人主义，也想象不出更具包容性的社会体。这类虚构为了社会稳定极不情愿地放弃个人主义，它留给读者的世界不仅没有怪物，而且十分凋敝，仿佛失去了某些关键部分，而这正是因为家庭情感和社会责任取得了胜利。

艾蒂安·巴里巴 (Étienne Balibar) 关于现代主体的简要谱系学直接关联这一转变的形式方面，并将其明确定位在法国大革命之后的几十年间。我所认定的小说形式方面的重要变化，

在巴里巴那里被认为是欧洲主体历史的一个新时刻。实际上， 55
他提出一个问题，使我能够阐明当时各层面的文化生产正在发生的变化："如果自由意味着**主体**或诸主体的自由，这是否因为'主体性'存在着自发性与自治性的本源，某些不可化约为客观限制和客观决定的东西？抑或恰恰相反，因为'自由'只能是解放、挣脱枷锁与**获得**自由的结果及对应物——这一铭刻在个体肌理之中的轨迹充满矛盾，始于服从且永远与之保持着内在或外在的关系？"[1]这两个问题之间的区别乍一看不过是侧重点不同而已。每个问题都涉及某个实体（"主体"）对两种存在状态之间差异的协商：一方面是自由主体性，另一方面是对更高权威的服从。前一个问题对现代主体两个组成部分之间关系的描述，跟那些把坏主体看作"自发性与自治性的源头"、超出且不可化约为某个被分配的社会地位的小说如出一辙。但第二个问题显著修改了18世纪对主体的定义。

第二种关于自由的定义，并不认为自由是首先出现在前社会个人身上的某些东西，驱使着他/她去克服那些阻碍实现对满足感的先天需求的社会限制，这种定义强调的是，唯有当主体在心理上克服他/她的社会地位的局限时，个体性才会形成。换句话说，后一种主体在获得表达自我的文化手段之前，不存在可被表达的自我。在这一重塑过程中，18世纪的小说中看似

1　艾蒂安·巴里巴：《主体和主体化》，收录于琼·柯普伊克（Joan Copjec）编《推想主体》（*Supposing the Subject*）（伦敦：韦尔索出版社，1994年版），第9页。

先于社会位置而存在的主体，当面对该位置的限制并领会到其主体性在哪些方面无法被社会规定时，才得以形成。这种情况下，我们可以说，文化限制成为增补物。一个细微但深刻的变化是：通过拒绝安于一个不能提供满足感的位置，18世纪的主体要求社会秩序放松边界，把一些以往被体面社会排除在外的元素包容进来。而在克服某些外部社会限制的过程中，19世纪的主体并没有对其寻求满足感的社会分类系统实现这样的修正（要想象一场大规模的修正，那可太危险了）。所以，19世纪的主体最终经历的是一场内部革命（internal revolution），将前
56 社会性野心重新导向社会接受的目标。实际上，这一主体使自己适应一个较其主体性而言更为受限的位置，构成了隔绝的内心世界，在社会层面上仅得到局部表达。

本章考察了两部小说，两部均放弃了对坏主体的积极塑造，也随之放弃了巴里巴称为“自发性与自治性的源头，某些不可化约为客观限制和客观决定的东西”[1]。玛丽·雪莱的《弗兰肯斯坦》和瓦尔特·司各特爵士的《威弗莱》均谴责了个人主义的过度，而正是这种过度，曾推动早期的主人公跻身体面的社会地位。为了获得任何像自由主体性的东西，两部小说的主人公必须找到在约束之内做自己的方法，正是这些约束把形形色色个人的群体转化成一致性的整体。自由主体性是关乎公民

1　艾蒂安·巴里巴：《主体和主体化》，收录于琼·柯普伊克（Joan Copjec）编《推想主体》（*Supposing the Subject*）（伦敦：韦尔索出版社，1994年版），第9页。

资格并和它一起发展的东西，而非起源于其外部且先在于它。然而，这两部小说还有别于后来的小说，即那些定义了维多利亚时代虚构的使命的小说，因为它们都抵制新的意识形态要求，即把自由主体性当作自由主义社会的结果，而非原因。就在两部小说将伦理砝码投向通过驾驭个人能量所实现的社会稳定时，它们却将美学价值精准注入那些为了更大的利益而被牺牲的东西。仿佛暗示着，小说形式本身既不愿意舍弃它曾经赞美的坏主体，也不愿意放弃把这样的主体接受为公民的更具包容性的社会。

矛盾的客体

我使用矛盾形象来形容这一时期小说所传达的独特情感——对宏大的自我表达形式既渴望又厌恶——以及小说用以生成这种情感的修辞手法。传统见解认为，激烈的矛盾情绪和特定病理状态相关，也跟嫉妒及哀悼相连，通常源自作者本人，这种矛盾让他/她既不能说是，也不能说否，当试图二选一的时候，不得不既说是又说否。或者，矛盾情绪可以被描述为一种既生产出又引发自一种特定类型的客体的情感状态。这一客体十足仁慈但又充满敌意，它同时激发了主体的渴望和嫌恶，这种同时存在的情况不允许任何妥协，也无法用辩证法来 57
调和这些对立的情感。一旦发现无法跟这一客体维持关系，个人通常通过把客体一分为二来解决问题，产生出一个好客体和一个坏客体，一方包含另一方的某些特征。吉尔·德勒兹(Gilles Deleuze) 用“虚拟客体”(virtual object) 的概念，论证了快乐原则和现实原则之间是互补而非对立的关系。照此看来，两项原则无法脱离彼此而存在，只能“相互借鉴，相互滋养”。通过由客体的两部分合成“虚拟客体”，两项原则保持在同一轨道上，我们以“梅兰妮·克莱茵 (Melanie Klein) 的好客体与坏客体，‘过渡性’客体，恋物客体，最后尤其是拉康的**客体小 a** (*objet a*) ……”等名目与之相遇，“这些虚拟客体被并入真实客体之中”，德勒兹列举的真实客体包括主体身体的部分、另一个人甚至“诸如玩具或者恋物对象 (fetishes) 等特殊客体”。他解释道：“无论虚拟客体在何种现实之中被包含，它都无法被整合；它始终被固定或卡在那儿，无法在真实客体中找到使它完整的另一半，反而证明了真实客体始终缺失的虚拟的半边。”[1]我的意思并不是说，所有好或坏的客体，都依照矛盾情感的原则得以形成。恰恰相反，我的意思是，**好**客体和**坏**客体指那些积极因素和消极因素同时存在且彼此无法分割的客体。两者彼此交融，绑定为一体。

毫不意外，我们所讨论的塑造这一时期小说的矛盾心理，

1　吉尔·德勒兹著，保罗·帕顿（Paul Patton）译：《自我重复》（“Repetition for Itself ”），《差异与重复》（*Difference and Repetition*）（纽约：哥伦比亚大学出版社，1994年版），第100—101页。

催生了种种对过度个人主义清晰且绝对不相容的解读。正如我对《鲁滨孙漂流记》的解读所示，恰恰是那些阻碍个人适应既定社会秩序的特点，构成了这部小说的叙事动力和吸引力源泉。当我们进入19世纪初期，这种情感投入并未改变。改变了的是小说要求读者对于自发和过度的形象投入的道德关注。浪漫主义时期的虚构将道德权威再次注入一系列与社会契约相关的特征，从而也和某个监管机构或集体规范产生关联。巴里巴又一次让我们受益匪浅，他反对这样一个观点，即认为法国大革命之后的几十年中，有理由把契约理解成“一种纯粹凭借平等而使平等者社会化的机制”。相反，他认为，我们应该把社会契约理解成对平等的补 58
充，这种补充“弥补了它在普遍性方面的‘过度’”。

在接下来的世纪里，那种被视作个人实现“不可或缺的第一步”的不满，通过一种关于“人的内在动物性与人性”的辩证，演变成完全不同的东西。公民资格本身既是一种增补，也是对主体性的限制。巴里巴注意到，“1789年《宣言》赋予这一增补最精简的形式，即**法律**（*de jure*）事实的形式：‘人生而始终是’个人，但需要经过社会化，然后才能以权威形式表达个体性。”[1]正如他所言，一个人“最初的”个人主义——构成坏主体

1　艾蒂安·巴里巴著，小詹姆斯·B. 斯温森（James B. Swenson Jr）译：《公民主体》（“Citizen Subject”），收录于爱德华多·卡达瓦（Eduardo L. Cadava）、彼得·康纳（Peter Cornnor）、让-吕克·南希（Jean-Luc Nancy）编《谁在主体之后到来》（*Who Comes After the Subject*）（纽约：劳特利奇出版社，1991年版），第51页。

的素材——必须在个人彰显区分公民主体的个体性之前，找到表达的社会形式；个人主义的原始能量具有危险的反社会性。1789—1819年之间，小说相应地将道德投入转向与公民资格相关的增补性特质，但在美学层面仍受缚于且致力于那些必须弃绝的、属于早期个人主义的特质。结果产生了彻底矛盾的文本：把个人主义的过度再现为不可抗拒的吸引力，同时又极其令人憎恶。

陌生的伙伴

格奥尔格·卢卡奇(Georg Lukács)在其关于历史小说的经典研究中称瓦尔特·司各特是一个"清醒、守旧的小贵族"，但接下来他又称赞司各特"对这一时期的基本进步倾向进行了完美的艺术性表达，即对'进步'的历史性辩护"。[1]卢卡奇的这一论断主要基于司各特的第一部小说《威弗莱》，该书出版于1814年，不过小说是在此前的九年中断断续续完成的。在成为著名小说家的过程中，司各特还于1809年编辑了《丹尼尔·笛福小说选》(*The Novels of Daniel Defoe*)，另外在1821—1824年

1 格奥尔格·卢卡奇著，汉娜·米契尔（Hannah Mitchell）和斯坦利·米契尔（Stanley Mitchell）译：《历史小说》（*The Historical Novel*）（伦敦：墨林出版社，1962年版），第54、63页。

间，编辑了极具影响力的《巴兰坦的小说家文库》(*Ballantyne's
Novelist's Library*)[1]。相比之下，玛丽·雪莱是一位精英的世界
主义者，也是激进思想家的女儿。她喜欢与同样涉猎激进政治
的诗人为伴。据她记述，某个雨日，她曾在日内瓦附近的家里
为同伴们编过一个鬼故事，以供取乐[2]。这个故事就是《弗兰肯
斯坦》，首次出版于1818年。必须承认，《威弗莱》和《弗兰肯 59
斯坦》在教育、社会背景、趣味、政治、性别和国家认同等维度都
截然不同，所以不太可能把司各特和雪莱放在一起来说明，英
国小说如何为19世纪的读者重新思考了个人主义的过度。即
便如此，我仍然打算把这两部小说解读为致力于同一目标的作
品。19世纪20年代以后，部分得益于它们的努力，英国小说在
讲述主体形成的故事时，无法不同时讲述民族国家形成的故
事。这种个体和一个意图凭借自身实现自治性与一致性的集
体之间相互定义的关系从此改变了读者对这两者的想象方式。

除了奥斯丁这样的少数例外，司各特貌似垄断了小说史上

1　参见荷马·O. 布朗：《英国小说的制度》（费城：宾夕法尼亚大学出版社，1997年版），第138—170页。

2　在《弗兰肯斯坦》的作者导言中，玛丽·雪莱解释道："我紧张地思索着，试图**想出一个故事**……它必须迎合人本性中那份莫名的恐惧心理，从而引起人们极度的恐惧感——这个故事要让读者吓得不敢左右旁顾，吓得他们心惊肉跳，面如土色。如果我的故事不能达到这些要求，那它就名不符实，不配叫鬼故事。"（玛丽·雪莱著，J. 保罗·亨特［J. Paul Hunter］编：《弗兰肯斯坦》［纽约：诺顿出版社，1996年版］，第171页；所有引用均来自这一版本，将在文内标注。［译者注］中译见刘新民译：《弗兰肯斯坦》［上海：上海译文出版社，2007年版］，第4页）。中译引文均采用该版本，并在文内注明页码。

对这一时期的记述，而《弗兰肯斯坦》，就像雪莱所有的虚构作品那样，被认为多少有点自成一格。为了充分理解塑造每一部小说、并描绘出现代主体历史上的独特时刻（对我而言）的那种矛盾情感，这样做是有启发性的：首先采纳惯常用于分析雪莱的精神分析棱镜来审视司各特的历史景观，再反过来，把《弗兰肯斯坦》解读成一本历史小说，就像我们阐释《威弗莱》时通常所做的那样。批评界常常想当然地认为，哥特小说首要关注的是塑造其自身的愿景之肌理、轮廓和目标，其次才是个人对国家政治的参与[1]。要把握《威弗莱》的力比多经济，就必须提出那些通常针对《弗兰肯斯坦》中奇幻景观的追问：司各特将主人公发配前往的北部边疆，如何堪比雪莱小说中那些心灵的阈限之地？在那些空间里，科学理性悬置了常识，并令读者体验到

1　在《恐惧和欲望的循环：哥特式幻想研究》（*Circles of Fear and Desire: A Study of Gothic Fantasy*）（芝加哥：芝加哥大学出版社，1985年版）一书中，威廉·帕特里克·戴（William Patrick Day）清晰地阐明了至今依然盛行的观点，即“关于哥特风格的讨论不可能脱离弗洛伊德”，他断言，因为“哥特式幻想是对常规文化造成却又不承认的恐惧和欲望的表达。像一个梦，它表露了个人的内在生活”（第177页）。更近些，在《哥特书写，1750—1820：一个谱系》（*Gothic Writing, 1750–1820: A Genealogy*）（曼彻斯特：曼彻斯特大学出版社，2002年版），罗伯特·迈尔斯（Robert Miles）试图修正一个假定，“哥特风格再现了处在连根拔起状态中的主体，自我发现被剥夺了属于自己的家园，处于断裂、分离、碎片化的状态之中”，原因是哥特书写“应当被理解为文学‘言说’（speech）本身，而不是征兆、意指、别的什么‘外在’抑或‘此在’的东西。……哥特公式并非单纯的循环利用，好像服务于某种神经质的、被模糊理解的驱动力（drive）那样；相反，哥特文本彼此修正，一方面开辟了充满意识形态意味的议题，一方面强制封闭”（第3页）。

超越人类情感强度的漩涡？进入这一状态的主人公又如何坚守那些使其得以重返故土与家庭的文化认同要素？承担民族国家身份会付出什么精神代价？而被归附于民族的想象性景观又如何铭刻这重新融入的行为？换言之，通过用读《弗兰肯斯坦》的方式读《威弗莱》，我想假设所谓的外部世界是自我表达的媒介，世界由此揭示出那些正在重塑世界的思潮。

自我表达的极端形式总是让我们重回现实主义惯例，这 60
种惯例是一种令人舒适的自我确认，与之形成对照的是一个被人类欲望彻底占据的世界——在那里，自我与世界之间的差别已经消弭。在恢复现实主义的约束力（这种约束力告诉我们，我们正在阅读的是一种规范性观点）的过程中，小说却并未让我们回到那个成为个人主义媒介之前的世界。实际上，我自始至终认为，小说时不时激进地背离任何类似于其既有疆域的东西，为的是根据新的历史条件调整现实主义的广度和轮廓。司各特和雪莱从事写作的时期显然是这样的历史时刻。回到《弗兰肯斯坦》，我把雪莱的诡异故事解读为一种历史虚构作品，向她的小说提出司各特小说吸引我们提出的问题：当民族国家向陌生人开放边界时，它的自治性会发生什么？该国家可以吸纳异域文化的哪些元素，同时能够长期保持自治性和延续性？这些吸纳行为会对社会地理学产生什么样的影响？

倘若对共同体成员的要求摧毁了《威弗莱》男主人公所追

求的满足感的来源，那么《弗兰肯斯坦》恰恰相反，它让主人公追求一种自我满足的形式，这种形式摧毁了本会限制他的社会共同体。但是两部小说均以自己的方式打破了平衡，而18世纪的小说正是用这种平衡维系如下幻想：由社会契约确立的两种不同意义上的主体，最终能够被呈现为一体。在18世纪知识分子的设想中，社会契约制定的是个人对自我约束的承诺，个人把个体性受到的限制看作完整公民身份的首要保障。照他们的想法，这样的自我约束不会带来个体性的丧失，恰恰相反，自我约束以私有财产和个人权利的形式保护了他们内在的个体性。但另一方面，对司各特和雪莱而言，原本被再现为完全负面的东西（即巴里巴所说的"兽性"）与完全正面的东西（以财产权以及那些我们等同于"文明"乃至人性本身的品质为形式）的交换，逐渐被理解为个体性某种核心要素的丧失，这种要素曾同时让人类与他们的英雄往昔和竞争天性相连。司各特和雪莱在再现个人主义方面均存在严重的问题——前者在于个人主义的缺乏，后者在于它的过度——这一点告诉我，他们写
61 作的文类根本不适合用来践行英国文化对19世纪初小说家要求的意识形态转向。

但是，正如我所论证的，如果18世纪的小说将现代个人召唤为独立代理人和社会变革的度量衡，那么19世纪的小说则成功把早先的个人主义表述方式转化为一股力量——这股力量威胁要扰乱稳定且内在一致的共同体。恰恰在转型时刻投

身写作的司各特和雪莱证明，个人身上最具个人主义特点的东西，事实上具有富于诱惑和令人憎恶的双重性：诱人之处在于它扩张了人类潜能的广度，而令人憎恶的是，那些超常的特质必然会破坏平凡、必需、规范、舒适和正确的一切。交错修辞结构为雪莱和司各特提供了形式策略，雪莱将好客体的某些特质掺入坏客体之中，而司各特则把坏客体的某些要素吸收进好客体。由此，两位作者在无意间建立起合作关系，让小说转化为一个彻底矛盾的客体。这一形式策略改变个人和集体（现在被理解为国家）之间的关系，同时它还对两者做出了修正，创造出想象中的地理疆域，让土地和居民双方都成为对方不可或缺的组成部分。

忧郁症般的政治史

为了充分个体化，英国主体必须具备一些前社会人性，以超出他/她的社会地位限制的欲望形式表现出来，这些欲望发源于他自己的内心深处，使其无法融入社会。此外，主人公还必须在不破坏集体性也不让自己永远置身其外的前提下克服家庭、阶级或国家设下的限制。雪莱和司各特通过把时间变成空间，完成了这一戏法。司各特解释道："在我的历史时期，本岛北部地区的社会状况为我提供了（观察）对照（前现代和现

代）的有利机会，这既可用以改变一下情调，又可借以演述道德
62 教训，我倒愿意把这作为我写作计划中最重要的部分。”[1]和要求现代男女具备的品质完全相反，高地人的荣誉准则要求男人具有慨然赴死的英雄主义，而要求女性恪守修女般的奉献精神。随着司各特笔下的威弗莱逐渐内化了这套荣誉准则，并渴望这样一位女性，他也获得了高地文化的某些特质，但小说同样明确表示，他不能在跟高地人同命运的同时保住作为现代个人以及英国社会中声誉良好成员的身份。司各特必须阻止他的主人公跨出本体论意义上的一步，否则他就无法南归英格兰了，这一点毋庸置疑，雪莱笔下受困冰封之境的冒险家沃尔顿也是这种情况。然而，问题在于，为什么威弗莱必须首先跨越边界融入高地文化呢。司各特笔下的新人所缺乏的东西，只能通过吸收这种尤其野蛮的早期现代文化形式的某些特质，才能得到填补？

多数读者把《威弗莱》结尾处的婚礼看作司各特象征性解决早期现代苏格兰和现代英国的空间并置所表征的冲突的方式[2]。小说承诺展现距今仅六十年前的大不列颠群岛的

---

1 瓦尔特·司各特爵士著，克莱尔·拉蒙特（Claire Lamont）编：《威弗莱：或，六十年的事》（*Waverley: or, 'Tis Sixty Years Since*）（牛津：牛津大学出版社，1981年版），第5页。所有引用均来自这一版本，将在文内标注。[译者注] 中译见石永礼译：《威弗莱：或，六十年的事》（北京：人民文学出版社，1987年版），第4页。中译引文均采用该版本，并在内文注明页码。

2 关于这一方法，伊恩·邓肯（Ian Duncan）在《现代罗曼司和小说的转型：哥特小说、司各特和狄更斯》（*Modern Romance and Transformations of*（转下页）

风貌，而读者们信以为真。但我并不打算假定我们面对的是一幅政治-历史图景，我已经决定把司各特的民族国家地理学看作一种心理图景，对于19世纪早期的读者来说，他们会期待在当时同样流行的哥特小说中看到这样的图景[1]。一旦我们认识到小说的结尾是一种纯粹人为的解决办法，我们就可以抛弃那样一种观点，即威弗莱追求的是卢卡奇的中间道路(middle way)，在小说创作时（如果不是六十年前的话）已然过时的早期现代社会秩序和一个现代资产阶级社会之间做

（接上页）*the Novel: The Gothic*，*Scott*，*Dickens*）（剑桥：剑桥大学出版社，1992年版）一书中给出了尤为令人叹服的解释："简而言之，《威弗莱》的结尾，乌托邦式的'苏格兰与英格兰的结合'，其实是一场微妙而复杂的交换，过程中，年轻的南部人是重生的历史可能性的提供者，以资本及政治联系的形式体现出来。新生的英国财富是罗曼司的通货，复原了老苏格兰真实的历史场域，贫瘠，诡谲，带着战争的伤疤。"（第98页）在《吟游诗人的民族主义：浪漫主义小说和大英帝国》（*Bardic Nationalism: The Romantic Novel and the British Empire*）（普林斯顿：普林斯顿大学出版社，1997年版）一书中，卡蒂·特鲁姆普纳（Katie Trumpener）驳斥了对19世纪小说里的结婚情节貌似明晰易懂的解读："从一开始，这些小说同样参与到一场复杂的政治和解过程中。它们不仅试图让宗主国和殖民地建立友好关系，还试图调和英联邦的帝国主义计划和伍尔夫·图恩（Wolf Tone）关于一个内部联盟的爱尔兰的设想，以共同目标来超越信仰和文化的差异，这一点更具矛盾性。"（第137页）

1 在《18世纪90年代：哥特小说的辉煌》（"The 1790s The Effulgence of Gothic"）（收录于杰拉德·E. 霍格尔［Jerrald E. Hogel］编：《剑桥读本：哥特小说》［剑桥：剑桥大学出版社，2002年版］）一文中，罗伯特·迈尔斯认为18世纪90年代出现了"哥特风格作品的高潮……从1788—1807年，哥特小说占领了30%的市场份额……"，他总结道，"如果存在一个巅峰的话，那是在1800年，那一年哥特小说出版的数量是最大的"（第42页）。迈尔斯还把"营销线索"确定为"地理特征""建筑特征""鬼魂及其同类""异国情调的名字""一般人物或历史人物"，可以用来描述这种小说的特点（第41—42页）。

出调停[1]。我们还可以抛弃这样的观点，即主人公和露丝缔结婚姻所形成的家庭，辩证地解决了家门外正在发生的历史斗争。相反，我们可以注意小说中的一股情感逆流，把斗争及其解决都定义为与历史变革相敌对的情感经济（emotional economy）的组成部分。正如我所描述的，这种历史变革将情感投入从地方亲属群体身上剥离出来，并转移到自我封闭的家庭单位，而现代国家正是由这样的单位缔造而成。它立刻敲响了表达型个人主义的丧钟，同时保障了坏主体的回归，不是作为社会秩序必须为他空出一个位置的不合时宜者，而是作为难以抑制地违背了资产阶级性特征的人，这种违背正是维多利亚时代小说不得不升华或扼杀的。

63 要把威弗莱和露丝的婚姻理解成应对如此重大的文化历史变革的一种方法，我们完全可以把导向这一解决方式的叙事解读成一次成功的悲悼过程。就这样，主体合并了失落的客

1　卢卡奇对照了19世纪早期英格兰和法国的情况，把司各特小说的史诗视野归因为他的“世界观把他和那些因为工业革命和资本主义迅速发展而沦陷为废墟的社会阶级紧密联系起来。司各特既不属于社会发展的狂热分子，也并非与那些悲观、激烈的控诉人士为伍。他试图把握整个英国历史发展的脉搏，在敌对的两极之间为自己找到一条‘中间道路’。他在英国历史上找到**慰藉**，发现阶级斗争带来的最暴力的动荡最终总会平静下来，成就光荣的‘中间道路’”（《历史小说》，第32页，黑体是我加的）。我认同卢卡奇用悲悼的语言来描述司各特的政治立场，但不同意那种认为小说成功化解了由作者与斗争双方的特殊联系所产生的矛盾情绪的假设——在这场斗争中，势必有一方会失败。我所谓的未能成功哀悼，并非指司各特或任何单个作者的失败，倒不如定位为这样一种持续性失败，即无法让小说践行同小说形式本身的意识形态相敌对的政治工作。

体，整合了它的某些更为显著的特征，舍弃余下部分，并通过接受自我和他者之间的差异，变得完整、复杂且内在一致。这样的解读和卢卡奇将《威弗莱》推崇为典范历史小说的理由相吻合，但如果我们强调叙事的哥特风格特质，那么被称为"忧郁症"的哀悼过程的一个阶段或变体，将为司各特小说的情感逻辑提供更为准确的指引。出于这种解读的目的，把忧郁症当作吸纳和同化过程的精确反转是合理的，正是这个过程让成功的哀悼者对欲望客体放手，但同时保留对它的渴望。忧郁的个人既拒绝同失落的客体和解，又拒绝把它归入过往。为了保存渴望的对象，个体实施着可称为预防性哀悼的行为，或者说，在失去该对象之前就未雨绸缪进行的纪念性举动。[1]如此一来，个人把感受到的缺失重构为外在于自身的已逝的客体，从而甚至

1　在《权力的精神生活：服从的理论》（*The Psychic Life of Power: Theories in Subjection*）（斯坦福：斯坦福大学出版社，1997年版）一书中，朱迪斯·巴特勒（Judith Butler）解释道"忧郁症（如何）分裂了主体，标明了它所能容纳的东西的界限。因为主体无法也不可能对这种丧失进行思考，这种丧失标志了自反性的界限，它超出了（并已影响到）自反性的路线。由于这种丧失被理解为拒斥，这种丧失开创了主体并且用解体来对其进行威胁"（第23页；[译者注] 中译见张生译：《权力的精神生活：服从的理论》[南京：江苏人民出版社，2009年版]，第21页）。尽管和哀悼对照，忧郁症可以被理解为一个把丧失的事实排除在自我之外、使之悬而未决的过程，但忧郁症同样可以是内在表现："如果丧失在忧郁症中被拒绝，它不会因为这个原因被废止。内在化把丧失保存在精神之中；更准确地说，这种内在化的丧失是它的拒绝机制的一部分。如果客体不再存在于外在世界，那么，它将在内部存在，而且，内在化将成为一种否认丧失、牵制、延缓或者推迟这种丧失的认可和承受的方法。"（第134页；中译本第132页）通过保存自我和他者之间的差异，忧郁式纳入和标志着成功哀悼的丧失之内化的统合与接受之间发生了结构性矛盾。

在欲望客体消逝之前，就用纪念物或遗物来代替[1]。当我们使用这一模型来描述小说如何思考时，当然不是在挖掘作者的某些精神分析真相，更不用说他笔下的主人公了。恰恰相反，我们考察的是文本材料自身的情感组织，在这个例子中，指的是对图像景观的大肆亵渎，这种景观既不能和现代社会秩序融为一体，也不能融入将现代社会秩序尊为现实本身的虚构。

19世纪早期，小说将国家景观描绘成一个让个人充分成为自己的所在。这部小说表面上向表达型个人主义发出邀请，但只是为了展示不受约束的个体性必须被遏制、削弱、贬低、驯服，否则就会遭到某种暴力镇压。我认为，通过这一自我扩张、丧失和自我收缩的过程，小说将欲望从坏主体中抽离，为的是重新投注于想象中的国家。这样一来，读者被迫关心一个个人
64 成就不再为其提供保障的未来，一个取决于集合体维持空间连贯性和长期复现其确定的文化范畴和价值能力的未来。如果我们着重于威弗莱和高地领袖弗格斯·麦克伊沃之间的关系，

1　在《文化与真相：重塑社会分析》（*Culture and Truth: The Remaking of Social Analysis*）（波士顿：灯塔出版社，1989年版）中，雷纳托·罗萨多（Renato Rosaldo）所谓的“帝国主义式怀旧”（imperialist nostalgia）是非常精确的说法，传教士进入海洋文化，将他们初次见识的文化视为西方现代性的低劣版本并企图“改良”，后来，他们又把改良的结果描绘成对纯粹、未受玷污的异域风情的破坏（第69页）。同样可以这样评价艾瑞克·霍布斯鲍姆（Eric Hobsbawm）和特伦斯·兰格（Terence Ranger）对古代苏格兰和威尔士民俗传统的记述，他们说民俗传统是从现代英国塑成过程中被戕害的地方生活方式里创造出来的；参见艾瑞克·霍布斯鲍姆和特伦斯·兰格编《传统的发明》（剑桥：剑桥大学出版社，1983年版），第1—4页。

那么威弗莱有能力在决定性的普勒斯顿战役中幸存并返回英格兰似乎符合有关哀悼的模式，即纳入、整合、分离并接受死亡的模式。但是，如果我们首先聚焦威弗莱和弗格斯姐姐弗洛娜的关系，就会发现一个完全不同的模式。通过联合作用，这两种模式平衡了对未来的乐观和对过去的怀念，其中一方必须牺牲，而另一方被保存，由此让故事圆满结束。相悖的感情投入是这部虚构作品的特点，但不能把它看作其思路的缺陷，而是其修辞成功的秘密：即在同样必需但绝不相容的现代主体成分之间实现了形式上的均衡。

威弗莱最初拒绝露丝·布雷德沃丁 (Rose Bradwardine)，觉得她“太坦率，太容易相信人，心肠太好；有种种可爱的优点，毫无疑问，但破坏了富于想象的青年往往用以装点他所钟情的女皇那种不可思议的妙处”(第66页；中译本第101页)。他必须拒绝露丝，为的是守护他自身教育塑造的文学理想，这一点在他离开平常无奇的露丝后立刻被更有诗意的弗洛娜所吸引时变得显而易见。布雷德沃丁的庄园达不到威弗莱的美学标准之处，恰恰是弗格斯·麦克伊沃和弗洛娜·麦克伊沃的高地家园胜出的地方。完全满足的幻觉，美梦成真的感受，注定会破灭，但必须在威弗莱深深爱上弗洛娜身上所体现的关于圆满自我实现的幻象之后：“威弗莱觉得，即使他在做白日梦想入非非时，也没有想过如此美妙绝伦的人物。她像布雅多或阿里奥斯托笔下的美丽的女魔法师一样，一挥魔杖就在这片荒野中建起了伊甸园。”(第106页；中译本第162页) 但当他尝试把他对魔法客体的渴望转化为平庸的婚约时，威弗莱迅速领会到，早期现代罗曼司的迷人女主角无法以现代小说要求其更为平淡无奇的女主角那样的方式去爱一个男人。正如弗洛娜对威弗莱解释的那样：“我只有一个愿望——希望我的恩人们重新登上他们合法的王位。……但愿我活到那一天，能亲眼看到
65 那幸福的复辟就行了，我认为，高地的茅屋，法国修女院，或者英国的宫廷，都一样，无关紧要。”(第135页；中译本第203—204页)

以露丝·布雷德沃丁为核心的那类家庭显然不属于这一路数。事实上，对弗洛娜而言，任何类似伴侣式婚姻的关系都没有实现的可能，因为她唯一能够栖居的环境属于一种“野性”文化，而这种文化在司各特开始写小说时业已濒临消亡。她明智地向威弗莱解释道，为何他们在婚姻中会发生分歧，就像来自不同文学传统的人物那样：“而你，威弗莱先生，永远会参照你的想象所能描绘的家庭幸福的情景，如果那种理想的情景有所欠缺，就会当成是冷淡，不关心，而你可能把我关心王室复辟的热情，当作我欺骗你的感情，说那一天一定会到来。”(第135页；中译本第204页) 这是一个去理想化的过程，威弗莱试图修复他关于苏格兰及其原住民的文学式再现遭受的破坏，但失败了。为什么司各特无法从威弗莱和弗洛娜结合的角度想象国家的未来，原因相当明显。不那么明显的是，为什么这促使他

强行撮合威弗莱和露丝。通过让英国核心和苏格兰边陲联姻，司各特似乎实现了小说的进步使命，即想象出一个更具包容性的社会体。然而，假使司各特让威弗莱和露丝的婚礼建立在布雷德沃丁的祖产图莱-维俄兰 (Tully-Veolan) 被摧毁的基础之上的话，我们是否真的能说司各特完成了这项使命？

不，小说从未暗示向着一个完整、内部一致的社会世界的回归，这种回归本应标志着哀悼过程的圆满结束。小说叙述了普勒斯顿战役后威弗莱第一次看到图莱-维俄兰时的情形，这段描写充斥着精神生活的残骸，那正是忧郁症心理景观的特征。这残骸不正是司各特系统性拆解文学文化后散落的碎片吗：“门上的雉堞已拆毁，那些据说在门顶上守卫了几百年的充当卫兵的石雕熊像，已被推下岗位，躺在碎砖乱石中。林荫道也糟蹋得不像样子。几棵大树被砍倒，横躺在路上；威弗莱赞赏不已的那一路青翠的绿草，已被村民的牲口和龙骑兵的更粗暴的马蹄，踩成黑乎乎的烂泥。”(第296页；中译本第445页)

露丝的住处遭受了类似的暴力，因此在她缺席时，小说可 66
以把她复活为失落的美学理想的化身。事实上，在她那被拆除的住宅的残骸里，威弗莱发现的正是他给露丝的那本似乎具象化了弗洛娜作为“美丽女巫”形象的阿里奥斯托的诗册：“看过大楼前面这样荒凉、残破的景象之后，他（威弗莱）的眼睛自然要去寻找那个小阳台，应当说，那是露丝的卧室的一部分……在那堆破花盆和其他破烂当中，还有她的几本书，威弗莱认出其中有一本小册子是他的，阿里奥斯托的诗，虽然已为风吹雨淋所损坏，他还是把它当宝贝一样捡了起来。”(第297页；中译本第446页) 露丝是被选择的，而非主动选择，具备存在性而非行动力，她构成了一种男性未必渴望却仍赋予崇高道德价值的女性气质形式。尽管司各特已经赋予了露丝一切最终会让她成为维多利亚时代“家庭天使”(angel in the house) 的特征，但在历史时机成熟之前，小说的所有巧思也无法真正地使读者向往这一形象。为了让威弗莱和露丝的婚姻充分彰显为他对英国公民和现代个人身份的实现，司各特必须用露丝代替弗洛娜。然而，在建构一个用小说女主人公取代詹姆斯党人抱负的化身来作为男主人公欲望客体的情节时，司各特却不知道该如何将美学价值从一个人转移到另一个人，以证实他对道德价值的重估。两种价值形式由此分道扬镳，互为对立。

小说发现，只要通过弗洛娜这个人物把艺术的魔力演绎出来，就能轻易保留这种魔力。而每当涉及颠倒皮格马利翁(Pygmalion) 的故事，用平凡之物承载美学特质时，效果就大打折扣。从她被毁损的住所和阿里奥斯托小册子的场景，我们可以推断，小说并不是真的对露丝感兴趣。关于这个女孩本人，我们只有在绝对情节需要的情况下惊鸿一瞥了几回，却能看到大量对她庄园的描写，从庭院到内部陈设。司各特更关心的是庄园而不是这个女人：“(所有的) 熊都恢复了原位，有的熊换了新的，有的修补好了，修复工作之精心细致，简直一点也看不出它们最近遭过大难。……楼房本身和花园两处都已彻底整修，一丝不苟地保持原状，总之，尽可能消除了遭到破坏的一切迹象。”（第334页；中译本第501页）小说确实试图赋予布雷德沃丁庄园超越历史变迁的永恒艺术品的特质[1]。但恰恰因为对原貌的忠实还原，小说反而促使我们将这个地方理解为全新事物：是原版的微缩模型，所有古老部件都被剥离了它们的历史，用私人情感打磨抛光，最终为已然消逝的文化献上一座纪念碑。在这一背景下，露丝成为道德上优越的女性，而弗洛娜依然是小说美学投入的核心所在。 67

这个家庭既无法容忍弗格斯·麦克伊沃的存在，也接受不了弗洛娜成为欲望客体，但它必须以截然不同的方式应对弗格斯的男性气质。身为查尔斯·斯图亚特的支持者、英格兰军队的心腹之患、大不列颠统一大业的绊脚石，弗格斯必须被处决，之后图莱-维俄兰才能提供想象新英国的方式。然而，一旦当那些古老的、如今被视作野蛮的传统特征从现实中消逝，它们就会在图莱-维俄兰作为排外行为的理想化踪迹重现，让此地保持一种完整性的幻觉：“那是一大幅很生动的画像，画的是穿着高地服装的弗格斯·麦克伊沃和威弗莱，背景是一个荒野的、

1 邓肯这样看待图莱-维俄兰的修复：“精华、独具匠心、地道的英国场所或根基的形象，隐藏在历史的‘表面之下’……神话的本质是，社会关系最终并未发生变化……它们复归原位，作为特权功能，在财产所有者的想象之内得到理想化……世界被经济政治差异的历史力量撕裂了，然后在扩展性父权家庭中获得弥合。”（《现代罗曼史和小说的转型》，第104—105页）

岩石累累的山口，一群氏族正从山口往下走。”（第338页；中译本第507页）通过把野性的弗格斯圈禁在体面的客厅里，以氏族为代表的社会组织的身份发生了变化：从积极对抗英国现代性的残余社会形态转变成了古老苏格兰遗迹和现代不列颠生活的装饰品。司各特是否将英格兰的边界延伸至苏格兰境内，从而在苏格兰性（Scottishness）和英格兰性（Englishness）之间建立明确的区分？是的，我们或许会倾向于断定他确实这样做了，如果不是考虑到，这样的解读并不比我们把威弗莱和布雷德沃丁的结合作为英格兰和苏格兰之间冲突的解决方法轻易接受下来更忠实于文本精神。

我们如何解读这个结论，完全取决于我们是否认为布雷德沃丁庄园代表了更具包容性的英国性，在小说末尾被称为不列颠性（Britishness），并认为它有能力容纳那些它有意斡旋的自相矛盾。或者我们是否可以说，在建立现代英国家庭的过程中，司各特将群体认同的可能性削减成这样一种范畴，其中英格兰和苏格兰本体论及意识形态层面的差异如同室内装饰的
68 众多元素般存在着？图莱-维俄兰的建筑物充满矛盾，这个地方同时是英格兰和苏格兰的，它既旧且新，既被扩大又被微缩，既是历史的产物又是对过往的非历史总结，它过于完美地平衡了前现代苏格兰的积极面和消极面，以至于如果我们择其一端，就必然会低估另一端的价值。把图莱-维俄兰看作某种综合体，意味着从19世纪后期的视角解读这部小说，这种视角与

司各特的不一样，能够把露丝看得比弗洛娜更具美学优势。

《威弗莱》向我们展示了个人意愿和他的正当社会地位之间的冲突是如何被定义为矛盾而非对立的，以至于实现一方就必然会让另一方变得遥不可及。结果是，威弗莱在实践那些他最终必须摈弃的欲望的过程中，似乎成熟了；而由像他这样的个人组成的共同体与他徘徊其间的敌对阵营相比，似乎具有相对的包容性。玛丽·雪莱的小说和司各特的作品看似有着截然不同的目标。在《弗兰肯斯坦》中，过度的个人主义——那些让主人公无法融入社会的特质——极度威胁社会秩序，以至于无法被容忍。

政治史般的忧郁症

尽管玛丽·雪莱创作处女作时的环境完全不同，她的丈夫、诗人雪莱介绍《弗兰肯斯坦》的方式和司各特介绍《威弗莱》的差不多，宣称这部作品“摆脱了”“一般鬼怪或魔法故事的种种瑕疵”[1]。他将她笔下那些“在物理事实上不可能”的情景，描述为“更为全面地、居高临下地描绘人类的激情”的一种手段，而这种激情超出了人在“现存事物”中所能观察到的程度。(第

1 珀西·比希·雪莱（Percy Bysshe Shelley）：介绍雪莱，《弗兰肯斯坦》，第5页。[译者注] 中译本第1页。

5页；中译本第1页）在她丈夫看来，她认为有必要在个人之外附加某些东西，以展示当这个人完全成为自己时，会给人类共同体带来什么。司各特摒弃了哥特式惯例，从而让主人公置身于近代史的景观中，而玛丽·雪莱却放弃本土地理，选择广袤无垠的北冰洋，这是超出苏格兰高地之外的**无主之地**（*terra nullius*），而沃尔顿受困的远征队也暗示着，这地方同样超出了历史想象的边界[1]。不过，和司各特一样，雪莱同属
69 于小说缔造民族国家的时代，甚至比司各特更胜一筹，鉴于她的主人公是一个世界公民，不特别附着于任何特定的地理位置。

人类本身才是《弗兰肯斯坦》里最重要的东西，不是他们的出身，也不是经济生活手段，甚至不是他们的语言和社会行为。小说揭示，人们在彼此身上辨识出熟悉的人性形式，是因为他们认为这些形式是美好的，而对于差异的容忍程度却不尽

1　我引入“无主之地”一词的意思是，通过让我们置身北冰洋，雪莱暗示她的小说正是对洛克式自由主义个体及其财产权基础的彻底重构。从中世纪开始，国际法——遵循罗马法——可以通过宣布一块异域之地为**无主之地**（指尚未有人拥有其主权的空地），来承认一个国家对它的合法占领（参见安德鲁·F. 伯格哈特[Andrew F. Burghardt]：《领土主张的基础》["The Bases of Territorial Claims"]，《地理评论》第63期[1973]：第225—245页）。英国文字的现代时期到来之际，约翰·洛克抓住这一形象，强调人类智慧起初仿佛“一张无字白纸”，后来，在和世界的接触中获得感觉，为白纸刻上字迹。对这一文化活动及其后果的充分展开的论述，见南希·阿姆斯特朗和列奥纳多·特内豪斯：《激情的头脑：洛克与哈奇森的欲望论述》，收于《政治与激情：1500—1850》，丹妮拉·科利（Daniela Coli），维多利亚·卡恩（Victoria Kahn），尼尔·萨卡曼诺（Neil Saccamano）编（普林斯顿：普林斯顿大学出版社，2005年版）。

相同。就这一点而言，爱尔兰人是最难被同化的，因为他们最不世界主义，因此最不能完成认同的同情式跃迁，而同情之认同正是弗兰肯斯坦家族以及怪物秘密寄居的德拉西家族所共有的特征[1]。在这部小说里，勾勒出不同国家之间的边界就像围绕两个家族的边界那样，具有渗透性，因此也潜在地具有包容性。弗兰肯斯坦的故乡是瑞士，横贯南欧的阿尔卑斯山是他最爱的风景，精通外语的年轻人是他最亲爱的同伴，这些都不是偶然。然而，叙事要想强调泛欧洲的亲族特点，首先必须想象出叙事要挑战的社会形态：一个由自我约束的个人组成的集合体，看起来非常像司各特在《威弗莱》结尾处提供给读者的折中形态。

《弗兰肯斯坦》的故事以英国人沃尔顿写给家中姐姐的一封信为开端。沃尔顿委派一艘船及其船员驶入北冰洋海域，这样他“那强烈的好奇心将得到满足，因为将亲眼看一看世间这个渺无人迹的地方，而且还要亲自踏上这块以前无人涉足的土地”(第7页；中译本第4页)。换句话说，雪来的叙事者追寻的是一片超出自我和国家之限度的领域。当被困冰原，无法达成

1　维克托·弗兰肯斯坦和爱尔兰人的简短接触说明了这一切：“如此粗暴无礼的回答竟出自一个陌生人的嘴里，真让我惊得目瞪口呆，而且我发现与他同来的人一个个都是横眉冷对，怒气冲冲，我就更觉紧张不安。‘您为什么对我出言不逊？’我回答道，‘对初来乍到的客人如此粗鲁，显然不是英国人的习惯吧？’‘英国人的习惯是什么，’那人答道，‘我不知道，但是，疾恶如仇可是爱尔兰人的习惯。’”(第120页；[译者注] 中译本第176页)

目标，又和船组人员濒临覆灭之时，沃尔顿看到了追踪怪物的弗兰肯斯坦。由此，弗兰肯斯坦对这个濒危共同体的首领讲述了制造怪兽以及随后引起弗兰肯斯坦大家庭毁灭的故事。确实，一艘英国船和一个直接出自浮士德传奇的人物的交汇，充满了寓言的可能性。与和谐的船队共同体相反，雪莱塑造了一个双重性的主人公，既表现出卓越的理性，却又被不知餍足的求知意志所荼毒。弗兰肯斯坦在创造人时，难道不是把生命赋予了一个可怕而且展现出超越其集体身份界限之物的客体
70 吗？怪物体现了来自人却非人的东西，因为作为个体人类组成的复合物，他超出了个人主义的限度。即便我们在雪莱关于繁衍失控的寓言里，察觉到她在性生育方面创伤性尝试的痕迹，我们还是不能忽视其他一些征兆，这些征兆表明，大量作品借此重新思考个人和集合体之间的契约关系[1]。

为了解释雪莱是如何为马尔萨斯(Malthus)、达尔文和马克思的世纪修正社会契约条款的，我把她的小说和伊曼纽尔·康德写于1795年的论文《永久和平论》(“Perpetual Peace”)放在

1　用这种方法读小说的最佳例证，参见玛格丽特·霍曼斯（Margaret Homans）：《承载言说：19世纪女性写作中的语言和女性经验》（*Bearing the Word: Language and Female Experience in Nineteenth-Century Women's Writing*）（芝加哥：芝加哥大学出版社，1986年版），第100页；以及桑德拉·吉尔伯特（Sandra Gilbert）：《恐怖的双生姊妹：雪莱的畸形夏娃》（“Horror's Twin: Shelley's Monstrous Eve”），收于玛丽·罗威-伊万斯编：《玛丽·沃斯通克拉夫特·雪莱批评文集》（*Critical Essays on Mary Wollstonecraft Shelley*）（纽约：霍尔出版社，1998年版），第55页。

一起阅读。文中，康德主张代议制共和国是唯一能够依靠法律而非暴力进行统治的国家。其他任何治理形式均属暴政。君主制国家的统治者本身不受法律约束，因此可以完全自由地命令其臣民“为着和他们本身毫无关系的事情而去牺牲自己”[1]。这正是沃尔顿的船长及船员与弗兰肯斯坦家族几乎共有的命运。文明世界要赢得这一殊荣，必须成为一个包容一切的世界共和国，这样的共和国能保障康德所谓的“普遍好客的条件”(the conditions of universal hospitality)(第439页；中译本第24页)。弗兰肯斯坦和德拉西家族的世界主义特征暗示了一个即将成为包容一切的国家的欧洲，在这样的国家里，外来者会得到接纳，用康德的话说：“一种访问权利，这种权利是人人都有的，即由于共同占有地球表面的权利而可以参加社会，地球表面作为一个球面是不可能无限地驱散他们的，而是最终必须使他们彼此互相容忍。”(第439页；中译本第25页)当玛丽·雪莱把怪物引入一个即将实现普遍好客的共同体时，她对这个跨国共同体的可能性做了什么？回答这个问题，有两种基本方式。

第一种和一个事实有关，即怪物所受的教育将他置于好客

1 伊曼纽尔·康德：《永久和平论：一部哲学规划》(“perpetual peace: a philosophical sketch”)，收于路易斯·怀特·贝克（Lewis White Beck）编：《康德文选》(*Kant: Selections*)（新泽西，恩格尔伍德·克利夫斯：普伦蒂斯·霍尔出版社，1998年版），第439页。所有引用均来自这一版本，将在文内标注。中译见何兆武译：《永久和平论》（上海：上海人民出版社，2005年版），第20页。中译引文均采用该版本，并在文内注明页码。

法则之外。在司各特眼中，这个原本合理的故事仅有的两处不合理的情节，其中之一便是这个怪物接受教育的过程始于他感同身受地参与了德拉西家的生活——他不仅聆听他们讲述个人经历，还听到他们相互阅读沃尔尼 (Volney) 的《帝国的灭亡》(*The Ruin of Empires*) [1]。怪物用相当小说化的语言来描述他受教育的这一阶段："这些就是我那可爱的一家人的遭遇。这桩桩件件深深地打动了我的心。它们向我展示了社会生活的一幅幅画面，因而教会了我崇尚美德，鄙视人类的种种罪恶。"(第
71 85页；中译本第126页) 但是，当他无意中发现一个装着三本书的旅行皮箱时，他通往人性之路的充满希望的开端突然改变了方向。他向弗兰肯斯坦解释道："现在，我一直在研读这几本史书，并用它们来训练我的智力，而我那些朋友们则忙于他们各自的日常事务。"(第86页；中译本第126页) 独自阅读扩张了怪物的感情疆域，进而远远超出德拉西一家共享的阅读范围，接纳那些极端情绪。他从普鲁塔克那里获得了对和平立法者的崇高目标的钦赞，以及对战争的痛恨，而歌德的维特以及弥尔顿的撒旦肆意地表达了丧失的痛苦，让他认识到，自己永远

1 在登载于1818年第2期《布莱克伍德的爱丁堡杂志》上的《弗兰肯斯坦评论》("Remarks on Frankenstein") 一文中，瓦尔特·司各特爵士把《弗兰肯斯坦》归为某一类恐怖小说，"尽管情节狂野，却用朴素有说服力的英语写成，毫不显露那种惊奇故事 (tales of wonder) 常有的夸张的德意志风格……作者的观念总是得到清晰且有说服力的表达"。在对小说忠实呈现人性的变化无常的赞美中，司各特注意到"可作者有两个勉强之处——第一，怪物必须获得那些［高等教育的］天赋，以及另一个，邻居们正忙于教一个年轻的外来者学习本地语言"(第619页)。

不能克服和人类之间的差异。他告诉弗兰肯斯坦:“除我以外,大地万物都在沉睡,或在尽情享乐,而我却像魔王撒旦,心头压负着一座燃烧着的地狱,遭受痛苦的煎熬。我看不到这儿会有谁同情我,真恨不得把林中的树木连根拔起,将周围的一切全部毁掉,然后再坐下来对着这一片废墟悠然自得地幸灾乐祸。”(第92页;中译本第136页)怪物渴望归属于一个奉行好客法则的共同体,这感受如此之强,促使他去摧毁他无法融入的对象。然而,他本性中的某些东西消灭了一切归属的可能性,迫使他游离于自治主体的共同体之外,因此始终是不完全的人[1]。

雪莱把怪物形象引入一个原本田园诗般的共同体的第二个原因和怪物的本性息息相关。为了准确理解怪物性(monstrousness)是如何对小说中的世界主义共同体的包容性设限的,让我们回顾弗兰肯斯坦初次注视这个造物的那一刻,他的反社会野心在这个怪物身上得到了完全的具现:“他的四

1 在《浪漫主义和人类物种:诗歌、人口和物种话语》(*Romanticism and the Human Species: Poetry, Population, and the Discourse of the Species*)(剑桥:剑桥大学出版社,2000年版)一书中,莫林·麦克莱恩(Maureen McLane)提出:“可能构成内部分裂的是,小说表明,‘文学修养’并不能让有问题的身体变得有人性——就像那从来没有名字的怪物。怪物因此带出并体现了一个文学无法解决(小说内部解决不了)但可以展示(小说本身作为事实)的人类学问题。”(第84页)在《哥特文本》(*The Gothic Text*)(斯坦福:斯坦福大学出版社,2005年版)一书中,马歇尔·布朗(Marshall Brown)关于小说在给出解决办法方面令人好奇的无能提供了同样有争议的解释:“小说最常见的转折之一反映了成群或成堆可能会突变为暗恐的敌人。对于弗兰肯斯坦以及作者而言,存在计算问题……总和超过了定义——不是说怪物体积太大,而是不知怎么,难以解释,控制和把握。它可以被制造出来,甚至某种意义上可以被诞生,但它无法被构想。”(第191页)

肢长短匀称，比例合适；我先前还为他挑选了漂亮的五官。漂亮！我的天！他那黄皮肤勉强覆盖住皮下的肌肉和血管，一头软飘飘的黑发油光发亮，一口牙齿白如珍珠。这乌发皓齿尽管漂亮，可配上他的眼睛、脸色和嘴唇那可真吓人！那两只眼睛湿漉漉的，与它们容身的眼窝颜色几乎一样，黄里泛白，他脸色枯黄，两片嘴唇直僵僵的，黑不溜秋。”（第39页；中译本第48页）怪物以客观的视觉形态，呈现了其创造者的个人主义中那些似乎超越了自然本身所设界限的特质。生理外表宣告着怪物卑贱的身份，他的皮肤和脸上显露的是他内心的标记（比如，“皮下的肌肉和血管”“与它们容身的眼窝颜色几乎一样，黄里
72 泛白”的眼睛）。再加上生与死的混合体征（珍珠般的牙齿、飘逸的黑发、枯黄的脸色和僵硬的黑嘴唇），你就得到了由一堆迥然不同的、匿名的、违背自然规律被复活的部件拼凑而成的混合体，其外观是对包裹着个人主体的自然身躯令人作呕的拙劣模仿。对于把个人当作基本单位的共同体来说，他要作为个人归属其中，显得过犹不及。

当怪物小心翼翼地靠近眼盲的父亲德拉西，恳求在他家中避难时，他的言谈让陌生人觉得他是个同乡：“陌生人，听您的口音，我想您大概是我的同乡吧——您是法国人吗？”（第90页；中译本第133页）当怪物解释他有多么渴望人类的陪伴时，老人安慰他说：“别这样心灰意冷的。一个人在世上无亲无友固然不幸，但只要人们不是出于明显的私利而抱有偏见，那么，

他们的心就会充满博爱和仁义之情。”（第90页；中译本第133页）仅凭怪物的声音，老人就倾向于同情这个陌生人了：“我双目失明了，无法从您的面容做出判断，但听了您的谈话，我相信您是真诚的。我很穷，又是个被流放的人，但是，如果我能为谁做点什么，不管是做什么，我都会打心眼儿里感到高兴的。”（第91页；中译本第134页）怪物的声音不仅属于人类，而且充满人性，可他的生理外观却呈现出人遭受了暴力的景象。正当怪物要透露他为德拉西一家做过的诸多善行之际，孩子们回来了。可以理解的是，怪物无法想象德拉西一家那些视力正常的成员看到他同家中老父交谈时是什么感觉，他问道：“谁能描述他们见到我时的惊愕和惶恐？”（第91页；中译本第135页）小说对戏剧性时刻做了生动描写，怪物极度积极的特征被同样极端的消极特征所取代，有人可能会忍不住认为这个故事是一部即将被搬上银幕的电影。但我们必须修正这种假设，鉴于小说的电影版本总是剥夺雪莱怪物的口才，而正是口才为他博得了同情式认同。电影版不仅消除了怪物声音和身体外观（或者说景象）之间的巨大差异，还消除了极能引人同情和从根本上招人厌恶的特征之间的混合，把怪物从矛盾的形象改造为一个单纯的卑贱的东西[1]。相比之下，以怪物在小说中被刻画的形象为基

1 马歇尔·布朗把哥特小说看作思想实验，他对为什么雪莱笔下的人物那么不乐意注视怪物做了哲学式解读：“真理（康德意义上的）是感觉和判断相符合。但怪物难以被感知，因为人无法不带惊恐地看他，他也难以被判断，因为他没有名字，不能对他做客观陈述。”（《哥特文本》，第198页）

73 准，我们很难想出另一个文学形象如此强调地同时说出“我和你一模一样”以及“你不可能成为我”。

弗兰肯斯坦先是同意为怪物制造女性同伴，然后又反悔，这一系列场景重复了怪物和德拉西之间的交流，并让矛盾逻辑更进一步。在怪物雄辩的影响下，弗兰肯斯坦一度被说服了，相信一位女性同伴能安抚他，并使他变得有人性。但他不能沿着这样的思路长久继续下去，而不去面对怪物的外表造成的问题。怪物可以获得受教育程度最高的人类的文化属性，但他的身体看起来永远一团糟。这一不争的事实令他的创造者停下来，思考制造女性怪物是否明智：“她……会因为他的丑陋而嫌弃他，转而追求相貌堂堂的男人。说不定她会抛弃他，使他重新沦为光棍儿。这样一来，他便会因再次遭到自己的同类遗弃而恼羞成怒。”（第114页；中译本第168页）如果说，弗兰肯斯坦想象不出，只要和一位伴侣定下来，怪物就能融入人类，那么他也无法承认怪物另一“物种”的身份，即能够独立于人类、与自己的同类生活在一起的生命始祖。弗兰肯斯坦得出结论：在造出女性伴侣的过程中，他可能不是在创造一个物种，而是制造出一个劣等人种，拥有摧毁人类规范性原型的力量。在这种情况下，这对怪物夫妻陷入困境的婚姻所能引发的暴力，跟他们的幸福结合必然导致的人类共同体内部的冲突相比，简直微不足道。他推论道：“即使他们离开欧洲，去美洲的大沙漠中栖身，他们仍然渴望获得对方的同情和慰藉。其结果，首先便是他们后代的出世。**妖魔一族**便会在地球上繁衍，从而危及人类的生存，陷人类于惶恐之中。我难道有权为了自身的利益而将这种祸患强加于子孙后代?”(第114页，黑体为我所标；中译本第168—169页) 考虑到故事的这一面，我们可以认为，弗兰肯斯坦是受伦理所迫，不得不摧毁怪物的未婚妻。怎么可能通过重复他最初的过度行为来消除这种行为对人类共同体的破坏呢？非人的类别只会呈指数级增长，这些奇特的怪物既无法成功融入人类，也无法彻底脱离。

在道德正义的驱使之下，弗兰肯斯坦得出了这一结论，之 74
后，他将已经装配了一部分的女性怪物拆散，从而也拆散了一个未来的家庭，这种方式不仅和破坏德拉西一家的方式如出一辙，也让我们联想到司各特描写的英国人在普勒斯顿战役后对图莱–维俄兰的亵渎。在康德式推论的指引下，我们不得不以尖锐批判此类暴力行为的方式来解读怪物的侵入。康德认为，即使是群体最自私自利、最好战的倾向也需要理性克制，因此他鼓吹一项计划，“可以使他们每一种力量都彼此是那样地互相针对，以至于其中的一种足以防止另一种的毁灭性的作用或者是抵消它们”(第443页；中译本第35页)。他继续道，“建立国家这个问题不管听起来是多么艰难，却是连一个**魔鬼的种族**也能解决的，只要他们有此智慧。”(第443页，黑体为我所标；中译本第35页) 实际上，依据康德的说法，即便这样的“种族”最终也会明白，战争是一桩蚀本生意，而怪物似乎自行得出了这样的结论。如果赐他一个伴侣，他保证“去往南美的茫茫荒原”，仿佛实现了洛克的论点，即人可以通过占用看似取之不尽的美洲所提供的资源，和平地建立家园，并最终建立一个国家。抑或，怪物是这样来消除他的创造者的疑虑的：“我的食物与人类维生的食物不同，我无需捕杀小羊羔、小山羊什么的以饱口福；各种橡子和野果就能为我提供足够的营养。我们将以枯叶为床；太阳普照人类，也将哺育我们，也会使我们的作物成熟。我向你描绘的这幅图景是宁静祥和而又富于人情味的，你一定会感到，只有你残酷无情，胡乱使用手中的权力，才会拒绝我的请求。”(第99页；中译本第147页) 弗兰肯斯坦为自己毁灭怪物未来伴侣的决定辩解，理由是这类造物天生自私好斗，尽管小说尖锐地指出，怪物的暴力倾向源于他对维特和撒旦等文学典型的熟悉，也源于这样一个现实：没有人在见过他后，还能容忍他的异质性而产生同情式的认同。弗兰肯斯坦对现状的理解遵循了托马斯·马尔萨斯提出的人口原理(1798)，即生物繁殖无可避免地超过了食物供给，使得人类群体为了生存而相互争斗。他的解读同样前瞻性地涉及了查尔斯·达尔文的自然选
75 择原理(1859)，该原理让物种处在相互竞争的敌对状态，唯有在一个消灭另一个时，这种状态才会结束：换句话说，这是对基于差异容忍的康德模式的彻底颠覆。尽管如此，如我所说，虽然这种天生的竞争关系很快就会对维多利亚时代的虚构产生影响，但在雪莱写下她只此一本的著名小说的时候，它并非唯

一的游戏规则，甚至也不是主导性的。

这样一来，小说支持了两种互不相容的论调，一种认为弗兰肯斯坦毁掉怪物的女伴是对的，而另一种觉得他做错了。在第一种论调看来，怪物要对弗兰肯斯坦家族的毁灭负责；而后者认为，应该受到惩罚的是弗兰肯斯坦自己。小说叙事把这些论调联结起来放入单一故事线，就产生了一种形式上的矛盾，最终质疑了关于民族主义的一切现代定义：一个国家是否能够向外延展拥抱普世人性？一个人对于归属于某个共同体的主张，是否源自文化——语言、对道德礼仪的遵守以及文学——还是存在一些无法被同化的差异形式，除非破坏共同体的根基？雪莱的怪物并没有像康德设想的外来者那样，执意坚持自身的差异。通过文学教育，他努力克服出身的限制，成为欧洲人，却发现，就像增补那样，如果不彻底改变“欧洲人”这个词本身的含义，他就无法实现这一点。经过和老人的对话建立起来的人和怪物之间的共同基础，在德拉西一家其他成员注视他面容的那一刻就消失殆尽了。实际上，正如德拉西的儿子向房东解释的那样，他出现在他们中间，把他们的小屋变成渎神之地：“我根本不用再考虑，我们绝不可能再在您的房子里继续住下去。”(第93页；中译本第138页) 怪物以反叛者和野蛮人的方式回应，他回想起“将心中这股狂怒发泄到无生命的物体上。入夜，我将各种容易燃烧的东西堆放在农舍四周，又把园子里种的植物全部毁掉……我点燃了一根枯枝，绕着这幢注定要遭殃的屋子一边手舞足蹈、狂奔乱跳……我挥舞着手中那根燃烧着的枯枝；月亮沉下去了，我尖叫一声，将堆放在那儿的稻草、石南和灌木一一点燃。风助火势，农舍成了一片火海，很快便被刀叉般凶猛的火舌吞噬了。”（第94页；中译本第139页）所以，无论从哪个角度看，作为不被容忍的存在，或者作为自己不宽容的存在，怪物都暴露了普遍公民身份的限度。在一个由扩展性家庭组成的国家里，一个真正独一无二（one-of-a-kind）的
76 个人必须使这个共同体具有绝对的包容性，否则就会彻底摧毁它。在这个历史时刻，这部小说不会追求两种选项中的任何一种。

雪莱揭示了康德世界主义共同体逻辑中的缺陷：它同样依赖于一种根本性的排外行为。为了想象出一个建立在差异容忍基础上的国家，就必须含蓄地排除那些缺乏宽容能力的人，比如宗教狂热者、种族偏见者、任何自诩为纯洁并与污染物对立的人。康德使用食人族来代表对差异的绝对不容忍：“欧洲野人与美洲野人的区别主要在于：美洲野人许多部落是被他们的敌人统统吃光的，而欧洲野人却懂得怎样更好地利用自己的被征服者而不必把他们吃掉。欧洲野人懂得最好是用他们来扩充自己臣民的数目，因而也就是继续扩大战争工具的数量。”（第437页；中译本第20页）讽刺的是，在这一比较中，文明人和野蛮人的唯一区别在于欧洲人的实用主义，正是实用主义让欧洲人能够通过自我消灭他者的方式高效取代其原始同类，最终

连差异本身也一并消除[1]。对康德而言，个体性和共同体是同一枚概念硬币的两面，个体差异是普遍性的基础，每一个人正是因为和别人的差异而成为他自己，这种普遍性因此取决于消除不公和战争。康德引用了食人族的形象，而雪莱让她的主人公承认："我暗自想道，我把这怪物带到人世，赋予他为非作歹的意志和力量……这简直是我自己变成了吸人血的妖魔鬼怪，是我自己的灵魂从坟墓中被释放出来，并被逼着去摧毁我所珍爱的一切。"（第49页；中译本第70页）与康德形成对照的是，雪莱把不宽容描述得好像吸血鬼：是内在于个人的某些东西，迫使他将共同体视为阻挡他彻底成为自己的障碍。在小说中，彻底成为自己意味着成为超越人性的存在：实际上，就是成为怪物。由此，雪莱创造出在个人内部运作的差异，从而揭示了一个界限，超过这个界限，个体继续延伸自己的话，就会失去他在人类共同体内的成员资格。

我们必须得出结论，世间存在不同的差异，一种把个体

1 《食人者和哲学家：启蒙运动的身体》（*Cannibals and Philosophers: Bodies of Enlightenment*）（巴尔的摩：约翰·霍普金斯大学出版社，2001年版）一书中，丹尼尔·科顿姆（Daniel Cottom）解释了18世纪对食人的关注，认为当时把食人看作一种否定多元发生说（会导致食用他人被正当化），由此维系普遍人性概念（让吃另一个人显得不可想象地凶残）的手段。这场争论压倒了一切试图将食人行为纳入普世人性的努力——这些尝试将同类相食与其他形式的人类暴力等同视之，并基于实际效用对其进行评判。科顿姆谈道："在18世纪，对食人族的迷恋可以被看作对欧洲人吃人的移置和否定，最令人悲痛的莫过于奴隶交易中的吃人，但同样也可见于无数剥削形式、殖民主义、强制依附、等级制度，以及威廉·布莱克所说的，基督教的慈悲。"（第149页）

与其他个体分开，或者说是同一秩序内的差异，另一种差异把人类和其他所有有机或无机的生命区分开。第一种差异维持了对意识的虚构，即无论其怎样高度发展，始终封闭在身体之
77 内，并终生致力于身体的存续和繁衍。第二种则认为，人类知识——以语言为形式，尤其是印刷文化——来源于别处，且对那些维系并对我们进行再生产的习俗惯例鲜有敬意。根据康德的描述，现代国家把一切本质上的差异都转译成不会挑战普遍人性的自然基础的文化差异。但雪莱对此回应道，即使在这样一个国家里，某些差异必然保持不可化约，从而标记出人性的外部界限。因此，食人族和吸血鬼之间的差异一方面描绘出共同体吞噬个人的界限，另一方面也勾勒出个体摧毁共同体的界限。食人族和吸血鬼之间的差异同样可以用来描述哀悼和忧郁之间的区别。哀悼能够吸纳失去的客体的积极特质，并放弃其余部分，从而让哀悼者恢复活力。与此相对照，忧郁则是通过制造矛盾客体寻求解决，这些客体的某些特征拒绝被纳入。和哀悼者截然不同，根深蒂固的忧郁者拒绝放弃坏客体，并通过持续对抗文化要求其摈弃之物的客体化形态来维系自身的存在。

当司各特和雪莱让他们各自的主人公走上通往过度和潜在排外的道路时，他们所考虑的社会群体可能完全不同。司各特把英格兰性延伸到苏格兰低地，为的是构建出能把两个民族包括进来的想象中的不列颠性——前提是根除高地文化。另

一方面，雪莱则试图超越人类本身的限度，从而想象一个跨国界共同体，在那里，几乎任何个人都可以被再现。如果说在《威弗莱》的结局中，我们看到的是一个同时扩张与收缩的共同体：它拥抱了现代英国性，并将曾经盛行的亲属制度排除在外，那么我们可以说，雪莱的小说把泛欧洲共同体从一个有机一致的整体转化为由敌对多方组成的聚合体，唯有通过怪物般的暴力行径才能达成一致。然而，两位作者均将男主角个体性中未经表达的某些元素和他们必须履行的社会角色对立起来。两位作者都促使个人凌驾于集体性认同的限制之上，为的是让那个集体扩展到历史时刻的限度之外（《威弗莱》），以及物种（《弗兰肯斯坦》）的限度之外，以便于把另一群体的成员纳入其中。

《威弗莱》和《弗兰肯斯坦》打开了包容的闸门，然而只是 78
为了确立不同文化素材之间不可化约的差异，文化素材中有的可以被集体性认同所包含，有的却无法被容忍。就两位作者都使用了与小说在本质上敌对的罗曼司和史诗式的形象来标记限度这一点而言，司各特笔下的高地人和雪莱笔下魔鬼般的怪物种族发挥着相同的功能。雪莱和司各特一样，对小说这一媒介抱持矛盾的态度，但两人又偏偏都在写小说。尽管雪莱再现的是未经控制的个体性所蕴含的怪物般的潜能，与司各特在《威弗莱》中为现代个人设定的过度驯化的内在性截然相反，但他们同样雄辩地见证了一种美学上的失落。也就是说，两位作者都代表了表达型个人主义的丧失，这意味着早期文学传统中英雄体裁的牺牲。取而代之，雪莱和司各特均把道德分量赋予了像沃尔顿和威弗莱这样令人扫兴的普通人，同时也赋予了引领现实主义时代的关于共同体的有限定义。

第三章　为何维多利亚时代小说里难觅好男人

维多利亚时期的小说不仅把所有表现出个人主义极端 79
形式的女性描绘得毫无吸引力，而且还严厉惩罚她们，目的在于说服读者，那些曾经导向自我实现和更灵活社会秩序的幻想的过度行为，如今恰恰产生了相反的结果。与其通过过度行为让自己有资格讲出如何成为个人的故事，女性不如像简·爱把那些过度特质内化，这样明智得多。勃朗特让她的女主人公践行了夸张的自制克己之举，由此在她最著名的女主人公和伯莎·梅森之间制造出只能被描述为本体论鸿沟的差距，伯莎·梅森怪物般的内心扭曲了她的外表和行为，以至于不再具有可辨识的女性特征，更不用说女性气质了。我在其他著述中曾详尽讨论了简克服那些原本让她得以生存的特质的过程，并解释了这种自律究竟如何同她的秉性相结合，使她有能力讲述一个由她独自设定道德评判和社会行为标准的故事[1]。我认为，从摩尔到伊丽莎白·班纳特等18世纪的女主人公们拓展了自我表达的限度，而维多利亚时期的女主人公们则收缩了这些界限，从而把个人主义能量转化为自我管理和控制的形式。问题是，为什么？

和目前依然盛行的对于文化史上这一时刻的批评态度相
80 反，我拒绝这样的假定，即认为这部小说时常展现的对女性的粗暴，反映的是某种根深蒂固且普遍存在的针对女性本身的敌意。另一方面，我也不觉得维多利亚时期的女性观念对女性身心健康的危害，会比现代的刻板印象更严重。我认为，这两种假设都是现代主体历史进程中我们自身时代的产物。体现自律精神的维多利亚时代女性——不但需要某种非凡的自我克制行为，还需要某种非凡的过度自我可供克制[2]——我认为她

1 在《再现暴力；或，“西方”如何胜利》（“Representing Violence; or, How ‘the West’ Was Won”）（收于南希·阿姆斯特朗和列奥纳多·特内豪斯编：《再现的暴力：文学与暴力史》[*The Violence of Representation: Literature and the History of Violence*]，伦敦：劳特利奇出版社，1989年版）一文中，特内豪斯和我把主人公的言语权威形容成一种进攻形式，让她能够战胜所有的对手——事实上，是几乎每一个没有遵守她的家庭美德的人——但与此同时，她又显得像是被这些对手攻击的受害者。（第5—6页）

2 在《性史（第一卷）：导论》（*The History of Sexuality*，*vol.I*，*An Introduction*）（罗伯特·赫利［Robert Hurley］译，纽约：古典书局，1990年版）中，福柯对维多利亚时期女性身体歇斯底里化的解释恐怕称得上关于这种心理过度现象的性因素以及女性作为其具体化的最有说服力的证明：“它慑服于恐惧，创造补救的办法，向高深的技艺求救产生无数的话语，最先献身于性的兴奋情感。这些资产者从一开始就认为自己的性是最重要之物，是一个脆弱的珍宝，一个需不惜一切代价发掘的秘密。有必要提醒，首先被性状态的展布卷入并属于第一批‘性化’的形象，是‘无所事事的’妇女。她们处于‘世界’的外缘，总是以一种（转下页）

们之所以如此，是为了修正从一开始就塑造了英国小说的个人主义的两个重要方面。原本相悖的行为如今显然构成了矛盾，而且靠一个人物也不再能够弥合让冒险者摩尔和笛福授权讲出自身故事的摩尔分离的道德鸿沟。更好的办法是，将二者分开，从而巧妙化解矛盾。因此，我们发现维多利亚小说区分了所谓的女性特征 (femaleness) (此前被颂扬为彰显个人主义的进取倾向) 和女性气质 (femininity) (维系新兴统治阶级之家的家庭美德)。小说家们利用了女性身上的这种二元性，来掩盖男性统治阶级身上那个更为明显的矛盾——即获取社会经济成功所需特质与行使父权权威所需品质之间的矛盾。

在凯瑟琳·恩肖、伯莎·梅森、伊迪丝·董贝、德洛克夫人、

(接上页)价值的面目出现。在家庭中，她们也同样处于外缘，命定要尽妻子和母亲的种种义务。于是就出现了'神经质'妇女，患'忧郁症'的妇女。在这个形象中，妇女的歇斯底里化找到了它的依托点。"(第121页；[译者注] 中译本见张廷琛、林莉、范千红等译：《性史》(第一、二卷) [上海：上海科学技术文献出版社，1989年版]，第118页)

约翰·库兹奇 (John Kucich) 为维多利亚时代的小说中更为微妙的情色量身定制了这一概念，他认为："尽管维多利亚时代的小说家常将压抑想象为一种社会义务的形式，明确将其反个人主义表现为对集体意志的屈从，但通过其沉默与运作中隐含的退缩，压抑最终催生了一种孤绝的主体性。维多利亚式压抑，作为一种欲望典型，承诺了一种强烈的情感震荡，但它试图否认，这种震荡对外在于自我的任何东西开放。换句话说，19世纪所想象的包含了自我否定的力比多形式不是对他人的仪式性或象征性认同；自相矛盾地，这一文化构成的渴望死亡的形式成为个人意识和内在性的边界。通过压抑，19世纪小说中的人物把自我否定限定为一种内部情感消耗，小心翼翼地保护着个人意志和情感的不可侵犯性，使其免受他人侵扰。"(《维多利亚小说中的压抑》[*Repression in Victorian Fiction*] [伯克利：加州大学出版社，1987年版]，第27页)

贝基·夏普、麦琪·塔利弗、苔丝·德伯菲尔德、丽萃·尤斯达斯[1]，以及奇情小说主人公怪物般的行为面前，维多利亚时代的女主人公们显得黯然失色，而这恰恰是好事。自我约束甚至不温不火的女主角得以幸存，重建并延续了那被她桀骜不驯的对手所威胁的家庭文化。维多利亚时期的小说通过将早期个人主义的过度特质具象化为女性形象，实现了比单纯宣泄对积极进取的女性的敌意更为重要的目的。我认为，这些女性的主要功用在于把读者的注意力从某一处矛盾上引开，这种矛盾有可能戳破自由主义个人“完整自足且有能力照顾他人”的幻想。通过把她们病态化并宣告她们为罪犯，维多利亚时代的小说为殴打、淹溺、灼烧、绞杀抑或流放这些女性提供了正当性，只因她们拥有某些特质，而同样的特质如果出现在希刺克厉夫、董贝先生、罗顿·考利、斯蒂芬·盖斯特、迈克尔·亨查德以及弗兰克·格雷斯托克[2]这些男性角色身上，小说就会说服我们原谅
81 他们。

维多利亚时代的小说将统治阶级的男性气质的可鄙特质，描绘为真正可鄙——**唯有**当这些特质在女性身上显现时。通过提供这样一种掩护，这些女性得以同时建立又否定了竞争、

1 ［译者注］依次为《呼啸山庄》《简·爱》《董贝父子》《荒凉山庄》《名利场》《弗洛斯河上的磨坊》《德伯家的苔丝》《尤斯达斯的钻石》里的女性人物。

2 ［译者注］依次为《呼啸山庄》《董贝父子》《名利场》《弗洛斯河上的磨坊》《卡斯特桥市长》《尤斯达斯的钻石》里的男性人物。

好斗和支配，而这些特质当时正在逐渐成为男性个体专属的必要且天然的属性。就这样，维多利亚小说中针对女性的暴力实际上维护了个人主义的意识形态：即男性可以在公共领域内与其他男性竞争，并在工厂、帝国的遥远边疆以及家庭中照顾自己的依附者。这一矛盾不仅塑形了这一时期的科学及文学话语，而且被证明几乎不可能化解：维多利亚文化在维系英国男性气质两种面向的连续性和矛盾性方面是一致的。为了创造出野蛮人和公民之间的连续性，人文科学采纳了司各特的历史错位策略，把野蛮人视作现代人的原始祖先。而为了保持我们的始祖和现代人之间的本质差异，小说发展出许多形式手段，将最惹人讨厌的男性特征转嫁给女性——在女性身上，这些特征能被耸人听闻地客体化，其暴力潜能也能被消除。

与人文科学相呼应，维多利亚时代的小说塑造出一种能够集野蛮人所有特质于一身的现代个人。现代人拥有而野蛮人缺乏的，是一种抑制天生的攻击性并把这股能量导向社会可接受的目标的独特能力：一个人是如何成功或失败地控制并引导其欲望——而不仅仅是拥有欲望并敢于付诸行动这一事实——决定了这一个体的身份。这种情况显然打破了司各特和雪莱所达成的完美平衡，并颠覆了直至奥斯丁时期始终塑造英国小说的增补性主体和社会服从之间的关系。一种全新的东西，一种最初外在于个人，直至个人能够将其内化并栖居于其界限之内的文化理想，取代了此前由坏主体占领的自我和灵魂制造者的地位。

重审资本主义文化中的坏主体

82 我借用“移置”(displacement) 这一概念来解释：为何要用奇观来转移我们对某些问题的注意力——这问题过于令人不安而难以表达，因而也过于根本，无法通过小说的融合与综合手法来解决。在关于歇斯底里症的早期研究中，弗洛伊德用这个术语来描述一种精神机制，该机制既表现在症状形成的修辞结构中，也表现在梦境的修辞结构中。我发现，这个术语同样可以用来描述1832—1867年《改革法案》期间小说创作的修辞，恰恰也在这一时期，查尔斯·达尔文正试图在语言（乃至所有的文化生产）和生物学之间建立关联，就像弗洛伊德日后所做的那样[1]。在文化史上某个将人类（尤其男性）置于发展叙事

1　以下引文是查尔斯·达尔文屡次试图让现代文化植根于原始本性的若干陈述之一：“无可怀疑的是，它来自对各式各样自然的声音，包括其他动物的喉音在内的模仿和变化，而其之所以能模仿，也是由于人自己元有一些发乎本能的叫唤之声，而其间得力于种种表情、姿态的地方也不少。下面我们处理性选择的时候，我们要看到，原始人，或者更确切地说，人的某一辈的远祖，首先用它的喉音来发出真正有音乐意味的抑扬的调门，那也就是歌唱了，今天某几种的长臂猿就是这样。而我们根据一些范围更为广泛的可以类比的资料，不妨得出结论，认为这种歌唱的能力，一到两性求爱的季节，会变本加厉的施展出来，——会用来表达各种不同的情绪，诸如恋爱、妒忌、胜利的欢欣，——会成为应付对手们的一个挑战的手段。因此，有可能的是，用有音节的喉声来模仿动物的音乐性的叫唤声这一活动终于产生了可以用来表达各种复杂情绪的一些字眼。”（查尔斯·达尔文：《人类的由来及性选择》[*The Descent of Man*，*And Selection in Relation to Sex*]［普林斯顿：普林斯顿大学出版社，1981年版］，第88页；所有引用均来自这一（转下页）

中的时代的尾声，弗洛伊德采用赋予维多利亚时代小说独特形态的文学形象，来解释成年人如何处理那些曾确保物种存续的欲望与恐惧的残余，这一做法似乎也恰如其分。根据弗洛伊德用来管理由这种古老精神装置 (psychic equipment) 所产生的情感能量的早期模型，个体会通过神经通路移置这一能量，旨在将其分散并建立暂时性的停滞或惰性状态。移置让个体将附着于观念的精神投注 (cathexis) ——这一观念一经表达定会危及他/她的社会认同——从思想领域转向身体领域，在那里，它表现为一种躯体症状[1]。

弗洛伊德关于"移置"最有趣的研究是把它和梦境解析工作结合起来，在梦境中，梦的焦点往往与显现的内容大相径庭。"移置"在《梦的解析》(*The Interpretation of Dreams*) 中呈现出

（接上页）版本，将在文内标注。[译者注] 中译见潘光旦、胡寿文译：《人类的由来》[北京：商务印书馆，1997年版]，第129页）中译引文均采用该版本，并在文内注明页码。

1　弗洛伊德解释道："理解下面两个矛盾的论断会有所启示：'癔症（即歇斯底里）是精神病'，和在癔症患者中可发现最理智的、意志最坚强、个性最伟大和判断力最好的人。这些特征在他们清醒的思维中保持得很好，但在类催眠状态下，他们就像我们所有的人在做梦一样，发生精神错乱。可是我们梦中的精神错乱在清醒状态下对我们没有影响，而类催眠状态下产生的精神错乱则以癔症症状的形式干扰清醒状态下的生活。"（西格蒙德·弗洛伊德和约瑟夫·布洛伊尔 [Josef Breuer] 著，詹姆斯·斯特雷奇 [James Strachey] 译：《歇斯底里症研究》[*Studies on Hysteria*]，《西格蒙德·弗洛伊德心理学著作全集标准版》[*The Standard Edition of the Complete Psychological Works of Sigmund Freud*] [伦敦：贺加斯出版社，1973—1974年版]，第一卷第13页）[译者注] 中译见车文博主编《弗洛伊德文集1：癔症研究》（长春：长春出版社，2004年版），第23页。

新的精确性，弗洛伊德发展了移情 (transference) 的概念，用来描述情感能量从一种观念到另一种观念的普遍转移。他保留了“移置”，用J. 拉布朗什 (J. LaPlanche) 和J. B. 庞塔利斯 (J. B. Pontalis) 的话说：“指的是一种在描述上引人注目的现象，这种现象在梦境中比其他状态更为显著，其结果导致整个梦境重点的转移。”他们进一步阐释：“这种转变沿着一条或多条联想链发生，”这种联想链将“一个抽象概念与一个可视觉化的对应物
83 连接起来。”[1]重要的是，在此过程中，投入某种普遍威胁性观念的情感能量并没有被分散，而是获得了感官上的锐度和强度，这有助于将这一观念客观化和定位化，进而实现对它的管控。对弗洛伊德而言，梦里的行为证明了人类思想更为原初的过程，他认为这些欲望的遗迹对于有机体在自然状态的生存至关重要。

维多利亚时代的小说使用移置来实现一个完全不同的目标。梦境以编码形式为不可言说之物提供了言说方式，从而保护个人免于直面自我认知，而维多利亚小说提供了一种纯粹象征的手段来解决文化范畴之间的冲突，如果读者大众直面这一冲突的话，可能会让他们的社会经验变得支离破碎。当我用移置来解释维多利亚小说是如何把最初的情感投入从一个对象

1　J. 拉布朗什和J. B. 庞塔利斯著，唐纳德·尼科尔森-史密斯（Donald Nicholson-Smith）译：《精神分析的语言》（*The Language of Psycho-Analysis*）（纽约：诺顿出版社，1973年版），第122—123页。

转向另一个时，我既不把这一机制归因于个体无意识，也不归因于某种群体性焦虑。我倾向于把小说看成一种自成一体的思考方式，是文化在面对变化的社会条件带来的压力时，用以维系、提升并延续其最基本范畴的方式。

在展示了维多利亚时代的小说如何依靠巧妙的修辞来捍卫男性气质免受其自身暴力的侵害之后，我借用达尔文的《人类的由来及性选择》(*The Descent of Man*, *And Selection in Relation to Sex*) 来说明，把统治阶级男性的竞争性能量转移到女性身上，而后女性便可以被新近驯化/家庭化 (domesticated) 的文本世界清除。通过种种移置的形式，小说与新兴的人文科学并肩作战，在1832—1867年《改革法案》期间维系着现代英国作为包容性共同体的理想，彼时，大英帝国境内被剥夺权利群体的压力，连同帝国的扩张，把这一幻想推向了崩溃的边缘。将人类作为一个单一的、有凝聚力的整体的幻想是如此普遍，以至于我认为，把格奥尔格·卢卡奇所认为的历史小说过早消失的现象归因于人们几乎无法再将野蛮人视作自己的祖先这一点，并不算过分牵强[1]。小说家如何能像司各特那样，把自己的祖先放逐到过去、记忆和艺术之中，当这位祖先依然在现代国家的边缘继续着他暴力淫猥的行为？

1　奥尔格·卢卡奇著，汉娜·米契尔和斯坦利·米契尔译：《历史小说》（伦敦：墨林出版社，1962年版）。

新颖[1]的移置

84 要举出一个我心中所想的文本行为的例子，艾米莉·勃朗特的《呼啸山庄》是不二之选。这部小说之所以格外引人注目，因为它持续尝试将现存的男性气质典范塑造成统治阶级的男性——这类男性既能在男性间的竞争中胜出，又能对女性保持善意——但这些努力最终都以惊人的失败告终。关于这两项文化标准如何在希刺克厉夫和埃德加·林惇这两个糟糕透顶的丈夫之间制造了不可调和的差异，这个问题已经得到了评论界的广泛关注。我要强调的是，通过两个手法，小说鼓励我们把男性人物看成多少有几分吸引力且值得同情的形象。

首先是早熟女性的显眼存在，这样的女性不仅包括不服输的凯瑟琳，还有任性的伊莎贝拉·林惇和伶俐的丁耐莉。在《呼啸山庄》里，女性将破坏家庭关系，而非巩固并确保其永恒性，这种情况是多重因素决定的结果。比如说，试想这样一个场景，约克郡的一位访客把他自己的恶意归咎于一位来自文化史早期的当地女性，指控她闯入他的睡房。洛克乌德讲述了这个小插曲，当时，他被一根打到窗户的树枝惊醒，于是伸出手想

1 ［译者注］本节标题原文为“Novel Displacements”，“novel”一语双关，既作形容词“新颖”解，同时指向“小说”。

要阻止：

> 我的手指头没抓到它，却碰着了一只冰凉的小手的手指头！……
>
> “凯瑟琳·林惇，”那声音颤抖着回答。“我回家来啦，我在旷野上走迷路啦！”
>
> 在她说话时，我模模糊糊地辨认出一张小孩的脸向窗里望。恐怖使我狠了心，发现想甩掉那个人是没有用的，就把她的手腕拉到那个破了的玻璃面上，来回地擦着，直到鲜血滴下来，沾湿了床单。可她还是哀哭着，“让我进去！”而且还是紧紧抓住我，简直要把我吓疯了。[1]

且不论洛克伍德已在凯瑟琳的卧室里反客为主，开始翻阅她的日记。且不论她可能已化作幽灵孩童归来，为的是索回那贯穿小说始终被他一心消耗殆尽的私人生活。读者被引导着沿着一条转喻链前行，从窗外树枝造成的听觉刺激，到他探手击穿 85
玻璃窗后明确抓住的孩子的手，再到洛克乌德自己。当他扣住孩子的手，将她的手腕抵在破碎的玻璃窗上摩擦，“直到鲜血滴

---

1 艾米莉·勃朗特著，理查德·J. 邓恩（Richard J. Dunn）编：《呼啸山庄》（纽约：诺顿出版社，2003年版），第20—21页。所有引用均来自这一版本，将在文内标注。[译者注] 中译见杨苡译《呼啸山庄》（南京：译林出版社，1997年版），第25—26页。中译引文均采用该版本，并在文内注明页码。

下来，沾湿了床单”时，汹涌的能量逆转了方向。转喻链完成了它的使命，重新定位了洛克乌德的攻击性，在这画面里，他的暴力被转化为一种自卫行为。正如他解释的那样：“我模模糊糊地辨认出一张小孩的脸向窗里望。恐怖使我狠了心。”在把孩子的手腕按在破碎的玻璃上来回摩擦之后，他的恐惧更加强烈了，因为那个幽灵“还是紧紧抓住我，简直要把我吓疯了”。的确，这种修辞手法很有说服力——我指的是将暴力源头从一只手转向另一只的画面形象——大多数读者都原谅了洛克伍德的侵略行为，把孩子的形象解读为凯瑟琳·恩萧鬼魂的显现，而这个女人明显缺乏女性自制[1]。

第二组事件分散在数页中，不像第一组那么令人难忘，这些事件重复呈现了被动的男性和被认为有攻击性的女性的相遇，其呈现方式对调了18世纪小说分配给两性角色的位置。小凯瑟琳被困房中，和林惇·希刺克厉夫一起，她试着贿赂她那虚弱的折磨者，允许她从窗口离开，前往她父亲的临终病榻。这引发了一系列连锁反应，林惇借此向希刺克厉夫警示她的意图。希刺克厉夫立即夺取了凯瑟琳最私人的物品——一些珍藏的书籍和父母的微型肖像画，然后一巴掌扇在她脸上。“你喜

1　举个例子，比如格兰·卡弗利耶罗（Glen Caveliero）的《超自然与英国小说》（*Supernatural and English Fiction*）（剑桥：剑桥大学出版社，1995年版）谈到，“《呼啸山庄》里的超自然因素联合了视觉因素。洛克乌德是否真的听到凯蒂的鬼魂对着窗户哭喊，还是他只是在做梦，没那么重要，重要的是留下印象，她的灵魂存在于超自然现实之中，正如她在垂死的疯话中所预言的那样。”（第3—4页）

欢看她挨打吗？”丁耐莉问道。林惇的回答值得我们关注：“一开头我是挺喜欢的——她既推我，就活该受罪。可是等到爸爸走了，她叫我到窗子前面，给我看她的口腔被牙齿撞破了，她满口是血；然后她把相片的碎片都收集起来……从此她就再也没跟我说过话：我有时候以为她是痛得不能说话，我不愿意这样想！可是她不停地哭，真是个顽劣的家伙；而且她看来是这么苍白，疯疯癫癫的样子，我都怕她啦。”（第214—215页；中译本第314—315页）这个场景和前一个场景包含同样的元素：窗户、伤口、血、孩子的哭声，暴力转变为恐惧。这些都是两性间奇妙互动的不同侧面，在故事中的两个关键时刻重复自身：女性似乎从男性身上剥夺了能动性，在第一个场景中，男性在窗 86
口阻断了她，不让她进房间，而在第二个场景中，他又切断了她从同一扇窗逃跑的企图，直到她承诺会回来和他共享狭窄的房间。在两个例子里，男性都占领了女性在幽闭恐惧的家庭内部空间的位置。在自我防卫的过程中，这些男性无端残忍，如果他们不是某种意义上的受害者的话，那一定会遭到维多利亚时期读者的憎恨[1]。通过调换通常由男性和女性占据的位置，勃朗特在很大程度上为两个男人的暴力行为开脱——这种暴力将

1 关于受虐倾向在维多利亚文化中各种用途的更完整、深刻的分析，参见约翰·库兹奇：《奥利弗·施赖纳、受虐狂和无所不能：前俄狄浦斯政治的策略》（“Olive Schreiner, Masochism, and Omnipotence: Strategies of a Preoedipal Politics”），《小说：虚构类论坛》第36卷第1期（2002年）：第79—109页。

第一个凯瑟琳挡在门外，又将第二个凯瑟琳困在屋内。但这绝非故事的全部。

另一条转喻链让凯瑟琳·恩萧的鬼魂和她的女儿凯瑟琳·林惇相连，此时，母亲的攻击性再度调转方向，回指男性，而女儿则通过嫁给恩萧血统和财产的继承人哈里顿，为取代母亲的位置、成为新一代凯瑟琳·恩萧奠定了基础。然而，当小说把恩萧家的暴力移置到第二代人身上时，却又将这种攻击性转化成一种手段，把男性的性能量重新导向文化上可接受的替代对象："他是一个年轻人，穿得很体面，坐在一张桌子旁，在他面前有一本书。他的漂亮的面貌因愉快而焕发光彩，他的眼睛总是不安地从书页上溜到他肩头上的一只白白的小手上，但是一旦被那人发现他这种不专心的样子，就让这只手在他脸上很灵敏地拍一下。"（第234页；中译本第343页）小说最初引导洛克乌德施以残暴的"小冷手"在最后一幕重现为"一只白白的小手"，成了饱含情色意味的规训工具。

但传统阅读方式并未像小说那样，通过第二代人物，让联想链抵达那个将惩罚转化为规训的最后一幕，而是将联想链从凯瑟琳·恩萧延伸至小说之外，指向作者艾米莉·勃朗特本人。可以说，姐姐夏洛蒂在1850年版《呼啸山庄》的序言中，鼓励了这种阅读方法，她把艾米莉描绘成"荒野的孩子"（第314页），一个文化上的原始人，体现了让凯瑟琳和希刺克厉夫相连的同样的男性力量，而这种"同类相吸"

的关系最终导致了两人的毁灭。男性攻击性从母亲移置到女儿身上，而通过这一移置，攻击性转化成一种独特的现代形式，那些将第一代凯瑟琳的公然挑衅追溯到作者本人身上的读者无视这样的事实，他们倾向于把勃朗特对新近搬 87
入乡村的男性的负面描述看作她个人对现代性的拒斥。这类读者否认了艾米莉身处某一传统开端的正当地位，该传统始终难以用积极的方式再现现代男性气质。我们太熟悉这样的论断了，即认为勃朗特令人好奇地将自己和希刺克厉夫的形象等同起来[1]。即使我们已经意识到，这一论断是一种颇为愚蠢的讨论女性作者的方法，然而，包围着这位作者的前女性主义 (prefeminist) 传记传统中的某些因素，使我们未能注意到，她小说里标志性的令人讨厌的男性与查尔斯·狄更斯作品中时不时制造暴力的男性之间的相似之处。鉴于狄更斯愿意将偶尔行善的慈善家、高尚的工匠、长期受苦的工人以及好心但无能的父亲写进小说，因此他貌似比勃朗特在塑造男性人物方面更公正一些。事实上，他并非如此。

---

1 例如，在《〈呼啸山庄〉研究》(*Wuthering Heights: A Study*)（阿森斯：俄亥俄大学出版社，1994年版）中，U. C. 克内普夫马奇（U. C. Knoepflmacher）将艾米莉·勃朗特视为“分裂的作者人格的一半与由凯瑟琳/希刺克厉夫代表的另一半形成对抗…… [作为兄弟姐妹中] 最不愿放弃四人共享的童年幻想世界的人，艾米莉本质上也是个凯瑟琳/希刺克厉夫式人物。尽管她体格更为强健，却比安妮和夏洛蒂更早离世。而且……她的死亡情形与希刺克厉夫小说中自我毁灭的描写惊人地相似”（第81页）。

在两位作者笔下，当个体通过压制和控制女性气质来实现个体性，继而实现男性认同时，暴力就会爆发。女性气质反过来又生产出男性气质在社会独立性和经济自治权方面的幻觉。如果我们从竞争性的角度理解男性气质和女性气质之间的关系，那么这种幻想必然会崩塌。如果两性之间的竞争遵循的是辩证路径，那么最终会把男男对抗转化为由女性主导的家庭内部稳定的男女关系。根据何种文化逻辑，男性身份会降格为一种依赖状态？男性不得不追逐女性身上一切个体性的痕迹，将其视为对家庭秩序的威胁，但按照真正辩证的方式，男性对社会认可的迫切需求往往只会事与愿违，因为那种认可恰恰有赖于依附他的人。因此，试图通过让女性气质附属化来维系男性身份的暴力，不可避免地会沿着“移置”的链条折返，从而动摇了男性气质的根基，使其容易受到社会竞争新形式的攻击。

在狄更斯的《董贝父子》中，这样的暴力弥漫在家庭内部，小说力求塑造出新兴统治阶级的男性气质——既可以在与男性的竞争中获胜，还能照顾好女人。狄更斯向我们介绍董贝是这样一个男人，他把家庭成员当作他生意的延伸，就这点而言，也是他自身的延伸。第一任妻子未及保障家中生意的未来便
88 撒手人寰，董贝为此发火，为了指出他愤怒的源头，狄更斯写道：“董贝先生自从他妻子去世以后，一直待在他自己的房间里，全神贯注地幻想着他那襁褓中的婴儿的青年时期、所受的

教育和将来的命运。在他那颗冷酷的心底里有一样东西，比平时的忧虑更冷酷更沉重……董贝父子的公司居然为了一个奶妈而摇摇欲坠，这真是个令人痛心的耻辱。”[1]董贝把妻子身体上的虚弱看作对自身经济实力的冒犯。这套三卷本的小说，直到最后五十页之前，狄更斯始终兴致勃勃地揭露这种奇特形式的厌女症，而它不过是对董贝和女性之间竞争关系的掩盖[2]。

当狄更斯质疑董贝在女儿为小弟弟的死悲伤时的反应时，他暗示这种竞争实际上界定了董贝和弗洛伦丝之间的关系。小说提问道，注视她的时候，“他是不是在他面前看到了他儿子的一个健康的、活着的成功的竞争者？他是不是在获得儿子的爱方面看到了他自己的一个成功的竞争者？是不是疯狂的嫉妒和枯萎的自尊，毒化了可爱的回忆，而这回忆本该使他觉得她可亲可爱？”（第272页；中译本第320页）通过这些骇人听闻的发问，狄更斯示意，驱使董贝在商业世界里和其他男性竞争、

1 查尔斯·狄更斯著，阿兰·霍斯曼（Alan Horsman）编：《董贝父子》（牛津：牛津大学出版社，1999年版），第17页。所有引用均来自这一版本，将在文内标注。[译者注] 中译见祝庆英译：《董贝父子》（上海：译文出版社，1994年版），第19页。中译引文均采用该版本，并在文内注明页码。

2 在《精神分析的侵略性》（“Aggressiveness in Psychoanalysis”）（收录于《论文集》[*Écrits*, *a Selection*]，布鲁斯·芬克 [Bruce Fink] 译 [纽约：诺顿出版社，2002年版]）一文中，雅克·拉康用黑格尔来反驳达尔文关于侵略性和生殖欲望一样是人类天性的论断：“只能由他者的欲望与劳苦作为中介，人类欲望才有可能满足。在主人和奴隶的冲突里，人对人的认可会岌岌可危，这一认可基于对自然价值的激烈否定，无论是用主人缺乏生产性的暴虐来表达，还是用劳作那生产性的暴虐来表达。”（第27页）

赢得成功的动力已经蔓延至家庭领域，迫使他和自己的女儿争夺感情。狄更斯让董贝再婚，似乎是为了再三强调这一点：没错，竞争的确已经渗透进家庭这个庇护所了！在他的第二次婚姻破裂之后，小说以变本加厉的态势回归质问性语调。

不过，之前的质问由叙事人提出，且针对的是董贝，这第二波质问的措辞方式，则旨在把董贝内心的指控性想法用文字表达出来，直指他未及青春期的竞争对手：“谁能赢得他的妻子，就像以前赢得他的男孩一样！当他坐在那个阴暗的角落里，是谁向他显示了那种新的胜利！谁能用最少的话语做出了他竭尽全力都无法做到的事！谁，在得到他的爱、关心和注意的人都死去以后，却能没有这一切而茁壮成长，而且长得美丽！”（第593—594页；中译本第692页）从叙事者到董贝，再从董贝到弗洛伦丝，攫取的强烈欲望沿着移置的链条传递，让这欲望的
89 客体反复受到质疑。由此引发的一连串质问，将竞争式侵略性重新定位到维多利亚时期的人们眼中最不恰当的客体——董贝那忠实的女儿身上。董贝通过把他自己的攫取欲移置到女儿身上，把弗洛伦丝转化为一种引发恐惧的客体，这与我们在《呼啸山庄》里观察到的模式一模一样：“除了那个孩子以外，还可能是谁呢？在她失去母亲的幼儿时期，他常常不安地斜眼看她，**带着一种惧怕。**”（第594页，黑体为我所标；中译本第692页）狄更斯如此决意揭露牟利和照料责任之间致命性的脱节，以至于他通过让董贝从情感暴力转向身体暴力——为的只是

抵御小说中唯一有能力爱他的人——来完成他对统治阶级男性气质的抨击。

跟他的第一任妻子和儿子一样，董贝的女儿似乎也缺乏那种将爱转化为恐惧、并由此为暴力提供正当理由的竞争动力。弗洛伦丝的母亲和弟弟短暂而不幸的一生表明，那些缺乏这种动力的人，会成为那些拥有这种动力的人的客体。但是，与她的母亲和弟弟截然不同，弗洛伦丝不仅证明她敢于不求回报地爱，她还证明自己拥有独特的能力来抵御客体化。董贝显然被她那难以摧毁的强韧自我威胁到了，“举起他那残酷的胳膊狠狠地打了她一拳，用力很猛，她在大理石地上打了个趔趄”(第704页；中译本第820页)。董贝用这一拳加速了因缺乏母爱而已然“趔趄”的家的衰落。这样一来，他就复现了《雾都孤儿》中比尔·赛克斯的罪行——这个恶棍因此触犯众怒，丢了性命。同样，在《董贝父子》中，男性的一拳在女人的承受下也会调转方向，反向回流。对弗洛伦丝的这一击没有伤到她的身体，倒是毁灭了她所谓的父爱理想，同时也摧毁了董贝对家庭行使权威的基础。狄更斯将暴力经由女性转嫁到男性身上，再没有比这更经济的做法了：弗洛伦丝“看出他在扼杀她那个不管他怎样都还一直抱着的痴迷想法。她看到他的残酷、忽视和仇恨凌驾在它的上面，把它踩在脚下”(第704页；中译本第820页)。这里比《呼啸山庄》更明显，暴力的来源从男性转移到女性身上，这一转移使它沿着另一条关联链条回溯到男性源头，揭示出这种野蛮仅为他自己所拥有。在何种条件下，董贝能最终重新融入这个家庭？为了拯救现代男性气质，狄更斯突然将读者的注意力转向董贝第二任妻子那桩轰动性的丑闻。

90 我之所以强调“轰动性”，是因为伊迪丝通过将董贝塑造成奇情小说里戴绿帽子的丈夫，策划了这场复仇。她将这出情节剧的背景恰当地设置在法国，并选择董贝先生雇用的那个不择手段的中间人当奸夫——董贝正是通过此人传达自己的意愿，避免亲自与她打交道。这样一来，她揭示了董贝的延伸体和代理人其实是他的竞争对手，因为卡克尔同样受到被认可需求的驱使。他阿谀奉承纯粹是为了攫取对那些构成他主子掌控力的东西的支配权：董贝的生意和他的妻子。安德鲁·厄尔分贝(Andrew Elfenbein) 做了言简意赅的表述，他说：“在卡克尔身上，狄更斯发明了一种维多利亚式的噩梦——这位颠覆性的经理人是二把手，却比老板的掌控力还大。”[1]伊迪丝惊人地反转了情节剧传统，告诉丈夫的竞争对手，他们的恋情只是一场表演；他只能扮演对手的角色，但永远无法拥有董贝本人也无法享受的东西。伊迪丝在揭露她设局诱捕丈夫的竞争对手这一情节的文化逻辑之际，充分利用了董贝将她置于两条转喻链交汇点的事实。在这一幕中，她是董贝和弗洛伦丝情感竞逐的目标；另一幕中，她是卡克尔和董贝竞争的目标，也是董贝本人把卡

1　安德鲁·厄尔分贝：《〈董贝父子〉里的家庭管理》（“Managing the House in *Dombey and Son*”），《文献学研究》第92期（1995年）：第363页。

克尔引入自己的家庭关系里，给了对手接近目标的通行证。伊迪丝充分意识到自己处于两条链条终端的地位，她接收着沿两条链传递而来的竞争性能量，并将这股能量重新导向，使每个男人互相成为对方渴求认可的牺牲品，她说："你每次自吹自擂，我就得意。在我认识的人中间，我把你挑出来作为最卑鄙的人，那个骄傲的暴君的寄生虫和工具，使他的伤口更深，烂得更厉害。夸口吧，拿我来向他报复吧！你知道你今天是怎么来的；你知道你是怎样哆嗦着站在那儿；你瞧你那副样子，即使不像我看到的你那样讨厌，却也是一样的可鄙。那么，你就夸口，拿我来向你自己报复吧。"（第806—807页；中译本第938页）这里，我们再次目睹场面的绝妙布局。这一场景把攻击性的核心（locus）由男性转向女性，把女性气质揭示为男性气质的真正敌手。不仅如此，它还在中间人这个形象中抽干了经济人（homo economicus）的竞争性能量，此人代替董贝成为伊迪丝的泄愤对象，继而徘徊无助、惊慌失措，跌倒在铁轨之上。

在这段让董贝走向肉身死亡的边缘的衰败时期，狄更斯从
未提及是什么造成了他那几乎致命的疾病，究竟是这桩众所周 91
知的丑闻让他受尽羞辱，还是破产之下的生活境况，抑或是因
为他自行切断了小说里唯一真爱的源头。关键在于，费了好大
工夫才能消除维多利亚时代男性气质里的攻击性，使其最终能
融入家庭结构之中，家庭是董贝如今公开赖以生存的东西，而
至此，主从关系已发生了彻底逆转。小说前七百多页，狄更斯

完全没给我们任何欣赏董贝的理由，七百多页之后，他让我们可怜这个男人，理由正是他丧失了和其他男性竞争并支配女性的权力。换句话说，狄更斯希望我们把董贝看作他自身男性气质的受害者。一旦被还原成孩子，他就会被当作孩子对待，接受女儿母亲般的呵护，成为狄更斯笔下理想家庭中慈祥无能的老人中的一员，他们之所以能安然栖居，正是因为他们再也没有能力养家糊口[1]。

非个人的主体

把男性侵略转换为女性侵略，严格来说并不是早期维多利亚时代的现象。随着男性侵略性转移到女性身上并被其改造，这一男性气质的本质特征就改变了性质，进而成为个人规训的手段。在1860年的小说《弗洛斯河上的磨坊》里，乔治·艾略特对反家庭式的侵略性的移置和转化提供了重要的变奏。艾略特赋予她的女主角理性和意志，让她走出地方小镇，进入现代生活的主流。但艾略特用来注入理性和意志的是一具拥有

1　参见克洛德·列维–斯特劳斯（Claud Lévi-Strauss）：《野性的思维》（*The Savage Mind*）（芝加哥：芝加哥大学出版社，1966年版），第17页，描述了狄更斯在《远大前程》中对**修补术**（*bricolage*）的使用，把政治侵略的工具转换成可以被容纳在被称为温米克（Wemmick）的郊区城堡里的客体。

性吸引力的身体，驱使着男人们竞相争夺。尽管麦琪·塔利弗尽力忠于她的父兄，还是不可避免地和他们的竞争对手们陷入了性关系里，而这些男人是历史上即将登场的统治阶级的男性形态。她先是沦陷在富有学养的费利普·威根姆的陪伴之中——而威根姆的父亲用长时间的诉讼毁掉了她的父亲，然后她又屈服于斯蒂芬·盖司特的甜言蜜语中，而盖司特家的商行不仅主导了塔利弗磨坊的经济崩溃，更俨然代表着一个专业阶层的兴起，标志着智识资本对于老磨坊所代表的地方经营模式的全面优势。麦琪和弗洛伦丝·董贝一样是一个忠实的女儿，因为父亲的争强好胜，她牺牲了自己所有的感情需求。但自相 92
矛盾的是，小说拒绝让女主人公放弃与乡土社会结构相悖离的欲望。但另一方面，小说也不允许她展示出某种可耻的自我表达，从而违背像这样的共同体用以规范婚姻的古老亲属规则。麦琪不及弗洛伦丝那么好，又没有伊迪丝那么坏，她包含了一种矛盾，而在其他小说中，通过设置双重女主角巧妙处理了这一矛盾。

像她的前辈们那样，艾略特启动了两条转喻链：一条将坏欲望客观化并定位在作为其对象的女性身上，另一条则将欲望重新导向男性源头，以一种维系而非破坏现代家庭的形式实现这种导向。勃朗特和狄更斯依靠双重女主角来完成这一移置，而艾略特则让两条链条在麦琪身上交汇。艾略特确实通过小说尾声处小表妹露西作为麦琪·塔利弗陪衬角色的登场，援引了双重女主角的文学惯例。但露西不是一个完整的替身，她只是一个占位者，一种维多利亚时代的刻板形象，表明了，倘若麦琪不那么容易受那抓牢她不放的非个人欲望的影响，或者不那么能够放弃与控制其身体的欲望做抗争的话，她会变成什么样。露西并非麦琪所体现矛盾的解决办法，而是表明这种矛盾——即便包含于单一身体内——也只能通过显而易见的惯例方式得以化解。

F. R. 李维斯 (F. R. Leavis) 视艾略特的作品为英国小说"伟大的传统"的里程碑，而这一传统最终在亨利·詹姆斯和约瑟夫·康拉德笔下内心冲突的主题中达到巅峰[1]。虽然《弗洛斯河上的磨坊》不是他用来证明这一观点的小说，但毫无疑问，这部作品把通过双重女主角展示出来的冲突转化为一个复杂而多层次的个体自我表达和自我规训之间的内部斗争。不过，如果读者假定这种斗争是内在的，就很可能忽略一点，即麦琪·塔利弗身上几乎没有什么是来自她自己、属于她自己的。维多利亚时代的读者们会认识到，她的自我牺牲形式直接来自文化中对女性气质最为限制性的观念，对于这样的观念，艾略特本人明确拒绝遵从。可是，麦琪徒劳地试图将这些惯例适用于她的

1　F. R. 李维斯描述了康拉德式的感受力，譬如"作家如此私密地体验到隔绝意识里的紧张和饥饿感，且如此深刻地意识到现实是'社会的'这个道理，是某种建立起来并在合作中维持下去的东西"（《伟大的传统》[*The Great Tradition*]［纽约：纽约大学出版社，1964年版］，第209页）。

欲望，又当如何理解？考虑到这种欲望具有超越英国地方社会限制的倾向，那么它必然来自麦琪内心，不满于那些限制，促使她违背它们[1]。如果我们把《弗洛斯河上的磨坊》看成是对“移置”的重新思考——通过“移置”在女性身体里重新安置 93
了男性的侵略性，在那里，它造成的威胁可以被定位并得到遏制——这样的话，沿着联想链发挥作用的就是男性能量，从费利普·威根姆、斯蒂芬·盖司特抵达麦琪的身体，在那里找到一个栖身之所和一个名字。这种欲望形式本质上是男性的，却不属于任何个人，随着参与者数量的累加，随着每一次放弃的尝试而加强，并在小说的进程中积蓄势能。

其他维多利亚时代小说家凭借的是情节剧式的语言和终极的暴力行为，而艾略特则运用一系列水力隐喻，来构建转喻链条，把欲望从男性转移到女主人公的身上。早在这种欲望具象化为弗洛斯河上两段湍急的船程之前，小说就已开始将男性欲望构想为一种能在个体间流动的实质。这么一来，小说

1　在《渴望差异：〈简·爱〉里的同情和感性》（“Desiring Difference: Sympathy and Sensibility in *Jane Eyre*”）（《小说》第37卷第I/2号［2003—2004］）一文中，劳芮·G. 南德里亚（Lorri G. Nandrea）分析道，维多利亚小说在再现感受或感情方面继承了两种不同的理论和文学传统。她指出，感性在《简·爱》里“通过污染或微妙地扰乱同情模式”得以显现，从而复杂化了“同情的胜利：即那种对差异与消解的渴望（这种渴望与感性相关）被压抑，或被重新引导为对认同的渴望”（第119页）。我注意到，这一理论框架对解读《弗洛斯河上的磨坊》极具启发性，我认为，这部小说不仅把感性伪装成“自然欲望”，还在无须改造自我封闭的欲望主体的前提下，将它融入同情之中。

就已经重组了长期保障共同体内部凝聚力和延续性的传统性别关系和代际关系。水力模型不但引导着小说中性能量的走向，同样决定了金钱、信息和现代化的流动，深陷其中，麦琪和哥哥汤姆最终发现自己无力抵抗这股洪流。事实上，每一次对欲望的拒绝——汤姆排斥麦琪对费利普的感情，麦琪拒绝斯蒂文对她的爱情——都构成了一条最终打开超越个人情感的闸门的联想链，摧毁了对个人主义而言至关重要的自足（self-containment）的可能性。当麦琪说服斯蒂文信守和露西·迪安的婚约时，两人的激情不减反增："她越来越不能了，最后，到晚上，他们有时候就互相看着。在没有见面的时候，他们向往着这种注视，一旦如愿以偿后就什么都不想了。"[1]这里，小说带出了两条截然不同的转喻链之间的直接冲突。一条依照旧式个人主义的方式行进，表现为基于拒绝权力的个人选择；而另一组联系则由超越个人的力量锻造而成，这种力量会逆转一切敢于逆其流而动的选择。两者之间的对抗不仅抹杀了早一代人及其人际关系的基础，而且消解了性早熟和个体性之间的关联，将欲望定位在个人之外，任其处于一片无视个人意愿和社会惯例的自然领域之中。

---

1 乔治·艾略特著，卡洛·C. 克里斯特（Carol C. Christ）编：《弗洛斯河上的磨坊》（纽约：诺顿出版社，1994年版），第372页。所有引用均来自这一版本，将在文内标注。[译者注] 中译见祝庆英、郑淑贞、方乐颜译：《弗洛斯河上的磨坊》（上海：上海译文出版社，2008年版），第421页。中译引文均采用该版本，并在文内注明页码。

在这种力量驱使下陷入沉默的斯蒂文，奇异地化身为发 94
出非个人抒情声音的载体："除此以外，斯蒂芬还经常关心着一件事，那就是唱歌。这是他向麦琪传情达意的一种方法。也许他没有明显地觉察到这是一种潜在的渴望驱使着他，违背了自己的决心，去加强他对她的影响。"（第372页；中译本第421—422页）这种"潜在的渴望"向外辐射，把一个接一个单独情节转化为一场不知不觉的密谋的组成部分，只为拥有那个能终结这种渴望的唯一客体。麦琪和斯蒂文之间的眼神交换让费利普——一个出于对汤姆兄弟的忠诚而放弃的前追求者——觉得很不舒服，以至于他无法按原计划现身，与众人一起乘船出游。露西隐约察觉到，麦琪情绪低落与她和费利普闹别扭有关系，决定不参加远足，让费利普和麦琪有机会和解。原本用来让恋人之间情感升华的情节上的小插曲，实际上却促成了麦琪和斯蒂文的独处，任他们在情感洪波上漂流，他们越是试图阻挡，这股激流就越是汹涌难遏。小说清楚地表明，无论麦琪还是斯蒂文，都没有刻意策划那次表露他们真实情感关系的划船之旅："麦琪只觉得有人领她穿过花园……一切都由这个强有力的人来代办，好像她没有任何主张地给带走了，就像强烈的补药突然产生了令人兴奋的力量，造就了另一个自我一样……他们顺流而下。"（第376页；中译本第425—426页）没错，斯蒂文将她引向了丑闻的旋涡，但最终是她而不是他成为这股破坏性能量之流的具象化载体，并通过闲言碎语的形式使其变得昭然若揭。

但是，我所考虑的这种欲望，不是那种可以发源自斯蒂文、费利普、汤姆、他父亲，或者任何其他个人的欲望。我所考虑的欲望驱动着情节的发展，所有人仅仅是其中的角色。在这方面，我们可以将麦琪在《弗洛斯河上的磨坊》里不断变化的人物群像中的位置和拉康解读爱伦·坡故事里那封失窃的信作一比较[1]。就像那封偏离轨道的信一样，她也处在不正确的位置上。一开始是她的父亲，最后是她的哥哥，一群男人强行试图控制她。但他们每个人都无法把她固定在从属的位置，反而依次为她所掌控，变得十分被动，而掌控他们的正是她身上那种驱使他们追求这种掌控权的东西。麦琪在他们各自领域中的存在自动地将所有其他主体——抑或，我们可以视之为小说的集体主体——重新定义为一种差异系统，随着她从一个男人到另一
95 个男人身边而发生转变。通过这一过程，群体成员以一种基于竞争塑造的欲望的个体性，交换另外一种个体性，他们每一个人都用低调的方式践行着麦琪和她哥哥以宏大规模演绎出来

1　把信作为能指，拉康说，“能指的移位决定了主体的行动、主体的命运、主体的拒绝、主体的盲目、主体的成功和主体的结局，而不管他们的才赋、他们的社会成就、他们的性格和性别。人的心理不管愿意不愿意都跟随着能指的走向，就像是一堆武器装备一样”（《关于〈被窃的信〉的研讨会》[“Seminar on ‘The Purloined Letter’”]，收于杰弗里·梅尔曼［Jeffrey Mehlman］编译：《法国的弗洛伊德：精神分析的结构研究》［*French Freud: Structural Studies in Psychoanalysis*］，《耶鲁法国研究》第48期特刊［1972］：第60页。［译者注］中译见褚孝泉译：《拉康选集》［上海：上海三联书店，2001年版］，第22页）。

的放弃行为。在一个不再容纳早期满足形式的世界里，麦琪和她哥哥无法服从于一个不那么令人满意的位置，这使得他们不能在现代化社会秩序中获得任何位置，而这一秩序正是从他们的毁灭中产生出来的。

与此同时，麦琪是这群人中唯一一个体验到"就像强烈的补药突然产生了令人兴奋的力量，造就了另一个自我一样"的人（第376页；中译本第426页）。这一力比多的增补违背了维多利亚时代文化对女性身上的表达型个人主义的限制，它似乎让人回想起那个驱使18世纪女主人公们在社会秩序之内获得想象式满足位置的坏主体。当她为了避免对家庭和共同体的伤害、反欲望地放弃了对斯蒂文的欲望时，麦琪自认为被这种自私的形式支配了，但实际上，她最终屈从的欲望吸干了她最后一丝个人能动性，包括说"不"的意志："这个强有力的人……好像她没有任何主张地给带走了。"（第376页；中译本第426页）在放弃对小说再现的社会秩序中的一切地位主张时，麦琪不仅没有变得更不像一个"个人"，而且比露西更显人性——露西既缺乏沉浸于超越自身的事物的能力，也无法被那种看似更关乎种族整体利益的非个人欲望的洪流所席卷。这种情况下，力比多增补并非一种能够调整社会以满足个人需求的手段。恰恰相反，它将所占据的个人永远地置于社会之外，作为社会的症候，体现着那些必须被排除在外的人性因素，为的是让社会体保持内部一致和持久性。

没有任何一部重要的维多利亚小说可以允许麦琪和斯蒂芬私奔，因为这样做等于是在奖赏那些屈服于生殖冲动的人，而生殖冲动必须首先得到管制，方能服务于共同体。但当艾略特这样严厉地对待麦琪，是否意味着她在向当时最清教徒式的传统低头呢？还能得出什么其他结论呢？女主人公先是遭到蔑视，被驱逐出塔利弗家，被圣奥格村的人排斥，甚至被禁止与牧师交谈，之后又被洪水卷走，被一支机械船队撂倒，
96 最后和汤姆一起溺亡。如果艾略特不是在说这种女人死了更好，让她过去的情人在坟头悲伤徘徊好了，那她又是在说什么呢？——“附近又砌了一座坟墓，这是为水灾后不久找到的两具紧紧拥抱着的尸体砌的。有两个人经常各自来到这里，他们都感到他们最大的欢乐和最大的痛苦永远埋葬在这里了。”（第422页；中译本第475页）我必须强调，这样的过度杀伤不是为了惩罚麦琪，而是为了守卫自由个人，以免其受到一种最为毁灭性的攻击。

我们不妨假设，让艾略特的主人公从圣奥格村第二次顺弗洛斯河而下的转喻链，在坟墓边的场景中找到了终点。受到超越个人的欲望的推进，第一条联想链将男性性能量定位在女性的身体里。小说把这一身体定义为坏客体，它既威胁着共同体的存续，又通过辨识出“根据定义必须被排除在外之物”，保障了共同体的自治性。受到一种同样强烈的、由同情（理解他人痛苦的能力）激发的强烈冲动的驱使，麦琪第二次的乘船之旅同样生

产出令人难忘的女性身体，这具身体在死亡中与她的哥哥紧紧相拥。第一具身体将一种超个人的欲望客体化，并将其禁锢在一个女人体内；第二具身体则由兄妹组成，不含性能量，因此也不具备任何性别。采取这种奇特的形式，是为了把第一具身体（我们可以颇为准确地称之为坏客体）重新整合进入共同体之中。作为一种失落的客体，维多利亚时代每一个主体缺失的部分，麦琪的身体包含了似乎让共同体深感威胁的性能量，并以一种彻底改造的形式将这种能量重新导向新的统治阶级男性。

上一章谈到，如果哀悼者拒绝原谅他的挚爱，宁愿责备她抛弃了他，还带走了他的一部分自我的话，哀悼过程可能会以失败告终。这在他的内心留下了一种强烈的缺失感，迫使他将其客体化为一种他可以占有的形式。这和忧郁症的情况非常相似。类似于这种拒绝自我与失落的他者进行融合的某些姿态，催生出抵制个人主义转向的小说。依据大多数权威说法，当忧郁症者放弃寻找失落的客体、接受永久分离的事实，并把挚爱的某些理想化特征纳入自身时，哀悼过程就圆满结束了。97
通过这种部分融入的行为，坏客体丧失了对个人的控制。当他将客体的剩余重新归类为平凡人性时，哀悼就结束了。如果说，司各特的小说凭借对苏格兰往事幻象式的反复建构而坚定地保持着忧郁状态，那么艾略特的作品肯定可以被描述为漫长的哀悼过程的终结。事实上，我所指的这一过程扼杀了较早时期那强健的个人主义，转而推崇同质化的规范性和现实主义。

我认为，这正是《弗洛斯河上的磨坊》的抒情性结尾最终呈现的：两个男人，曾经是对手势不两立，如今变得更相似而非相异。借助麦琪的死，他们都失去了让自己和对方处于竞争关系的客体，他们也因此获得了某种女性身上的自我牺牲能力。在这个过程中，这些统治阶级男性的范例可以说是达到了弗洛伊德自恋理论的某个阶段：在这个阶段，儿童放弃童年的满足感，并渴望成为某种别样的、更高远的存在——在这个例子里，是成为专业阶层的一员。以这样的方式成长，他们必须纳入早期男性气质（作为文化）和卑贱的他者（作为自然）的某些元素，所有这些元素都发源于他们自身，但通过麦琪实现流通传播。男性气质不仅在纳入所爱之人身上的某些特征后仿佛获得了独立性，它还凭借攻击性倾向获得了个体性——这样的倾向在小说中以一位天生为此目的而设的女性为路径，并在经过改造后返回其源头[1]。因此，每个人似乎都以某种方式被驯服了，

1 我清楚地认识到，如果坚持从个人成长发展故事的角度来评判其解决效果，这部小说显然仍存在未解之处。依据吉莲·比尔（Gillian Beer）的说法："乔治·艾略特在小说末尾释放的越轨行为，在同一时刻受到压制并被废除。"（《乔治·艾略特》[*George Eliot*]［布鲁明顿：印第安纳大学出版社，1986年版］，第102页）在《过剩与吸入：〈弗洛斯河上的磨坊〉的储蓄问题》（"Superfluity and Suction: The Problem with Saving in *The Mill on the Floss*"）（《小说》第35卷第1期［2001年］）一文中，狄安娜·克雷西索（Deanna Kresisel）关于小说给出了新颖的经济学解读，为该论断提供了精确佐证：麦琪"与其说是自我否定或单纯欲望的牺牲品，不如说是两者混乱交织的受害者；小说的经济逻辑要求并最终实现了对她的清除，连同她那些具有威胁性的欲望，以及更具危险性的自我（转下页）

仿佛他纳入了某些他的文化严格分配给女性、却始终无法被麦琪掌控的家庭性 (domesticity)。

小说结局给出一个尤为鲜明的例证，展示了维多利亚小说
如何修改早期文学中的“坏主体”，从而重新引导那股能量——
当个体的过度使得早期现代国家为非精英但有读写能力的人
提供的实现形式出现相应缺失时，这股能量便产生了。无须深
入细节，我仅断言，某些类似《磨坊》里我所描述的移置逻辑的
东西，存在于几乎所有被我们视作“主流”或“现实主义”的后
世小说之中。《德伯家的苔丝》或许为《弗洛斯河上的磨坊》提
供了最鲜明的对照，但托马斯·哈代的其他重要小说，不能仅
仅因为它们似乎把我们的关注焦点从女性转移到男性身上，
就把它们排除在我所描述的更为宏大的思想过程之外。我们 98
完全有可能把《无名的裘德》解读为某模式的一种独创性变
体，这种模式将男性身体置于转喻链的终点，而转喻链的作用
在于把跨个体欲望的特质转化为某种可定位且可为个人所管
理的东西。《卡斯特桥市长》从雄竞的角度思考了同样的问
题，这种竞争尽管被边缘化，但它推动了《弗洛斯河上的磨坊》
里事件的发展。迈克尔·亨查德的对手之所以获得成功，正是
因为他承担了家庭照料者的角色，而亨查德为了和其他男性
开展经济竞争 (赌博)，放弃了这一角色。正如兄妹俩致命的紧

（接上页）克制。毕竟，夺走她生命的并非象征情欲泛滥的洪水，而是那些挣脱缆绳、顺流而下的巨型工业机械残骸”（第99—100页）。

紧相拥这一震撼画面所表明的，汤姆·塔利弗和妹妹的求婚者之间的激烈竞争，使得他这一代失去了一切可能获得的家庭权威和满足感。

和爱有什么关系？

到现在为止，我所关注的小说都把个人竞争看作现代男性气质必不可少的组成部分，并认为它至少是现代统治阶级兴起的部分原因。既然小说家通常都承认这一原则，那么问题来了：他们接下来为什么不遗余力地把竞争归结为性欲，把这种欲望重新安置在女性身上，并乐此不疲地对它加以否定？要回答这一问题，让我首先回顾一下查尔斯·达尔文《论借助自然选择的物种起源；或曰，生存斗争中对有利种群的保存》(*On the Origin of Species by Means of Natural Selection; or*, *The Preservation of Favoured Races in the Struggle for Life*) (1859) 的核心论点，我把这一论点看作上述修辞行为的又一例证，而非对它的解释。该书于1859年出版并迅速引发争议，以出版前后的小说创作为背景，达尔文的进化理论可以被理解成对一种自相矛盾的文化驱力的回应，这一文化驱力同时承认和否定了那些被视为自然且原始的欲望形式。像司各特那样，达尔文用历史来重新定位18世纪小说家和政治理论家为现代人设定的高度竞争性特质。与司各特形成对照的是，达尔文没有把所谓的原始特质定位在文化史上的"六十年以前",而是自然史上的远古时期[1]。由此,他把归属于资本家的限定性特征移置到不得不在弱肉强食的动物王国里生存的祖先身上,让暴力成为人类天性的一个事实。

将攫取型个人主义从文化载体转向自然载体的微妙变化, 99 挑战了亚当·斯密在"竞争性活力"和"同情"(一个人能设身处地为他人着想的能力)之间建立的脆弱关联[2]。在领地竞争中让人与人对立,达尔文的理论使得竞争驱动力与同情的概

1 在《威弗莱:或,六十年的事》(*Waverley: or, 'Tis Sixty Years Since*)(牛津:牛津大学出版社,1981年版)里,司各特用这样的语言来定位故事情节:"本书主人公爱德华·威弗莱辞别家人,前往他新近被任命为该团军官的龙骑兵团服役,是发生在六十年前的事。"(第5页;中译本第5页)无独有偶,我发现,在《贝格尔号航海志》(*The Voyage of the Beagle*)(伦敦:登特出版社,1950年版)一书中,查尔斯·达尔文使用了同样的小说式修辞来标记人类的进步:"走过南半球,看到它现在的情形,不由得要对几乎整个半球的人类进步抱有高度的希望。基督教引入整个南洋所造成的改进,定将在历史上留下卓越的记录。试想不过**六十年前**,库克船长还不能预见任何改变的前景,这一事实就更加令人瞩目了;须知库克船长的识见,是卓立当时,无人质疑的。然而,曾几何时,这样的改变,却由于不列颠民族的博爱精神,一一实现了。"(第486页,黑体为我所标。[译者注] 中译见李绍明译:《贝格尔号航海志》[长沙:湖南科学技术出版社,2014年版],第496页)

2 在《道德情操论》(纽约艾姆赫斯特:普罗米修斯出版社,2000年版)中,亚当·斯密忧虑这样一个问题,即一个由竞争性个人组成的社会如何达成作为共同体的社会和谐:"人,虽然有天赋同情的本能,但对于发生在他人身上的事件,其心情激荡的程度,绝不会像主要当事人自然感受到的那样强烈……没错,他们的感觉总是会在某些层面不同于他的感觉,因为他们的同情感绝不可能和他原始的悲伤完全一模一样,因为他们暗中意识到,同情感赖以产生的那个处境转换只不过是一种想象,而这意识不仅会降低同情感的音阶,而且多少还会改变它的音质,从而赋予它一个相当不同的曲音。然而,这两种感情相互间显然还是会有相当的一致性,足以维持社群和谐。虽然它们绝不会是同音齐唱,但它们可以是谐音合唱,果能如此,那也就够了。"(第22—23页;中译本第19—20页)

念发生冲突，而“同情”履行的正是将个体转化为集体的文化工作。达尔文通过将男性气质等同于一个男人和其他男人之间的竞争关系，同样将性与爱对立起来，因为男人为了领地霸权相互竞争，为的是决定谁的特征可以在子孙后代中得到繁衍/再生产。以这种方式，该物种的雄性一方可以说实现了某种类似黑格尔的“主人”通过奴隶的劳动所追求的自我客体化。但是，在达尔文的阐述中，主人的认可需求不能被解释为个体自我的需求，而是一种唯有通过保障物种的生物存续性才可能偶然获得的个体认可的需求。

与适者生存原则存在隐性矛盾的是，达尔文主张，自然选择可以用来解释人类从掠夺性竞争者到现代文化承载者的进化过程。就像孩子长大成为体面的成人那样，原始人学着控制他们天生的侵略性，并为文化上认可的目标而奋斗。当这种自然史描述试图将物种统一在一个以现代欧洲为高潮的单一史诗叙事中时，它实际上促使知识分子思考，究竟是过去的哪一时刻、在何种压力之下，我们的类人猿祖先们完成了从自然到文化的巨大飞跃。无论古生物学家是在颅骨形状还是早期符号行为的遗迹中发现的野蛮人和现代人之间根本差异的证据，他们的研究都成功打破了史前发展的连续体，将其分为两个组成部分：西方文明之前的物种和西方文明之后的物种。这使得我们更难、而非更易于把人类当作单一物种来看待。为了避免自己的自然史研究因此分裂为两个部分，达尔文重新审视了问题，写下《人类的由来及性选择》一书。这部出版于1871年的著作，尝试让性承担双重职能——既是男男竞争的客体，又是一种文明教化的力量——采取了对小说家来说似乎很管用的相同的移置策略。

在达尔文后期的著作中，保留了现代男性气质和固有的竞 100
争天性之间的关键联系。不过在这里，他依靠性别完成了从自然到文化的飞跃。他声称，性斗争分为两种："一类是同一性别的个体之间，一般是在雄性与雄性之间，为的是要把情敌赶走或除掉，雌性始终是被动而观望的。另一类也是在同一性别的个体之间进行的，为的是要激发和媚惑异性的个体，这异性一般总是雌性，到此，雌性也就不再观望，而进而选取更为惬意的配偶了。"（第398页；中译本第932页）和那个时代很多小说一样，在达尔文关于性的自然选择模式中，女性被假定为天生被动，她们靠边观望，而男性则相互竞争以争夺养家糊口的资源。这一阶段结束之后，女性开始接管。尽管男性积极努力地"取悦或吸引"她们，但大自然留给女性来决定，那些通过最初竞争存活下来的人中间，哪些外貌和行为特征将在未来世代存续下去。在第二种性斗争里，性和爱分道扬镳，因为女性会选择那些有能力将竞争性能量转换为精心策划的求偶仪式的男性成为配偶，从而开启家庭生活。

达尔文不遗余力地想要表明，在自然选择的第二阶段，男性能否成功，取决于他在努力吸引异性时所展现出的精力与创造力。但他的理论里没有任何迹象表明，男性战胜其他同性竞争者的能力会让他对女性产生丝毫的吸引力。比如说，女性完全可以自主觉得，智慧和社交能力比原始的男子气概更令人兴奋，也更有魅力。换句话说，规训人类这一物种自身的责任在于女性，就像勃朗特的女主角们规训了她们最终与之结合的男性。倘若男性碰巧缺乏令人满意的家庭生活所需的文化素养，那么责任完全可以归咎于女性没有选择那些能令人满意地被教化的男性。

虽然将人类战胜其他物种归因为自然选择是相对容易的做法，但要理解同样的竞争驱力如何促进了社会性就相对困难了。某种程度上作为一位小说家，达尔文不得不附加上自然选择的第二阶段——这一阶段青睐那些能把原始冲动转化为同胞之情和伴侣之爱的人类血统。通过这种方式，达尔文设法纠
101 正他关于这一过程的早先描述中令人不安的矛盾。但《人类的由来及性选择》那尤为尖锐的结论表明，他终究未能通过让选择过程性别化来定位并控制那焦虑的源头：“任何在自己的本土见到过一个野蛮人的人，如果被迫而不得不承认在他自己的血脉里也未尝不流动着一些比自己更为卑微的人的血液，他不会感觉到太多的羞辱。但就我个人而言，如果要我在猿猴类祖先与野蛮人祖先之间做一抉择的话，我宁愿认猿猴，而不愿认野蛮人。有一些真实的故事说一只英勇的小猴子，为了救他的看守者，冒着生命危险和他可怕的敌人周旋……而野蛮人呢？

他拿虐待敌人，看敌人的婉转哀号自己开心，他用生人作为祭品，他没有心肝地维持着溺婴的恶俗，他把众多的妻子作为奴隶看待，他不识廉耻为何物，他被一些最粗鄙不堪的迷信弄得失魂落魄。”(第404页；中译本第939页) 第一句话是对维多利亚时代读者的表面迎合，这些读者会被他的理论说服，且具有足够的人道主义精神来认可自己和野蛮人共享的人性。但最后一句却变成了忏悔模式，全部的权威性认可都投向了“英勇的小猴子”，把它描绘得比达尔文笔下的祖先更有能力将自身利益服从于集体利益。如果写作《人类的由来及性选择》一书是为了把我们的焦点从生存斗争转向求偶场面，那么在这里，他发觉有必要在第一种移置的基础上叠加第二种移置，于是，他把人类暴力的源头从猿猴那相当惊人的同性社交转移到原始婚姻的堕落之上。

我将在下一章里论证，19世纪晚期的知识分子和作家，与他们的前辈相比，没有那么迫切地把天生的掠夺者和文化承载者放在同一连续体中。实际上，他们似乎相当热衷于将男性攻击性等同于累犯行为和一种退化形式，使得这些男性本质上有别于现代人，且在本体论意义上和现代人处于敌对状态。这些后来的作品觉得没必要维系关于人类的单一自然史幻想——即认为某些群体只不过比其他群体进化得更超前。这些小说包括布拉姆·斯托克(Bram Stoker)的《德拉库拉》、奥斯卡·王尔德的《道林·格雷的画像》(*Picture of Dorian Gray*)

以及H. 赖德·哈葛德的《她》，几部作品均重塑了一元发生论(monogenesis) 的发展叙事，来适应多元发生论 (polygenesis) 的幻想，这种理论认为，不只存在一种自然起源，因此也不只存在一个人种。在达尔文关于人类差异的一元发生论描述中，多元发生论从其残余地位中崛起，用源自不同起源的多重隶属关系取代了共同体命运的线性叙事——这些不同起源为人类在物种间生存斗争中的成功提供了不同的可能性，也设定了不同的
102 限制。这些小说将女性塑造为性欲的坏客体以及共同体凝聚力的主要威胁，这是对我描述过的那种掩盖行为的表面迎合。露西·韦斯特拉 (Lucy Westenra) 潜在的滥交倾向使她容易受到德拉库拉的咬噬，而西比尔·苇恩 (Sybil Vane) 对道林·格雷的欲望则开启了他的堕落。然而，这些女性更多是在暴露现代男性气质内部的绝对矛盾，而非掩盖它。

最后，让我从广义的意识形态角度重新表述一下最初的问题：为何现代文化既感到有必要维持人固有的暴力能力与自我约束能力之间的矛盾，又试图转移这种矛盾？现代文化必须宣称是包容性的。许多事情都依赖于维持这样一种信念：几乎任何人，只要意志力充沛并受过少量教育，都可以跻身体面阶级，并享受完整的公民身份。西方将如此有限人群的民族志实践输出为与“西方性”本身别无二致的东西，这种信念归根结底基于对“普遍的人”的信仰。对共同起源和单一发展轨迹的幻想，把工人阶级和殖民地人口界定为经济和政治上高于他们的

人群的“欠发达”或“不发达”版本：一个物种为了实现共同利益而与自身的自然本能做斗争，这与马克思在重写黑格尔辩证法时所设想的那种阶级斗争截然不同。为了使现代国家的这一理想保持活力和健全，小说不得不把差异再现为文化上的对等，正如康德他在关于永久和平的论文里列出普遍好客的条件时所做的那样。正如我之前所解释的，在那篇论文里，他想象了一个未来，在这个未来中，所有人“由于共同占有地球表面……不可能无限地驱散他们的，而是最终必须使他们彼此互相容忍”[1]。康德对宽容的阐释，强烈暗示着群体自我从一种敌对状态（即所有他人要么等同于自我，要么被视为对自我构成威胁的他者）转化为一种“辩证化的自我”（即能够兼容内外差异，能够在识别他者的同时又无须借助会引发攻击性的镜像映射）。

维多利亚时代并没有采用这种方式来解决差异问题。我对维多利亚时代小说的解读表明，一些最重要的小说家提出了高度个性化的方式来维持男性气质内部的矛盾。矛盾的是，在这么做的时候，他们几乎总把康德的世界主义共同体中本可得到包容的文化对等物，转变为需要某种排外姿态来界定的本质 103

1 伊曼纽尔·康德：《永久和平论：一部哲学规划》（“Perpetual Peace: A Philosophical Sketch”），收于路易斯·怀特·贝克（Lewis White Beck）编：《康德文选》（*Kant: Selections*）（新泽西恩格尔伍德克利夫斯：普伦蒂斯·霍尔出版社，1998年版），第439页。［译者注］中译见何兆武译：《永久和平论》（上海：上海人民出版社，2005年版），第20页。

差异。这一转变即使在像《呼啸山庄》这样的早期作品中也很明显。勃朗特最初认为，希刺克厉夫和恩萧、林惇的区别在于他的行为、所受的教育和所遭遇的对待，但到了小说结尾，她把这些差异转化为天性，并将它们再现为希刺克厉夫自身发散出来的东西——他是如此缺乏自制，以至于无法和那些拥有自制能力的人成功繁衍后代。如果说，这种多元发生论思维对小说家甚至达尔文来说都变得日益难以抵挡，那么我们确实应该思考：到了19世纪末，男性气质的内在矛盾是否已经成为某个问题的解决方案，而非一个亟待解决的问题[1]。

我想说的是，维多利亚时期小说制造出的想象的共同体，只能从其限度来定义，或者说，不得不排除某些人性要素，才能维持它本来的样子。在我们依然关注的这一时期的小说中，没有任何一部对其所设定的相互矛盾的男性气质形式进行综合统一。我不认为这是美学或者意识形态层面的失败。我怀疑，为了构想出中产阶级男性这一理想形象，不知为何会损害其

1 H. L. 马尔乔（H. L. Malchow）指出，维多利亚时期的公众实际上无法从工业资本主义和世袭等级之间的矛盾这一角度来理解统治阶级的男性气质："在19世纪早期，尽管遭受压迫的不满情绪本可能催生出一种具有攻击性且独立的阶级意识，但成功商业所构建的分化世界却通过改良、赋予选举权、将少数人纳入政治体系，以及让他们的继承人在公立学校接受带有势利观念和服务伦理的教育而被征服。这无论如何都不是一个新过程，但据说它在将粗鄙的乡下人转变为衣冠楚楚、谈吐文雅的上流社会人士、将富有的商人变为《名利场》的订阅者、将他们的儿子变为律师方面，展现出了惊人的有效性。"（《绅士资本家：维多利亚商人的社会和政治世界》［斯坦福：斯坦福大学出版社，1992年版］，第364—365页）

对普遍性的主张。相反，维多利亚时期小说的特点在于利用性别——性差异的幻象——来维持包容性的幻象。一旦小说将男性气质中不能同化的特征重塑为女性，那么它就可以在不牺牲“普遍性的人”的幻想、也不违背“某些人类特质明显超出西方文化的限度、因此够不上人性”这一信念的前提下，着手驱逐这些特征。即使在这一抽象层面，依然有两种类型的暴力在起作用：当现代人将野蛮人纳入人类范畴时，包容 (inclusion) 的暴力就成了我们的自然遗产；当现代人为了维持现代欧洲与他者的差异而把自然遗产的某些表现驱逐出去时，排斥 (exclusion) 的暴力就成为我们的文化遗产。

第四章　多元发生论的想象

105　让我暂且放下我所谓的维多利亚时期主流小说，转而讨论两部维多利亚时代的通俗小说——它们似乎并不特别关注被迫在不肯通融的社会选项中做出选择的个人困境。我所想到的这些小说，常常以“如何实现个人成就”这一传统问题开篇，但很快就烟消云散了。由根据个人价值各居其位的个体组成的想象中的社会体，到头来，在一种异己能量形式面前不过是一个脆弱的概念性障碍——这种能量正波及人类总体。在H.赖德·哈葛德的《她》(1887) 和布拉姆·斯托克的《德拉库拉》(1897) 等小说里，我们被要求想象，当区分个人的边界不复存在时，会发生什么。无论是否因为她们的身体结构、情感上的易感性、与公共领域的隔绝，抑或阅读浪漫故事的嗜好，女性始终被认为在这方面特别“易渗透”，因此易于受到从体外进入心智的欲望的影响。19世纪晚期的浪漫故事中，男性也变得同样易感。我认为，当维多利亚时代主流小说关注如何利用个人能量服务社会目标这一问题时，另一种小说则探索了一种备选的可能性：我们不过是欲望的强化点 (points of intensification)，这些欲望通过我们循环流动，形成一个无所不包、盲目失察的人类群体。

19世纪关于一元发生论和多元发生论的论争在这里变得尤为重要。1848年，詹姆斯·普理查德 (James Pritchard) 的《人 106
类自然史研究》(*Researches into the Physical History of Mankind*) 一书出版，该书假定所有人类都由同一对人类祖先繁衍而来，因此构成了一个统一物种，与自然界其余物种截然不同，这一假设为英国民族学奠定了概念根基。这一理论和《旧约》一样古老，它需要的是神造之举，而非人类从猿到人的渐进发展过程，然而，正是它为约翰·鲁波克 (John Lubbock)、爱德华·伯内特·泰勒 (Edward Burnett Tylor) 和约翰·弗格森·麦克伦南 (John Ferguson McLennan) 等人提供了把达尔文的自然史延伸到现代文化史之中的理论依据。为此，文化进化论的拥护者们从文明人和野蛮人之间可证实的差异出发，做逆向推理，进而从古代开始，沿着树状结构向前推演，在这一结构中，有记载历史的文明的不同状态形成了最外层的分支。乔治·斯托金 (George Stocking) 解释道："因此，通过沿着假定的结构或观念上的拟古轴线（从简单到复杂，或从人类理性表明的显而易见的原始到习惯性联想所确立的不言而喻的文明），重新排列维多利亚时代共存的文化形式，空间方面的当代性被转化为时间上的连续性。”[1]为了填补考古学研究中那些可被论证为可能存在神灵干预的缺口，文化进化论者使用了“成长”的隐喻，尤其是思想的累积性成长，其基础是儿童发展为成人的过程。文化进化论借鉴了个人成熟化的模型（依然很大程度上得益于洛克的认识论），修正了儿童的形象，使其重现了从野蛮思维发展为值得现代文明拥有的思想的社会文化过程[2]。西方研究者们只需要看看他们自己的孩子，就能准确理解原始人是如何思考、说

1　乔治·W. 斯托金二世：《维多利亚时代的人类学》（*Victorian Anthropology*）（纽约：麦克米伦出版社，1987年版），第173页。所有引用均来自这一版本，将在文内标注。就一元发生论和多元发生论之争造成的意识形态冲突的启发性解读，参见达娜·尼尔森（Dana Nelson）：《民族的男性气概：资本主义公民和想象的白种男性手足情》（*National Manhood: Capitalist Citizenship and the Imagined Fraternity of White Men*）（北卡罗来纳，杜罕：杜克大学出版社，1998年版），第109—132页。在内战前后的美国，这一论点的影响似乎尤为明显。另一方面，废除奴隶制的英国自认为幸免于实行奴隶制的美国所具有的堕落状态，却不得不面对将英国人与大英帝国治下的许多亚非民族归入同一人类群体的问题。

2　约翰·洛克著，彼得·拉斯莱特编：《政府论二篇》（剑桥：剑桥大学出版社，1967年版）：“一个人是否受到英国法律的约束？他凭什么不受那个法律的支配？即在那个法律的许可范围内享有依照他自己的意志来处置他的行动与财产的自由？这就是了解那个法律的能力；按照那个法律的假定为二十一岁，当然在某些情况下可能还要早些，如果这曾使父亲自由，它也该使儿子自由。在这以前，法律不容许儿子有意志，他要接受他使用理智的父亲或监护人的意志的指导。父亲死亡，而且又没有委托一个代表来接替，假如他未曾准备一个导师在他儿子未成年与缺乏悟性期间加以管教，法律将负责做这件事情。当一个人尚未达到自由的状态时，他的悟性还不能驾驭他的意志之前，必须有人来管理他，作为支配他的一种意志。但是过了这个阶段，父亲和儿子，正像导师和成年之后的徒弟一样，都同等地自由了，他们同样地受制于同一法律，不论他们只是处在自然状态而受自然法的约束或者受一个已成立的政府的明文法的约束，父亲对他的儿子的生命、自由和财产，都不再拥有任何统辖权。”（第99—100页；中译本第38—39页）

话和社交的。斯托金最为简洁地阐明了这种同义反复的循环论证。鉴于“这些想法是基本相同的精神过程的产物……野蛮思维过程在儿童的心智中得以重现，并可以在进化论者的心智中得到重新构建。心理一致性使得人们能够从中新世的情境中审视自身，无论对于原本生活在那一时期的原始人，还是对试图重构这一过程的进化论者而言，都是如此”(第174页)。达尔文自己也接受了这一理论，尽管它依然需要一个本 107
体论上转变的时刻，即猿类突然不再是动物，而变成了人类[1]。

与一元发生论形成鲜明对照的是，多元发生论早就摈弃了这种神学残余，转而依靠体质人类学，而非经过重构的文化史。在《人类的种族》(*The Races of Men*, 1850) 一书中，罗伯特·诺克斯 (Robert Knox) 关于这一立场做了重要陈述，给出了他所

---

1 《达尔文的隐喻：维多利亚文化中“自然”的位置》(*Darwin's Metaphor: Nature's Place in Victorian Culture*)（剑桥：剑桥大学出版社，1985年版）里，罗伯特·M. 杨（Robert M. Young）指出，达尔文最初“抓住‘自然即战争’这一意象，并以马尔萨斯的自然法观点为依据……将选择原则从育种者的意愿扩展至自然领域，即从人工选择转向自然选择。”（第54页）自然斗争的隐喻暗示着自然会选择最敏锐的竞争者，文化进化论则暗示着，最智慧、最仁慈的文明会战胜那些暴力统辖下的文明。在《达尔文的情节：达尔文、乔治·艾略特和19世纪小说中的进化叙事》(*Darwin's Plots: Evolutionary Narrative in Darwin, George Eliot, and Nineteenth-Century Fiction*)（伦敦：劳特利奇–基根·保罗出版社，1983年版）一书中，吉莲·比尔让我们注意自然选择理论的叙事和那些借鉴达尔文理论的人从这一叙事中获得的启示之间的分歧：“达尔文理论中（自然选择造成的）多样性的背后，蛰伏着某种远古祖先的形态，由于先于历史或存在早于意识，所以无法复原。‘单一形式’这一观念本身成为一种新型的、强有力的怀旧源头。”（第127—128页）

提倡的新的种族定义。诺克斯驳斥了教育、宗教或气候等外部原因，认为不同种族在自然界中有不同的起源、不同的成长模式，因此其发展也面临不同的限制。在该著作的1862年的版本中，诺克斯总结道，有些种族“配得上物种之名”（斯托克，《维多利亚时代的人类学》，第65页）。尽管多元发生论观点在维多利亚时期的主流思想中无疑处于边缘位置，但它给一元发生论造成了麻烦。唯有当人们认同，从发展的角度看，野蛮人处于“较早”阶段，而非种类上“不同”，其在当代历史中的幸存才可能支撑这样的观念：人类是拥有共同起源和历史的单一物种。维多利亚时代的人们如此痴迷于非洲和南太平洋岛屿上的所谓“原始人”，这有什么奇怪的吗？部落文化的成员要么是欧洲人类的早期版、童年版，要么就是缺乏理性、性约束等标志着现代个人的显著特质的竞争性物种。让情况更复杂的是，即使从多元发生论的角度出发，同一群野蛮人，他们可能属于一种无法发展成某种公认的更文明形态的物种，也可能属于一种在古代就已发展到极限，此后退化到原始状态的物种。

为了支持单一源头假说，考古学家和人类学家指出了不同文化中存在的相似模式。另一方面，正如多元发生论的拥护者所主张的，这些相似之处可能仅仅表明，人类的每一个变种在经历其独特的发展过程并成为另一物种之前，都曾经历过与其他变种相似的阶段。在他们看来，这才是造成文化之间显著差异的原因，而那种坚持所有人类参与同一连续成长过程的理论解释不了问题。文化进化论者使用达尔文式的树形结构来概念化单一人类文化从野蛮人到文明人的发展过程。但是，正如斯托克所指出的那样："因为低层的分枝在人类时代的迷雾中已然变得模糊难解，(进化论者们) 使用文化进化的阶梯，从假 108
定的人类古代的基层水准，攀登至通向欧洲文明的树干的更高处。" (第183页) 这个阶梯和多元发生论思想产出的静态分类系统惊人地相似。因此，想要在一元发生论和多元发生论之间划清界限，只会让两者的边界更模糊，至于究竟是什么构成了一个物种的概念，同样模糊不清。

在不轻视英帝国主义语境中一元发生论和多元发生论之争的显著意义的前提下，我想要简略探讨下这两种立场在政治上的共同之处：它们究竟共同持有着什么样的假设，才能产生如此尖锐的分歧？如果一元发生论把西方人定义为相对于退化文化而言在文化上有所改良的人，那么多元发生论则把这一差异理解为自然的。这么一来，它消除了和从属群体成员产生同情性认同的任何基础。至于现代中产阶级的纯洁性，多元发生论的拥护者们则指望依靠文明人对其他种族的天然厌恶，以及多数杂交种无法繁衍后代来保障。同样地，我将要讨论的小说最终和维多利亚时期的主流小说暗中合流，在人类范畴内制造出野蛮人和文明人的分野，这种想象性的区分让世界上大部分地区从属于西方文明。

本章探讨这一问题：部分小说如何使用多元发生论思想来揭示一个被迫追寻自身欲望的主体和一个要求遵守道德及性规范的社会秩序之间的隐性冲突。我还将展示，那些我们至今认为具有美学重要价值的小说和那些通常被斥为通俗的小说之间存在的形式鸿沟，但实际上，这种鸿沟让二者在意识形态层面形成了强大的共谋关系。作为例证，我选择了两部属于19世纪80年代和90年代罗曼司复兴时期的小说，两部作品都表明，个人主义使西方文化相对于欠文明的或"退化"的民族而言处于明显的劣势。同时，这两部小说把个人主义看作使欧洲人免于堕入黑暗面并丧失人性的唯一因素。《她》和《德拉库拉》拒绝采取那些属于伟大传统的小说在解决矛盾时的妥协架构，而是在由个人组成的文明社会和大众人的社会之间制造了如此明显的矛盾，以至于两者绝无可能交融共存，甚至无法分享同一个星球，而必须陷入一场殊死搏斗。

重复带来的差异

要理解是什么创造了这样的矛盾并赋予它这么大的吸引
109 力（如果不是猖獗的种族主义的话），我认为，把一元发生论和多元发生论之间的论争转译为再生产（reproduction）和重复（repetition）的意象，是颇有启发性的，两者都以各自独特的方式为个人主义设限[1]。再生产的意象显然适合线性发展叙事，在这种叙事中，个体从不够完整、独立的状态起步，逐步发展到其个体性可以得到社会认可和支持的层面，像摩尔、简·爱、匹普以及其他主人公那样。为了标记这一成就，故事不能就此停止，而必须自我再生产。摩尔写下她的故事；简有了一个孩子并写下她的故事；匹普通过毕蒂和乔来间接地再生产自身，并讲述他的故事。甚至麦琪·塔利弗在她死后也作为失去的爱的客体，在情人们的记忆中得到再生产。为了表明这种个人成长和发展，小说消除了历史上较早时期主体的某些特征，紧紧抓住其他特征，并添加了一些新的特征。然而，小说不能任意进行这些贬斥和移置行为，如果它想要维持单一个体（即使尚未完全，至少是完整的）幻象的话，就不能这样做。这些故事遵循着单一主导叙事，讲述着同一个故事。从个体及其如何可能适应既定社会秩序的角度思考，同样的再生产意象适合于诸如人类

1 我借鉴安·劳拉·斯图尔（Ann Laura Stoler）关于福柯规训概念中欲望和种族之间关系的研究作为对本章为何不涉及种族的最佳解释，尽管我所说的常常可以被推断并用来指涉这种差异形式："替罪羊理论认为，在经济和社会压力下，特定的亚群体会被当作'入侵者'隔离出来，被虚构为转移焦虑的对象，并被刻意制造出来以承担罪责。对福柯而言，种族主义不仅是对危机的临时应对；它是某种被保留的可能性的体现，是由'持续净化'的生命政治技术所滋养的、永久性社会战争的潜在话语的表达。种族主义……内在于生命政治国家之中，被编织进社会机体的经纬，贯穿其组织结构。"（《种族主义和欲望的教育：福柯的性学史和事物的殖民秩序》[*Racism and the Education of Desire: Foucault's History of Sexuality and the Colonial Order of Things*]［达勒姆，北卡罗来纳：杜克大学出版社，1995年版]，第69页）

的进化和文明的进程的集体叙事，两者都把集体的兴衰理解为半自治实体（类似于“个人”）朝着丁尼生所描述的“一项遥远的神圣之事”[1]前进。换句话说，要在集体性层面上运用再生产的逻辑进行思考，小说必须重复过去——无论自我的还是社会体的过去——并用某种显著方式改变过去；个体发育会重现并超越以往的个体发育。

在对达尔文自然选择理论的修正式解读中，丹尼尔·C. 丹内特（Daniel C. Dennett）主张，尽管达尔文对人类进化的描述采取了树形结构，但今天的读者难以忽视“一个潜在的过程始终仅由一系列单独、无意识的步骤构成，这些步骤在没有任何智能监督的情况下相继发生；顾名思义，它们是‘自动的’：宛如自动机器的运行。它们要么彼此依存，要么依靠于纯粹的偶然性（不妨比作抛硬币），除此之外，不依赖任何其他东西”[2]。我
110 认为，丹内特对达尔文进化理论中“潜在过程”的解读，精确描述了哈葛德和斯托克如何发掘出维多利亚时期主流小说的线性叙事之下的“潜在”过程。唯有让这些小说继续处于正典的边缘，或者将它们纳入主流，文学评论才能继续把叙事性虚

1 阿尔弗雷德·丁尼生勋爵（Alfred Lord Tennyson）：《悼念》（*In Memoriam*），收于亚当·罗伯特编《牛津作家：阿尔弗雷德·丁尼生》（*The Oxford Authors: Alfred Tennyson*）（牛津：牛津大学出版社，2000年版），第292页，第143行。

2 丹尼尔·C. 丹内特：《达尔文的危险想法：进化和生活的意义》（*Darwin's Dangerous Idea: Evolution and the Meanings of Life*）（纽约：西蒙与舒斯特出版社，1995年版），第59页。

构的集体性主体解读为半自治的单位，随着时间向前推进，上演着我们认为个体在实现身份认同过程中实际经历的几乎相同的那些冲突——如主人和奴隶、男性气质和女性气质、自我和他者之间的冲突。在这方面，我们重复着现代主义本身的边缘化姿态。就在精神分析自我确立为解读心理社会现象的方法之际，与现代主义相关的作家和知识分子们就坚持认为，小说不仅应该把群体故事当作个体故事来讲述（比如弗吉尼亚·伍尔芙《一间自己的房间》[*Room of One's Own*] 和《奥兰多》[*Orlando*] 的文学史书写）；小说还应该从个体角度讲述群体故事（因此有了意识流及其他现代主义的相关技巧）。那些未能遵循只可称之为"美学必要性原则"(aesthetic imperative)的小说被视为游离于传统之外的作品，它们被看作特异的、破坏性的、堕落的或者离经叛道的。与通过类比个人主体来定义人类群体（乃至人类本身）的宏大叙事形成鲜明对比，《哈葛德》《她》等小说把集体性想象成一种与个人主义本质对立的截然不同的存在模式[1]。

探讨挑战个人自治性和时间连续性的小说方面，弗洛

---

1 《德拉库拉》因此作为民间传说进入文学批评的意识领域，在蒙太古·沙莫斯（Montague Summers）的《吸血鬼：他的亲属和同族》（*The Vampire: His Kith and Kin*）（伦敦：劳特利奇与凯根·保罗出版社，1928年版）一书中占据了三页篇幅，另在H. P. 洛夫克拉夫特（H. P. Lovecraft）的《文学里的超自然恐怖》（*Supernatural Horror in Literature*）（1939年初版；纽约：多佛，1973年再版）中获得同等篇幅的论述。

伊德的《论暗恐》(“The Uncanny”）始终是最具影响力的成果。在对E. T. A. 霍夫曼 (E. T. A. Hoffman) 的《沙人》(“The Sandman”）——对他来说堪称典范的暗恐故事——进行讨论时，弗洛伊德将挑战个体化意识的自治性、从而挑战现实原则本身的奇异重复现象，归因为婴儿期思维模式的持续存留，这种思维模式无视个人内部源发之物和外部文化环境输入之物之间的区别。这样一来，弗洛伊德将对个体化意识的挑战重置于个体无意识之中，重新确立了内外之间的差别。但当他从小说转向解释“暗恐”如何以及为何干扰现实生活时，他的论文开始消解他的现代意识模型所倚赖的内在和外在之间的差异。这篇论文呈现出其暗恐主题的某些特征，鉴于对某一特定经历
111 的回忆动摇了它本应支持的普遍性结论。弗洛伊德记得自己曾在一座异国城市漫步，当他不经意间走进“一个我很快对其性质不再抱有疑问的街区。那里，只有一些浓妆艳抹的女人能被看到，她们坐在小房子的窗口，于是我加快脚步在下一个转角离开狭窄的街道。可是，在**没有问路**的情况下游荡着，我突然发现自己又回到了那条街，这时候，我的在场引发了旁人的注意。我再次匆忙离开，可结果，在一度**迂回** (*détour*) 之后，我第三次回到了同一个地方。”[1]他确信那并非仅仅是异国城市里

1　西格蒙德·弗洛伊德：《论暗恐》，收于詹姆斯·斯特雷奇译《西格蒙德·弗洛伊德心理学著作全集标准版》(伦敦：贺加斯出版社，1955年版)，第二卷第237页。所有引用均来自这一版本，将在文内标注。

的另一条街，而是把他引回他想要离开的地方的那一条，他重复着他最初的旅程。不同于按计划从A点到B点，他的漫步遵循着重复逻辑，即AB，AB，AB。他叙述中的这一结构性转变伴随着能动性的丧失，体现在他对街道的描述包含着一种古怪的不及物措辞，“女人能被看到”，他“没有问路便游荡着”到了那里，在那里，他“突然发现自己”违背了自己的意愿。城市街道充当了“**迂回路径**”，能把他带回到背离自身意愿的禁区。然而，若干年后他推断，将他从预期的道路引开的力量并非某种异质的、外在于身体的东西，而是他内心压抑已久的东西。事实上，他推理道，这种既陌生又熟悉的东西，只能是一样东西。几页之后，他得出结论：“每当人（在梦中）对自己说，‘这个地方我很熟悉，我来过这里’时，我们可以把这个地方解读为他母亲的生殖器或者身体。在这种情况下，**暗恐之物**（the *unheimlich*）同样是曾经**熟悉**（*heimisch*）之物。”（第二卷第245页）

当弗洛伊德讲述自己第三次回到那个被他认定为异国城市红灯区之地的过程时，那些会心微笑的人，已然被他成功征募为一场玩笑的同伙。临时退回到婴儿思维模式的弗洛伊德成了这个玩笑的笑柄。而把魔法思维客体化并加以贬低的弗洛伊德则是讲这个笑话的人，并因此重获对那明显令人不安的素材的解释权威。但是，我们或许可以给这个特定的笑话再添一层深意。让我们假设，在弗洛伊德描述为“暗恐”的那些时刻中，我们遭遇的并非被认为构成现代意识的无意识核心的幻

想，而是个人意识的边缘和界限，某种对自我封闭的主体来说
112 天生异质的东西，它被赋予了改变人类天性的力量。让我们进一步假设，无论它是什么，这一现象既没有隐匿也没有暗中运作，而是被一种文化刻意塑造得如此，这种文化把人类现象解读为欲望和意志的较量，正是这种较量组织架构了主流小说。换一种解读，我们可以从表面价值上理解弗洛伊德的循环旅程，并假定城市里的确存在某些东西把游客吸引至红灯区。也许，归根结底，在此地上演的并非以婴儿式愿望为形式的弗洛伊德自身性欲的退化版本，而是另一种力比多经济，它不以资产阶级家庭为参照来理解自身，并拒绝对该家庭单位授以特权。从这另一种角度出发，弗洛伊德显然难以解释发生了什么。他成为笑柄并非因为他误入了异域，而是因为他未能认识到，一旦身处这座城，他就不再是进入之前的他了。他既无法想象自己没有可携其进入异质性环境的“自我”，也无法接受社会体并非由个人组成这种可能性。

他承认，暗恐体验可能是另一种思维模式的结果，现代人自以为已经超越这种模式，但它可以让个体意识暂时陷入停滞。在弗洛伊德自认为迂回前往“浓妆艳抹的女人”所在之地时，我们可以认为，弗洛伊德既没有回归以育龄女性的生殖器和身体为载体的开端，也没有迈向再生产出这一开端的家庭中属于他的正当终点。1883年，在给未婚妻玛莎·贝尔奈斯(Martha Bernays) 的一封信中，他承认自己有点势利眼。他声

称："人们判断、思考、期待和工作的方式和我们截然不同。"[1]在巴黎街道漫步之后，他写信给未婚妻的妹妹，把人群描写为"一种不同的物种：'暗恐的'"[2]。考虑到弗洛伊德在1883年用来描述全体人类的措辞中隐含的多元发生论转向，那么，我们可以认为，他后来对罗马漫步的描述，否定了一种可能性，即他可能并非受自身无意识驱使回到"浓妆艳抹的女人"的场景，驱使他的是异己的民众，是那些以"和我们截然不同的方式"思考的人。困在那些城市街道的力场中，弗洛伊德依照剥夺了个体性的欲望、意愿和行动的重复逻辑来行事。这种让他与"浓妆艳抹的女人"面对面的重复，标志着文化对于弗洛伊德所作假设的敌意，这种假设是：每个人类故事都始于并终于私人生活，伴随着个体化意识的诞生与消亡。 113

洛克首次想象了一个自下而上的现代公民社会，从个人到个人，从家庭到家庭，逐步形成一个由一家之主组成的公民群体，对不具备自治主体资格的女性、儿童和仆从负责。他培育了这样的幻想：被这样的公民群体统治，就等于自我统治。但是，当集体人 (collective man) 的模式让位于"民众""大众""人群"等概念时，会发生什么？所有这些术语都表明，人类集合体

1 弗洛伊德给玛莎·贝尔奈斯的信，1883年8月18日，收于恩斯特·弗洛伊德 (Ernst Freud) 编，塔尼娅·斯特恩 (Tania Stern)、詹姆斯·斯特恩 (James Stern) 译《弗洛伊德书信集》(纽约：基础读物出版社，1960年版)，第51页。

2 弗洛伊德写给米娜·贝尔奈斯 (Minna Bernays) 的信，1883年8月18日，收于《弗洛伊德书信集》，第189页。

并非像社会契约逻辑所认为的那样，是个体的总和。在对19世纪人群的研究中，约翰·普洛茨(John Plotz)令人信服地指出，19世纪英国文化对个人和公民社会的定义，并非视二者为相互对立，而是以易变、流动、异质性且魅惑的人群意象为背景展开的。[1]长期以来，大众人的形象多多少少被认为是不证自明的，却明显始终没有经过理论化，尽管它赋予人类集体性一种形式，这种形式不仅和洛克式的公民社会理想极端不同，而且本身也在不同历史时刻发生剧烈变化。在现代时期，支配这一形象的逻辑不是别的，恰恰是弗洛伊德所谓的“暗恐”，他将其归因于“存在于我们内心，准备利用任何机会来证实”的“原始”思维模式。(第二卷第247页)

吉尔·德勒兹解释道，这一逻辑不应和再生产逻辑混淆。“再生产”迫使我们根据一系列相似性的角度进行思考，而这些相似性则是根据某种隐含的规范来衡量的。因此，我们把《简·爱》解读为简的形象序列，这些形象向着作为叙事人的“规范性的简”靠拢；换句话说，我们把这部小说解读为一个关于成长和发展的叙事。但是，“重复”讲述的是另一个故事，一

1　在《人群：英国文学和公共政治》(*The Crowd: British Literature and Public Politics*)（伯克利：加州大学出版社，2000年版）中，约翰·普洛茨展示了很多维多利亚时期有典范意义的文学文本，它们把“人群”放在与其他公共领域概念的竞争关系之中，譬如“资产阶级的私有化意识形态”“大不列颠人的爱国热情”以及“‘人性化叙事’的普世同情”。由此出发，他总结道，“公众”概念本身是极端无常的，可以接受许许多多种文学形式，甚至是在同一个文本之内（第12页）。

个没有开头和结尾的故事，因为它曾经发生过，而且还会再次发生。没有哪个个人在一个以重复自身为唯一目标的过程里是重要的。[1]为了让人领会这一构成，德勒兹要求我们想象马唐草，这种杂草向四面八方伸展它的新芽，每一条都可以成为中心；或是想象一队蚂蚁，它们看起来有方向，但可能在任意位置被阻断后改变路线；或者想象游牧民族，这一群体既不抵达也不离开目的地，而是永恒地居于“中间，在事物之间，互即互入，**间奏之中**”[2]。也就是说，重复并非带来线性发展叙事，而是生产出一种断裂、重新定向、去中心、多方向的扩散状态。与 114
个体通过在其中获取社会位置而形成的公民社会不同，大众群体 (mass body) 的形成呈现为“在概念上绝对同一、在存在层面参与到同样的独特性之中的个体的大量繁殖 (双重性或孪生

1 在《渴望差异：〈简·爱〉里的同情和感性》（“Desiring Difference: Sympathy and Sensibility in Jane Eyre”）（《小说：虚构类论坛》第37卷第1—2期［2003—2004年］）一文中，劳芮·南德里亚指出，维多利亚时代的多数小说要我们把“同情的意识形态功能”解读为一种“维系既存权力结构”的方式。沿着这一思路，当代批评往往未能在“情感话语”中察觉到一种“潜藏的观念”，这种观念与“实际上支撑着资本主义权力结构的同情的辩证性、个人主义和等化制属性”相背离。

2 吉尔·德勒兹和菲利科斯·加塔里（Felix Guattari）著：《千高原：资本主义与精神分裂》（*A Thousand Plateaus: Capitalism and Schizophrenia*）（明尼苏达：明尼苏达大学出版社，1987年版），第25页。所有引用均来自这一版本，将在文内标注。［译者注］中译见姜宇辉译：《千高原：资本主义与精神分裂》（上海：上海书店出版社，2010年版），第33页。中译引文均采用改版本，并在文内注明页码。

悖论）”[1]。

“重复”生产出一种既具有空间感又具有流动性的形式。这并非一种从外部遭遇的形式，像遭遇一个客体那样，而是一种让人体验到个人边界丧失的东西，被注入了仿佛不属于自己的奇妙感觉，以及一种可以说是随着别人的曲调起舞的冲动。德勒兹绝妙地使用根茎的形象来阐释“重复”的形式后果：“和树不一样，根茎不是再生产的对象：既不是作为形象–树(image-tree)的外部再生产，也不是作为树–结构(tree-structure)的内部再生产。根茎是一种反谱系。它是一种短时记忆，甚或一种反记忆。根茎通过变异、扩张、征服、捕获、衍生而运作。有别于图像艺术、绘画或摄影，也有别于描摹，根茎属于一种必须被产生和建构的地图，这张地图始终是可分解、可连接、可反转、可更改的，具有多重入口和出口，具有其自身的逃逸线。”(第21页；中译本第28页)德勒兹强调，根茎只能被定义为对主导西方思想的树状结构的消解，从这个意义上说，根茎在概念上是寄生于树状结构的，正如我所展示的，哈葛德和斯托克的小说也是如此。作为小说代表的个人主义文化的产物，《她》和《德拉库拉》不可避免地以非常造作、负面的措辞来描绘“根茎”这样的异类思想。

---

1 吉尔·德勒兹著，保罗·帕顿译：《差异与重复》（纽约：哥伦比亚大学出版社，1994年版），第12—13页。

当再生产变成重复

1798年，托马斯·马尔萨斯 (Thomas Malthus) 声称，以个人主义角度理解人类繁衍 (再生产) 是极其短视的。他在《人口原理》(*Essay on the Principle of Population*) 中主张一种对人类的量化理解，认为个人被淹没在人类欲望的巨浪中，而这些欲望只能靠诸如战争、瘟疫和饥荒等自然灾害来抑制。因此，他把国家的命运和某种类似于物种的存在的命运联系起来——这种社会体不能被分解为独立个人。按照马尔萨斯的观点，被许多人看作个人满足的东西，只不过是一种对非个人化的生殖驱动的局限性认知，这种冲动仅能依靠自然提供的有限资源来约束。为了向“大规模个人满足会带来集体幸福”这一小说式 115
假设发起抨击，马尔萨斯让自己置身于法国大革命的余波中，并将眼前展开的时代描述为“**孕育**了重大变革的时期，这些变革将在某种程度上决定人类的未来命运”(黑体为我所标)。[1]他把自己所处的历史时刻比作一位孕妇，勾勒出充满希望的图景，但随后又翻转这一隐喻，暴露了它险恶的内里。

---

1 托马斯·罗伯特·马尔萨斯：《人口原理》(纽约：诺顿出版社，2004年版)，第16页。所有引用均来自这一版本，将在文内标注。[译者注] 中译见朱泱、胡企林、朱和中译：《人口原理》(北京：商务印书馆，1996年版)，第3页。中译引文均采用该版本，并在文内注明页码。

通过这一转变，繁衍/再生产不再依靠线性进步叙事，而开始奉行重复的逻辑。马尔萨斯在著名论述中指出，粮食产量按简单的线性级数增长，而饥饿的人口却以几何级数递增——在粮食产量翻倍所需的时间里，人口数量已完成两次翻倍。依据这个推理思路，相对富足的时代尤其危险。当资源似乎丰富的时候，更多人倾向于结婚生子，从而造成增长的人口和递减的食物供应之间更悬殊的差距。当人们期待一个“孕育了重大变革”的女性形象来开启一段渐进发展的叙事时，这一形象却表现为“重复”的意象，一具只要有资源可控消耗就会四处蔓延的身躯；我们可以说，它从中间开始扩张，变得面目全非，除了自然施加的那些阻碍之外，没有任何方向或约束。马尔萨斯的算法得出的集体性身体从根本上敌视公民社会的概念。随着人口的聚集，一些个人的境遇固然会比另一些好，但即便是他们的故事，最终也受制于人口的涨落。

在重新定义此后小说想象个人满足的术语时，马尔萨斯还暗示了一个应对人口几何式增长这一问题的解决办法，这一解决办法也将为维多利亚时代的小说所接受。马尔萨斯仅仅依靠诉诸女性身体的形象，就把一个按照重复逻辑展开的问题转换为一个能够按照再生产逻辑被解决的问题——文化再生产(cultural reproduction)，而非性生殖(sexual reproduction)。他假定性欲不仅是自然的，而且是人口过剩的原因——反过来引发了战争和苦难——因此他提出至少在理论上通过把人类天性置于文化控制之下来解决问题。如果女性身体是性欲的客体，那么我们可以通过控制她的身体来控制欲望。为了展示文化如何干预天性，并解决将社会体理解为人口时出现的问题， 116
马尔萨斯使用个人发展的叙事，来呈现一个受过教育但没有足够收入养家糊口的男性案例："受过教育的男子自然会选择与自己有相同的旨趣和情感、有共同熟悉的社交圈子的女子为妻，可婚后由于社会地位下降，妻子却不得不出入和以前完全不同的社交圈子。一个男人忍心让自己心爱的人过与她的旨趣性情迥然不同的生活吗？他正好处在社会阶梯的转弯处，再往下退两三步，便从知识阶层降到了愚昧无知的人当中，在大多数人看来……是实实在在的灭顶之灾。"(第33页；中译本第27页) 在把人口增长量化模型和个人发展及社会进步的双线叙事对立起来之后，马尔萨斯又回到那些叙事，将其视为个人可以用来规避大众群体命运的方法。教育将欲望导向这样一位女性，她的性吸引力在于她的文化属性而非生物属性。这个"受过教育的男子"会害怕把他"心爱的人"拽入社会阶梯的低层，继而和她一起跌入毫无差别的人性之中。换句话说，唯有放弃通过性生殖可能实现的不朽，他才能维持通过教育所形成的个体身份。[1]

1 值得一提的是，在《人口原理》1826年的版本中，马尔萨斯扩展了将文化视为抑制人口的"消极性（或文化性）约束"的论点。当他汇编世界上大多数主要国家的婚姻、生育和死亡统计数据时，显然确信挪威和瑞士等国的婚姻习俗、卫生习惯以及农民的务实态度，几乎消除了饥饿或疾病等"积极性约束"的必要性。他在评估英国的人口抑制因素时以乐观的基调总结道："一个国（转下页）

诸如《她》和《德拉库拉》这类维多利亚时代晚期小说拒斥这一解决方案，转而支持“一人命运即全体命运”的原则。这些小说坚持认为，对个人有效的东西不再能通过类比适用于整体，因而放弃了“个人如何融入一个严格排他的社会秩序”这一问题，转而重拾弗兰肯斯坦中途毁掉他制造的女性怪物时所抛弃的思路。[1]一开始，雪莱的小说仿佛在反驳一种将世界分割为经济领域和家庭领域的生产模式，这种生产模式使女性从属于男性，破坏了有机共同体，过分重视科学理性主义，将人类身体工具化，并以每一条感情纽带为代价，来为个人主义松绑。如果说，正如女性主义解读所示，小说引人注意的是破碎的家

（接上页）家健康状况的改善不仅会降低死亡率，还会降低出生率和结婚率”（E. A. 里格利［E. A. Wrigley］，大卫·苏丹［David Souden］编：托马斯·罗伯特·马尔萨斯作品集，《人口原理：第六版［1826］，附第二版［1803］的其他篇目》［*The Works of Thomas Robert Malthus, An Essay on the Principle of Population: The Sixth Edition (1826) with Variant Readings from the Second Edition (1803)*］［伦敦：威廉·皮克林出版社，1986年版］，第二卷第266页）。罗伯特·扬认为，由于马尔萨斯将关注点完全转向“道德与审慎克制的教义，即在有能力赡养妻子和家庭之前不结婚”，因此他“将第二版界定为‘一部新著作’是正确的”。（《达尔文的隐喻》，第31—32页）。

1 在《现代主义、罗曼司与世纪末》（*Modernism, Romance, and the Fin de Siècle*）（剑桥：剑桥大学出版社，1999年版）一书中，尼古拉斯·戴利（Nicholas Daly）就罗曼司小说在19世纪八九十年代的复兴给出了在我看来最有说服力的解释。他反对哥特传统从《弗兰肯斯坦》到《德拉库拉》的连续性，并为他所谓的“罗曼司复兴的现代性”立言，把维多利亚晚期罗曼司解读为“现代主义的姊妹”，一种强有力的男性形式，“不像它那异常衰老的叔祖”（第10页）。他继续道：“一旦我们把罗曼司和现代主义视作同一时刻的产物，就可以开始理解，罗曼司复兴为维多利亚晚期的中产阶级文化提供了叙事模式与人物形象，使其得以成功适应特定的历史变革，尤其是现代化进程。”（第24页）。

庭、流产以及在婚床上被丈夫的智识野心摧毁的新娘，那么它同样支持马克思主义的解读，即关注新型制造业秩序对古老农业经济的破坏，这种秩序催生出一种异化的人类亚种，从事工厂劳动。[1]我认为，无论从性心理还是社会政治角度来理解这个 117
故事，都是在逃避一个棘手的事实：怪物并不完全像人。[2]从纯

1 关于女性主义解释，参见玛格丽特·霍曼斯：《承载言说：19世纪女性写作中的语言和女性经验》（*Bearing the Word: Language and Female Experience in Nineteenth-Century Women's Writing*）（芝加哥：芝加哥大学出版社，1986年版）；玛丽·雅各布斯（Mary Jacobus）：《文本里存在女性吗?》（"Is There a Woman in This Text"），《新文学史》第14期（1982年）：第117—154页；玛丽·普维（Mary Poovey）：《"我丑恶的子孙"：女士和怪物》（"'My Hideous Progeny': The Lady and the Monster"），收于《得体的女士和女性作家》（*The Proper Lady and the Woman Writer*）（芝加哥：芝加哥大学出版社，1984年版），第114—142页。关于社会学解读，参见弗兰克·莫莱蒂（Franco Moretti）：《恐惧辩证法》（"Dialectic of Fear"），收于苏珊·费舍尔（Susan Fischer）、大卫·佛格克（David Forgacs）和大卫·米勒（David Miller）译：《为了奇迹的符号：文学形式的社会学论文集》（*Signs Taken for Wonders: Essays in the Sociology of Literary Forms*）（纽约：韦尔索出版社，1988年版），第83—108页；保罗·欧弗林（Paul O'Flinn）：《生产与再生产：以〈弗兰肯斯坦〉为例》（"Production and Reproduction: The Case of Frankenstein"），克里斯·波尔蒂克（Chris Baldick）：《怪物的政治》（"The Politics of Monstrosity"）以及加亚特里·查克沃迪·斯皮瓦克（Gayatri Chakravorty Spivak）：《三个女性文本与帝国主义批判》（"Three Women's Texts and a Critique of Imperialism"），收于弗雷德·博廷（Fred Botting）编：《弗兰肯斯坦：玛丽·雪莱》（*Frankenstein: Mary Shelley*）（纽约：圣马丁出版社，1995年版），分别为第21—47、48—67、235—260页。

2 在《浪漫主义和人文科学：诗学、人口和物种话语》（*Romanticism and the Human Science: Poetry, Population, and the Discourse of the Species*）（剑桥：剑桥大学出版社，2000年版）中，莫林·麦克莱恩简洁地解释了怪物和"人类"之间的复杂关系："怪物决然不是人类；但正如他最终掌握的流畅语言和理性所表明的，他也决然不是非人。维克多无意设计出来的，不是一个人类，而是对人类这一范畴的骇人批判。"（第88页）

粹的形式角度来看，这带来了根本性的差异。

采用一元发生论的论点，怪物声称他可以像人类那样进步，在这种情况下，他的创造者应该完成他未尽之事，并教化他的后裔："我刚才就想和你说理，这样发火于我不利，因为你还没有认识到，我这样使性子，意气用事，完全是你造成的。如果有人肯对我表示仁爱之心，我一定千百倍地报答他，哪怕是为他一人，我也要与全体人类友好相处！"[1]怪物的过度表达没能激发同情，反而出卖了他。在论证自己和人类相似、并能日渐成长为人类的过程中，他对夸张语法的嗜好暴露了他和他所谓的"全体人类"的根本区别；是怪物的修辞将他自己置于人类之外，与他想要加入的共同体之间保持一种模仿关系。因此，以再生产为基础展开的论证（我是你存在的延伸，只要你让我社会化，我就会日渐成长为人）遵循了重复的逻辑（我像你，但和你不完全一样，因此将作为竞争者重复你的发展进程）。一开始，弗兰肯斯坦被说服了，觉得自己欠怪物的，"应该在力所能及的范围内尽量使他幸福"（第99页；中译本第147页），他开始用精选的女性身体部位来组装一具身躯。为了鼓足勇气来完成这一任务，他采用了马尔萨斯曾用来摆脱"大众人"困境的同一逻辑：怪物需要一个好女人来驯化他原本破坏性的能量。

1　玛丽·雪莱著，J. 保罗·亨特编：《弗兰肯斯坦》［纽约：诺顿出版社，1996年版］，第98页。所有引用均来自这一版本，将在文内标注。［译者注］中译本见前揭书，第146页。

但正如我在第二章提到的，弗兰肯斯坦很快开始想象，女性怪物嫌恶地离开她的伴侣，转而追求“相貌堂堂的男人”。

就怪物作为他造物主的延伸和再生产而言，我们可以将他与那些在历史发展时间线上滞后于现代人的边缘化群体类比。在这样一种相似的关系里，怪物必然会远远比不上“相貌堂堂的男人”。但万一女性怪物觉得她的男性伴侣讨人喜欢，那么后果会更糟。当弗兰肯斯坦继续沿此思路思考时，“重复”的邪恶形象抬起了它饥饿的头，一元发生论的逻辑暂时让位于多元发生论的想象：“即使他们离开欧洲，去美洲的大沙漠中栖身，118 他们仍然渴望获得对方的同情和慰藉。其结果，首先便是他们后代的出世。妖魔一族便会在地球上繁衍，从而危及人类的生存，陷人类于惶恐之中。”(第114页；中译本第168—169页) 到了小说的这一刻，最初因弗兰肯斯坦的错误构思和拙劣生产所造成的问题已经退居次要地位。鉴于大规模再生产可能会演变成“重复”并积聚大量人口，为怪物制造一个女性伴侣突然意味着对弗兰肯斯坦身边共同体的威胁，不仅如此，还让全体人类走上灭绝之路。

考虑到这种可能性，弗兰肯斯坦必须拒斥任何把怪物看作他自身极端个人主义的客观化的想法。一旦被复制，怪物的数量就会继续加倍，把独此一只的妖魔转化为拥有自身发展模式的“妖魔一族”。通过把怪物重塑为迥然不同的存在，弗兰肯斯坦消除了对他的造物所抱有的一切责任感。实际上，正是因为怪物并非他的依附者这种可能性，促使科学家拆毁完工了一半的女性怪物，并重新确立了自身作为合乎伦理的主人公的地位："我难道有权为了自身的利益而将这种祸患强加于子孙后代？……我颤抖着意识到，我将遭到子孙万代的诅咒，骂我引狼入室，骂我自私自利，不顾一切地追求个人安宁，而其后果，将可能导致整个人类的毁灭"（第114—115页；中译本第169页）。对我而言，这是小说里最有趣的一刻：雪莱让弗兰肯斯坦先唤起马尔萨斯在《人口原理》中试图引发的焦虑，随后又将其平息。为了制造出一个预示着弗兰肯斯坦的"妖魔一族"的噩梦场景，马尔萨斯不得不把民族国家想象为一种有边界的农业疆域，受到一个呈指数增长、嗷嗷待哺的庞大群体的困扰，并受制于匮乏和丰裕的循环，这使得它和人类发展的进步叙事相冲突。[1]雪莱明确拒斥了这一幻想。

在这一瞬间，欲望逐渐萎缩的世界图景颠倒为需求不可遏制的世界图景，雪莱的小说预见了匮乏和过剩之间的可交换

1　在对世界各国的对比分析中，马尔萨斯流露出对新兴城市环境给人类带来影响的厌恶。工业城镇不仅在最无力承担后果的人群中助长放纵的性行为，过度拥挤还会滋生污秽并引发传染病。值得注意的是，他笔下"人口"的形象在此处突然从有性别特征的农民群体转变为愤怒的大众："乌合之众——通常由过剩人口构成，因真实苦难引发的怨恨而被激怒，却完全不知苦难根源何在——是所有怪物中对自由最具致命威胁的……尽管在其可怕的怨恨发作时，它偶尔看似会吞噬自己丑陋的后代；然而，这可怕的行为刚一完成，即便它极不愿繁衍这一族群，也会立刻呻吟着产下新的一胎。"（《托马斯·马尔萨斯作品集》［*The Works of Thomas Malthus*］，第三卷第501页）

性，而在一两年之内，马尔萨斯本人将利用这点对自由主义经济思想发出另一次抨击。他在1798年《人口原理》的开篇提出这样一个前提：所有人都受到自然繁衍欲望的驱使，这种欲望若聚合起来，会使需求呈指数级增长，直至耗尽所有 119
可利用的自然资源。然而，到了1819年，他已起草完成《政治经济学原理》(*Principles of Political Economy*)，该书挑战了供给或需求都是自然现象这一观点。在新型商品文化的运转中，他明显看到这样的前景：需求不足对国民经济稳健发展构成的威胁比食物供应减少的问题更严重。[1]对供给理解的变化促使他重新构想人口原理："尽管我们已经听饱了历代王公贵人那种豪华壮丽的作风。困难主要不是在于如何利用对精美事物的喜爱来激动富有者，而是在于如何分割他们的庞大地产，从而养成对生产性劳动的成果具有购买的力量和愿望的为数比较广大的需求者……二四十个一年收入在一千镑到五千镑之间的地主，对小麦面包、精美食品和

1　托马斯·罗伯特·马尔萨斯：《政治经济学原理，及其实际运用》(*Principles of Political Economy, Considered with a View to Their Practical Application*)（第二版）（伦敦：威廉·皮克林出版社，1836年版；重版，纽约：A. M. 凯利出版社，1964年版）。这里，马尔萨斯提供了一种新的算法，其中，当商品供过于求时，价格就会降低，工人的利润份额就会缩减（第180页）。通过使商品增长速度远超消费者数量，机器引发了生产和再生产之间关系的这一逆转（第209页）。所有引用均来自这一版本，将在文内标注。[译者注] 中译见大卫·李嘉图著，彼罗·斯拉法主编，蔡受百译：《马尔萨斯〈政治经济学原理〉评注》（北京：商务印书馆，1979年版）。

制造品的有效需求，会比单独一个年收入十万镑的地主所做出的这类需求多得多。”(第374页；中译本第372页) 在这一段中，马尔萨斯对需求的几何级数增长的担忧被需求的几何级数下降这一显然看似更严峻的问题所取代。随着富人变得更富，富人的数量下降了，购买商品的消费者变少了，而商品的数量还在持续增加。为了解决这一问题，马尔萨斯推论道，有必要通过刺激消费者的欲望来逆转需求的必然下滑，使之与指数级增长的商品供应保持同步。首先，他建议废除长子继承原则，因为父亲把财产分配给大儿子，必然只会带来消费大户的线性增加，而非几何式增长。

由此，马尔萨斯把关注点从一般意义上的人类转向具体的英国，在此过程中，他坚持把“品位”当作控制供需差距的手段。与“受过教育的人”的例子里对欲望的抑制不同，这里的品位提供了对消费增长而言至关重要的刺激。不断扩张的经济依靠的是新型的中产阶级，他们“通过各行各业获得购买力(而不是通过土地)，通过商业、制造业、批发零售行业，通过各种专门职业的工资，以及通过公共和私人债务的利息”。关于马尔萨斯为何认为这一特定的需求者群体“比起一些小块土地的所有者来说，更有可能养成品位，更有利于财富激励”(第
120 379页)，我不打算多加揣测。他并没有详细说明，他们后天养成的品位究竟如何呈几何式增长，又如何同商品生产保持同步。但早在维多利亚统治结束之前，下述原则就得到充分

证实：没有继承财产的富人会感到有必要通过炫耀性消费来表现自己的与众不同。新型商品文化的运作原则是，从事钱物交易的人越多，国家财富就越可观。这一关于消费者数量无限增长的幻想彻底颠倒了人口原则的算法。消费者不再在盲目天性的驱动下去尽可能多地消费，如今他们需要的是文化诱导，正如马克思在《商品的拜物教性质及其秘密》（"The Commodity Fetish and the Secret Thereof"）里所揭示的那样。[1]繁衍欲望不再被视为自然，这一事实含蓄地将人类转化为一具欲望可能如传染病般蔓延的躯体，而商品则围绕着这一躯体循环流通，直至流通逆转方向逆转并消退。因此，通过提出"逐渐消退的欲望"作为针对不断增长的欲望的一种反恐惧 (counterphobia)，马尔萨斯没有抛弃重复的形象，而是把这一形象转化为可以根据它自身的力比多经济不规律地扩散和收缩的东西。

1 在恩格斯编《资本论：政治经济学批判》（*Capital: A Critique of Political Economy*）（纽约：国际出版社，1992年版）中《商品的拜物教性质及其秘密》一章中，马克思的著名论断阐释了商品如何实现能动性的反转——人类产出的东西反过来统治人类："实际上，劳动产品的价值性质，只是通过劳动产品作为价值量发生作用才确定下来。价值量不以交换着的意志、设想和活动为转移而不断地变动着。在交换者看来，他们本身的社会运动具有物的运动形式。不是他们控制这一运动，而是他们受这一运动控制。"（第一卷第79页）［译者注］中译见中共中央马克思恩格斯列宁斯大林著作编译局译：《资本论（第一卷）》（北京：人民出版社，2004年版），第91页。

防御型个人主义

通常认为，斯托克的《德拉库拉》(1897) 表达了英国中产阶级男女所经历的焦虑——他们发现自己身处一个充斥着来自全球各地的商品与人口的经济环境中。近年来，斯托克的小说引来大量批评研究，将这部作品与其他具有典型世纪末特征的反常现象联系起来：拜物教 (客体控制主体)、消费主义 (供给决定需求)、歇斯底里 (婴儿期恐惧压倒了成人的欲望)、退化 (劣质性状压倒优质性状)，以及颓废 (外国时尚取代了与英国饮食、服饰和小说相关的实用稳健特质)。这些对小说的文化性解读得到历史性解读的支持，这些历史性解读指出，随着涌入英国的外国人数量不断增加，以及有迹象表明帝国不再扩张而是在收缩，这类焦虑情绪也随之产生。[1]尽管这些对斯托克最著名小说的解读颇具启发性，但每一种解读都明显避开了它本

1　最值得注意的，是帕特里克·勃兰特林格（Patrick Brantlinger）的经典研究《黑暗的统治：英国文学和帝国主义，1830—1914》（*Rule of Darkness: British Literature and Imperialism, 1830–1914*）（伊萨卡：康奈尔大学出版社，1988年版）；大卫·格洛弗（David Glover）《吸血鬼、木乃伊和自由主义者：布拉姆·斯托克和怪物的技术》（*Vampires, Mummies, and Liberals: Bram Stoker and Technology of Monsters*）（达勒姆，北卡罗来纳：杜克大学出版社，1996年版）；斯蒂芬·阿雷塔（Stephen Arata）《西方主义的旅人：斯托克和反向殖民》（"The Occidental Tourist: Stoker and Reverse Colonization"），收于《维多利亚世纪末的失落小说》（*Fictions of Loss in the Victorian Fin de Siècle*）（剑桥：剑桥大学出版社，1996年版），第107—132页。

身引出的核心问题。倘若英国读者真的像学者们所说的那样充满焦虑，那么他们为什么如此欣然接受一部致力于强化这种焦虑的小说？如果维多利亚时期的读者喜欢的是家庭现实主义和殖民地冒险故事，那么为什么在19世纪八九十年代，那些有效地扼杀了这两种文类的罗曼司会大行其道？显而易见的是：维多利亚晚期的罗曼司标志着小说史上这样一个时刻——一种残余思想形式在此涌现，并暂时性压倒了该文类的惯例。 121

只要我们把《德拉库拉》看作对个人欲望失控时的奇幻演示，那么认为这部小说将消费者驱动型的文化[1]描绘成对人类的威胁，就合情合理了。依据这一解读，小说教导我们，不要被人为灌输的欲望所左右，尤其当我们碰巧是女性时。而且有理由认为，这确实就是我们应该从故事中得到的道德教训。迷人的露西·韦斯特拉很像一位传统的女主角，除了她那些放纵无度的消费主义指征之外——首先是她有能力吸引各种求婚者，其次是她从吸血鬼那里习得的侵略性的饮食习惯。在被很多男人追求时，她正确地选择了出身英国绅士阶层的那个，但她对朋友米娜·哈克坦白，她想要接受他们所有人。这种明显缺乏辨识力的表现是否指向露西自身潜在的放荡，这种放荡让她的求婚者们彼此针对，并让她容易受到德拉库拉的诱惑？我认为

1 ［译者注］consume一词被作者用来描述小说中吸血鬼那种消耗性的、以人血为食的行为，因此，consumer既指一般意义上的“消费者”，也指称《德拉库拉》中的吸血鬼。

不是这样，理由是露西正处于一种转变之中，这场转变剥夺了她的个体性，让她既失去了对被拒绝的求婚者的同情式认同的能力，也丧失了她自身的欲望。一旦被德拉库拉的血感染，她就不再具备女人在选择伴侣时理应行使的决策权，而仅仅响应吸血鬼身体整体的需求。颇具讽刺且显而易见的是，当露西几乎说服她的未婚夫“离开他们，到我身边来，我渴望你的拥抱”时，这些需求不仅通过她实现自身，而且还抵消了任何类似情欲的东西。当他走过去想要拥抱她，她转而露出“突出的牙齿，血迹斑斑、色情的嘴唇——看起来令人不寒而栗”[1]。哈葛德笔下的阿霞很像罗曼司的女主角，直到她流露本性——她同样被凶残地驱使着去占领爱人的身体和灵魂，不惜以他的人性为代价。她告诉他：“你就像埃及那个古老的斯芬克斯一样，永远高高在上地俯瞰人间，让芸芸众生探索你永恒的伟大之谜，而你只用你的沉默将他们嘲笑！”[2]正如吸血鬼的咬噬剥夺了露西在
122 此事上的任何选择权那样，阿霞的凝视把利奥·文西变成了她在古代的恋人卡里克雷特，不仅仅作为他的后裔和分身，而是

1　布拉姆·斯托克：《德拉库拉》（纽约：企鹅出版社，1993年版），第275页。所有引用均来自这一版本，将在文内标注。[译者注] 中译见冷杉、姜莉莉译：《德拉库拉》（南京：译林出版社，2007年版），第215—217页。中译引文均采用改版本，并在文内注明页码。

2　H. 赖德·哈葛德：《她：一段冒险史》（伦敦：企鹅出版社，2001年版），第283页。所有引用均来自这一版本，将在文内标注。[译者注] 中译见于童译：《她》（北京：首都师范大学出版社，2015年版），第278页。中译引文均采用改版本，并在文内注明页码。

成为了另一个人，成为第二位卡里克雷特（第一位在数百年后依然被完美地防腐处理，长眠于她双重用途的坟墓和卧房）。

无论吸血鬼的咬噬还是阿霞的凝视，都没有夸大受害者个体性核心中早已存在的欲望。两者都在受害者体内植入了一种异己的欲望，从而摧毁了他/她的人性内核。[1]从这个角度看，露西·韦斯特拉的问题并不在于她那太过自由放纵地渴望男人的癖性，而在于她的性欲和性吸引力被某种其他东西彻底毁灭了。一个过去的求婚者见证了她的转变："我把面前这个东西叫露西，因为她有露西的身体。"（第271页；中译本第214页）男人们也不能免疫于这种欲望的诱惑效应。在小说开始不久，男主角乔纳森·哈克就描述了他面对德拉库拉的奴婢们的哄诱感到无能为力："我喉部的皮肤开始痒痒起来，就像一只想胳肢你的手离你越来越近时你的皮肤会产生的感觉那样。现在，我能感受到那温软的嘴唇在微微颤抖着接触我喉部的敏感皮肤，同时还能感到两只尖牙在我的皮肤上滑过，然后停在那里。我闭上眼睛，在恍惚中等待，心怦怦直跳。"（第54页；中译本第40页）同样的逻辑在哈葛德的小说中也得到了体现，当叙事者和

1　德拉库拉的咬噬和阿霞的催眠术的效果，忠实呈现了19世纪晚期的成瘾模式。关于这一模式的描述，以及它如何在《德拉库拉》里运作，参见斯泰西·马戈利斯（Stacey Margolis）：《上瘾和欲望的终结》（"Addiction and the Ends of Desire"），收录于珍妮特·法雷尔·布罗迪（Janet Farrel Brodie）和马克·雷德菲尔德（Marc Redfield）编：《高度焦虑：上瘾的文化研究》（*High Anxieties: Cultural Studies in Addiction*）（伯克利：加州大学出版社，2002年版）。

阿霞第一次目光接触时，便发现自己的意志彻底被她控制："我好像为一股不可抗拒的磁力所吸引，目不转睛地盯着她那闪光的眼睛，那里面好像传过来一股使我头晕目眩的热流。"（第159页；中译本第154页）明知渴望阿霞会付出什么代价，叙事者却发现自己就像个瘾君子般身不由己，只能愈发渴望："人类是脆弱的，他和他死后变成的灰烬一样，甚至不堪一触。带我回去吧，尊敬的阿霞！"（第190页；中译本第183页）在杀了利奥·文西一度视为自己妻子的土著女人后，阿霞给了他复仇的机会："拿起刀来报仇吧！杀吧！卡里克雷特，往要害的地方扎！这样您就满意了，你就可以高高兴兴地做一辈子人了。"他悲哀地意识到，自己没有选择和行动的权力，回应道："你明明知道我不会伤害你，哪怕是为了你昨晚杀害的那个姑娘。我臣服于你的脚下，我是你的忠仆。"（第253页；中译本第248页）

为了让读者理解个人被剥夺个体性的逻辑，斯托克在精神病患伦菲尔德的病例史中做了详细说明，该病例和他对露西从
123 女主角逐渐转变成吸血鬼的描述并行不悖。苏厄德医生，"精神病院"的管理者，观察到病人伦菲尔德的"疯狂似乎存在着某种规律"（第94页；中译本第73页），比如他用苍蝇喂蜘蛛，又用蜘蛛喂"一群麻雀"，然后在一时不耐烦中，生吃下那些被驯服的鸟儿。医生总结道："他就想尽可能多地猎取生命，他还以一种累积生命的方式来达到自己的目的……"苏厄德思考着，"他的下一步是什么呢？"（第209页；中译本第75页）除了继续

在食物链中升级直到吃人之外，还能是什么呢！等苏厄德意识到他病人的躁郁症行为和古怪的饮食习惯是内心深处吸血鬼特征的显现时，拯救伦菲尔德和露西已为时过晚，因为两人都已经被吸血鬼的身体所纳入，并自动重复其行为。

在阿马哈格被称作“不可违抗的她”的阿霞，施展了她的心灵感应能力，与德拉库拉的效果如出一辙。哈葛德笔下的叙事者路德维格·霍利被她占据了身心，使他“不知所措……百感交集，痛苦万状，我真的以为自己就要疯了”（第209页；中译本第203页）。像吸血鬼那样，她用她的心灵力量来统治那些本身属于个人对立面的臣民。正如部落里的长老所说，虽然他们当然能区分阿拉伯人和白人，但阿马哈格人对个体差异缺乏尊重。如果把这一原则推向逻辑极致，那么，他们履行的正是康德的食人族所践行的同一种倒置行为：“这里就是这样，若是有外人闯进这个国家，他就可能被用‘罐子’处死，然后被分食，”一种习俗，倒置了“殷勤好客”。正如叙事人观察到的：“在我们国家，我们招待外乡人，给他东西吃，可你们这儿是把外乡人吃掉，由他来招待你们！”（第111页；中译本第106页）

在两部小说中，食人习俗均把诱惑的语言转化为多元发生论的逻辑。对这两位作者而言，丧失个体性相当于加入一个不仅与人类不同、而且根本上与人类敌对的物种。吸血鬼并没有以线性方式一代接一代地繁衍自身，而是以一种无限自我重复的方式进行传播。研究超自然现象的科学家范海辛解释道，

“这个吸血鬼并不像蜜蜂一样，刺过人一次后会死”（第304页；中译本第241页），“他们必须日复一日地增加新的牺牲者……这种循环往复使这个圈子越变越大，真如一石激起千层浪”（第275页；中译本第217页）。吸血鬼身体播散到“人们生活的任124 何地方”，从古希腊和古罗马到东欧及远东，穿越北极荒原，最终抵达现代英国。这具身体始终处于运动中，极其易变。吸血鬼可以“控制所有低等的动物：老鼠、猫头鹰和蝙蝠，飞蛾、狐狸和狼。他能够变大和变小，他能够不时地消失和隐身”（第305页；中译本第241、243页）。

哈葛德笔下的阿霞起初同样是人类。公元前五世纪，她情场失意，却获得了一种奇特的驻颜术，使得她得以在北非古老文明的废墟中跨越许多世纪，等她的爱人回来，仿佛在效仿那些家庭故事的女主角，不等到圆满结局不罢休。无论这份对她的虔诚的见证最初多么打动我们，令我们觉得值得钦佩，但阿霞和德拉库拉一样缺乏人性，这种缺乏最终使得他们俩彼此相像多于不同。对于德拉库拉和阿霞来说，身体都不作为单一身份的形而上封壳；事实上，他们几乎可以像换衣服那样更换自己的身体，尽管并非完全随心所欲。用哈葛德叙事者的话来说，他们俩都是“液体或者精华”，加固了“人的身躯不受岁月的侵蚀和破坏”（第123页；中译本第118页）。阿霞谋杀了第一任卡里克雷特，因为他喜欢另一个女人，这表明从一开始，她的欲望就容不下时间或人类历史在她面前设下的任何障碍。就像德拉库拉无法满足于消磨无数个日月在喀尔巴阡山脉制造恐怖那样，她也无法满足于和卡里克雷特在北非永远快乐幸福地生活下去。叙事者解释道："很明显，这个可怕的'她'决心去英国了，一想到她去那儿后会产生的后果我便不寒而栗。"(第255页；中译本第250页)

重复的非人性

19世纪的小说通常以一种野蛮且卑劣的形象来标记人类社会的边界，这类形象既无意愿也无渴望发展为现代人。希刺克厉夫和伯莎·梅森是这些无法被同化的存在中最令人记忆深刻的。斯蒂文森(Stevenson)笔下的哲基尔医生和海德先生共居同一躯体，可以称得上是共存的终点，即顽固的野蛮人和自治公民共属同一概念范畴的最后例证。在回忆起他曾希望把道德的一面和他人格中原始的成分分离开来时，哲基尔医生承认，把两种人性的极端特质容纳在单一意识之内已不再值得向 125
往："我明白，在我的意识领域里斗争的两种本性，即使正确地把我说成是随便哪一个，这只是因为我根本上两者都是。从很早的时候起……我已经学会快乐地——作为一个心爱的白日梦——仔细思索这些基本成分的分离。我告诉自己，如果每个成分都能以分离的性质藏匿起来，生命将摆脱所有无法忍受的东西。”[1]显然，斯托克以斯蒂文森的结局为开端，塑造了两个完全具象化的对立角色，一个是现代的，人性化，一个是古老的，非人性化。但相似性到此为止。从一元发生论逻辑全面转向多元发生论思想的过程中，斯托克把“野蛮人”从袋子里释放出来。也就是说，他将那些无法被归因为现代个人的野心或性欲的离经叛道元素重铸为另一物种的奇特形态，其特征经过特意设计，为的是抵消维多利亚时代读者眼中人性最真实的东西。

“根茎”体现了一种思想模式，它既非起源自个人内部，也不是通过语言从一个个人向同样自足的其他个人传播。吸血鬼在一具身体内化合了“二十个人”的力量，更不用说狼、蝙蝠和其他夜行捕食者的力量了，但这是他缺乏个体化造成的问题里最微不足道的一个。吸血鬼的心智展现出人类所有的激情，只是这些激情被放大到远超出人类伦理的范围，因此，狂热和沮丧如同交替的浪潮席卷了大众群体，当其物理扩张受阻或找到扩散方向的时候。那些体现了吸血鬼意识的个人不过是这样的：他们是供一种意识消耗的部件，而这种意识从不依赖任

1　罗伯特·路易斯·斯蒂文森（Robert Louis Stevenson）著：《化身博士》（*The Strange Case of Dr. Jekyll and Mr Hyde*），收于贝瑞·曼尼可夫（Barry Menikoff）编：《罗伯特·路易斯·斯蒂文森全集》（*The Complete Stories of Robert Louis Stevenson*）（纽约：现代图书馆出版社，2002年版），第307页；[译者注] 中译见荣如德、杨彩霞译：《金银岛 化身博士》（北京：人民文学出版社，2004年版），第248页。

何一个它所占据的身体。德拉库拉最初是一种弗兰肯斯坦式的存在，“他头脑非常聪明，知识之丰富无人可及，他不知畏惧，从不后悔”(第389页；中译本第304页)。在某个时刻，这种智能“抗住了生理死亡，保存了下来”，并且像弗兰肯斯坦的怪物实验那样，开始拥有属于自己的生命，“尽管看起来他的记忆不太完整”(第389页；中译本第304页)。从这一不受约束的智能出发，小说想象了另一种非线性的发展模式，这种模式赋予野蛮人——倘若在多元发生论世界观中可以这么称呼的话——一种相对于现代人的优越性：“在头脑的某些能力方面，他还像个小孩子；但是他正在成长，有些原本幼稚的地方，现在已经成熟起来了。他一直在尝试着，成果不错；如果不是我们挡了他的路，或者如果我们失败了，他就会成为一个新世界之父或领袖，那个新世界将通过死亡到来，而不是通过生命。”(第389页；中译本第304页)

阿霞的美貌令人倾倒，正如德拉库拉的丑陋令人厌恶，但 126
从一开始，她的身体就和古代科尔王国的尸体防腐术联系起来，而她身上薄如蝉翼的衣袍时刻提醒着我们：按照一切自然法则，她早已死去。与她的性别属性相符，阿霞的发展轨迹是德拉库拉的反面：她的身体历经千年，仍然得以存续并保持原本的鲜活，这让它拥有充沛的时间来汲取——以沃尔特·佩特(Walter Pater)的乔康达(Gioconda)的方式——岁月的智慧。尽管与吸血鬼的阴暗狡猾不同，但她同样掌握了多种语言、神秘知识，以及一份自信——她相信，人类眼中的线性时间会弯曲成重复性循环，最终能让卡里克雷特回到她身边。她和德拉库拉的唯一区别在于，她的智能需要借助一个男人——因此依托于家庭生活的情节——来扰乱人类历史；而他的智能大体上依靠女性——因此需要引诱的情节——来扰乱人类历史。当吸血鬼和他的受害者交换血液时，他建立起一个交流网络，使他能够日益频繁地参与他们的思想，最终他们的思想将成为他的。因为这是对个人主义的终极僭越，所以这一交互过程完全没有对吸血鬼产生人性化的作用，无论他喝下多少人血，也无论他在英国文化方面有多么精通。

在北非徜徉了千年，阿霞同样在不经意间发现了一汪水，这水可以映照出她恰巧关注的任何一个个体的心中所想。她有能力吸收一切知识，其意识本身却空无一物，正如她所解释的："我性情多变，就像那个盆子里盛的水要反映出许许多多事物一样，毫无定数可言，画面可以流转，只有水依然如故，我也依然故我。水不变，我亦不变，什么都不能丝毫改变我。"(第193—194页；中译本第187页) 叙事者推断道，这是一种智能——和洛克所描述的人的智能并无不同——这种智能纳入它所能反映的一切，因此，它早已多次超越了人类的限度。唯有将这种智能包含在家庭叙事内部，才能防止它对人类历史进行重新思考。但是，随着利奥以情人卡里克雷特的身份重生，"这位神奇的尤物，在这么多世纪中，她为自己的爱情所桎梏，

相对地来说还是与世无争的。而今，天意将令其大乱天下，或 127
许她能够建立起一个坚不可摧的国家。这个世界的物质生活状况也许能够赖以得到改善，也未可预料。”(第256页；中译本第251页) 这里至关重要的词是“物质”。阿霞的知识可以为科尔堡的古老文明带来科学进步，并将人类智慧从易朽身体的限制中解放出来。但是，我们仍然必须把叙事者对美好未来之可能性的信仰归因于阿霞那摄人心魄的美貌影响了他的思想。和德拉库拉一样，阿霞不尊重个人自治权，所以在她治辖之下的未来必将如同德拉库拉的胜利一般，为人类生活画上句点。

考虑到这一异己思维模式的压倒性力量，以及家庭小说传统在面对它时出奇的无能，那么，这些小说究竟是如何得出某种能让我们承认其为小说的解决方案的呢？更重要的是，斯托克又是如何通过让他的小说重新接近压制多元发生论思想的传统来做到这一点的？德拉库拉向米娜解释，他用计战胜了她的男性保护者们，其措辞听起来似乎排除了家庭内部解决的可能性：“他们现在正在积蓄力量，好打击我的要害……而你，他们最钟爱的人，现在已经属于我了，我们已经血肉合为一体了。起初你只是慷慨的捐献者，慢慢地你就会成为我的同伴和协助者。”(第370页；中译本第290页) 阿霞在讲述她如何策划自己和利奥的婚礼时，同样也颠覆了资产阶级爱情的常规。在杀害了不忠的卡里克雷特后，她打发他的埃及情人“走出了沼泽。那情人似乎活了下来，生了个儿子，并写了个故事，它将指引你，她的丈夫，回到我——她的情敌和杀死你的凶手的身边”(第281页；中译本第275页)。在读者眼前，这句话把阿霞和利奥即将到来的婚礼转变为对过去的重复，因为她把未来丈夫与他被杀害的祖先卡里克雷特混为一谈，并自称为杀害他的“凶手”。在这场较量中，无法产生质的变化，也不会有辩证的综合，唯有对同一事物的重复。

毫无疑问，我们应该把这一陈述解读成一种预言：重复终将终结重复。即便像阿霞这样变幻莫测且不朽的人物，重复也会摧毁而非延续她的存在，这一原则控制着罗曼司情节里荒诞离奇的高潮，并把小说推向了现实主义的道路。当第二次踏入生命的不朽烈焰，阿霞经历了让她成为“那个最美丽、最高贵典雅、最光彩夺目、举世无双的绝代佳人”的过程的反转。这一
128 次，叙事者回忆道：“她一动不动地躺在我们面前，躺在她那堆乌黑发光的头发旁边，只有猴子那么大，而且又那么可怕，可怕得难以用语言来形容。这居然是**同一个**女人！”(第293页；中译本第287页) 利奥跟着叙事者回到剑桥，在那里，他们详细记叙了自己在一个重复上演的爱恨情仇故事里各自扮演的角色，这个故事曾为了一种繁衍的形式维系了世界的安全，而他们的经历却让他们永远无法直接参与其中。阿霞的故事并非小说，因为那不是他们的故事，甚至也不是阿霞自己的故事，而是一个剧本，每一个人都被分配了角色，这个角色取消了他们的个体性。仅凭这点，哈葛德以全然不同的方式思考人类历史的奇

特尝试，最终像许多类似的故事一样，以自我边缘化告终。

斯托克追求的是一种不同的策略，他调和了多元发生论的想象，从而让他的小说和主流小说形成一种相互认可的关系。[1]首先，他利用双重女主人公的传统来解决"重复"造成的问题。露西是两人中更传统的那个，最初，她是一个纯粹的女性形象，完全受限于文化驱力的指引，去选择一个丈夫。她体内的人类血液被抽干，并注入德拉库拉的鲜血，然后，她开始重复那使她自己非人化的行为。要在她的体内遏制那种重复的冲动是绝不可能的，鉴于随着死亡把她从人类关系的约束中解放出来，这种冲动越发加剧。吸血鬼猎人认为有必要动用德拉库拉那样的极端暴力手段杀死露西。一旦他们砍下她的头颅，用木桩

1 不可否认，《德拉库拉》在这方面的起步确实缓慢。在20世纪50年代和60年代，关于吸血鬼的批评研究仍在试图通过东欧神话来追溯斯托克的素材来源。最著名的莫过于南德里斯·格里戈里（Nandris Grigore）的《历史上的德拉库拉：东西欧文学中的德拉库拉传奇主题》（"The Historical Dracula: The Theme of His Legend in the Western and Eastern Literatures of Europe"），《比较文学研究》第3期（1966年），第367—396页。格里戈里做出未经证实的断言，认为自首次出版以来从未停止印行的《德拉库拉》是《圣经》以外销量第二大的书籍，这一主张为若干研究所引用，成为论证小说文化重要性的基础依据。斯托克被看作不入流的写手。20世纪70年代，文学批评的兴盛把《德拉库拉》纳入小说正典的行列，虽然处于边缘位置。20世纪80年代，很多批评研究将《德拉库拉》重新归类为值得投入学术兴趣的小说，鉴于它对19世纪晚期政治问题的复杂回应，其中包括布朗特林格（Brantlinger）的《黑暗的法则》（*Rule of Darkness*），以及克里斯托弗·克拉夫特（Christopher Craft）的《用红嘴唇吻我：布拉姆·斯托克的〈德拉库拉〉中世纪末的性别和倒置》（"Kiss Me with Those Red Lips: Gender and Inversion in the Fin de Siècle in Bram Stoker's Dracula"），《再现》（*Representation*）第八期（1984年）：第107—133页。

刺穿她的心脏，并用大蒜仪式性地把她跟人类划清界限，他们就可以把全部注意力转向米娜·哈克——露西最终安息后，米娜立即承担起吸血鬼诱饵兼女主角的角色。在这方面，针对米娜·哈克的精心净化仪式类似于阿霞的第二次婚姻仪式——它让“重复”转而对抗自身，并将繁衍的身体从重复的冲动中解放出来。

和露西形成对照，米娜最初是多种类属可能性的混合体。她既不男性化，也不完全女性化；既不像露西那么纯粹，也没有种族特征；地位既不高，也不低。我们可以说，米娜本身什么都不是，但拥有成为许多不同事物的潜力。她接受了一群男性的输血，他们包围着她，设法阻止她重蹈露西变异的覆辙。她还是一个打字员，重复并综合着各种来源的信息，包括德拉库拉
129 的思想。通过摒弃（或者说从自己身上剔除）许多19世纪晚期英国文化认为女性身上不应该具备的种族、阶级、性别以及国籍特征，她占据了露西空出来的女主角的位置。一方面是向周围男性重复他们需要的信息的出众能力，一方面是对他们的专业知识的无条件依赖，摆荡在两者之间的米娜在一场荒谬冗长的净化仪式中幸存下来，为的是生出一个孩子，这个孩子标志着群体的胜利和未来。因此，露西一开始是个具有性吸引力的女性，随后将其他男性的某些特征融入自身，由此损毁了她的美，而米娜一开始是某种混合体，在摈弃了她从男性群体身上模仿来的以及为他们模仿的一切之后，最终成为英国女性气质

的代表。她们位置的转变反转了原本“重复”取代“繁衍”的恶性循环，让米娜成为母亲的合适人选。尽管她依然吸收了吸血鬼的血液，但消除其源头似乎终结了多元发生论的威胁。米娜所体现的混合状态不再是极端差异的混合——即两种为争夺她身体和灵魂而战的物种的混合，而是一元发生论之下相似性的混合，或者说是人类物种内部变体的混合。

来自吸血鬼的一些帮助

通过把现代人和原始人置于同一历史连续体中，达尔文一劳永逸地驳斥了一种长期存在的信念，即可能存在人类的多个物种，它们从不同的自然起源点发展而来。如果多元发生论思想继续盛行的话，英国公众必然会这样理解：殖民事业不过是对商品和领土的残酷竞争，在此过程中，欧洲人被证明是更优越的掠夺者。通过提出一个理论，在原始人和现代人之间开辟一条时间的鸿沟，同时又把人类的所有变体纳入单一物种之内，达尔文的学说不仅为英国的优越性提供了科学解释，还为英国人提供了一种思路，在凭借对殖民地人民的竞争优势获利的同时，还能自诩比统治对象更有人性。当斯托克揭露出一元发生论叙事（单一物种内部由不同人类变体标志出不同发展阶段）中潜藏的多元发生论思想内核时，他驳斥了这样一种观点：

只要有充足的时间，并接触欧洲文化，原始人就可能发展成为
130 现代个人。随着斯托克笔下的主人公们逐渐意识到德拉库拉正在英国安身立命并和英国女性交往，读者发现，最初看似是人类变体的东西，实际上构成了一个全然不同的物种，其发展威胁到了西方的霸权。那么，通过对一元发生论的残余种族主义予以形式化表达，德拉库拉究竟达成了什么目的？

让我们假设，多元发生论归因于不同物种的那些特质——以某种我们无法承认的方式——对于现代个人而言是绝对重要的。在斯托克所处的历史时刻，个人需要某种唯有其原始对应物才能提供的东西；可以称之为“另一物种的思想”，或者更准确地说，是“另一种思想的物种”。德拉库拉胜过他的欧洲对手们一筹，因为他的想法不是自己的，而在根本上是一个综合的过程。超越了个体具身化的限制，吸血鬼的心智可以穿梭于性别、阶级、国家和物种的范畴之间。他自动吸收了从不同来源以不同形式收集起来的信息，并将这些信息用于拓展其领域的工作。正如弗洛伊德对于现代人根据定义已然“克服”了的原始思维模式所作的描述：吸血鬼的心智专注于“思想的万能、愿望的即时满足、隐秘的伤害性力量以及死者的复归”（《论暗恐》，第247页）。因此，即便小说、传奇、谣言或疯子的呓语与科学知识和历史事实相悖，也完全无关紧要。在吸血鬼的思维中，它们都成了等量齐观的东西，因此在这部小说里，吸血鬼的思维比常规现实主义或它表面推崇的经验性知识都更为全面。

为了战胜吸血鬼，吸血鬼猎人们必须像他们的猎物那样思考。他们每一个人都必须放弃自治权，因为个人主义只会妨碍这场每个人只为打败敌人而存在的战斗。把隐私、理性和传统道德都忘了吧。吸血鬼猎人们甚至被许可侵入彼此最私密的时刻；如果吸血鬼能进哈克的卧室，那么吸血鬼猎人必须也这么做。重要的是人类繁衍的存续。正如小说暗示的那样，当它赋予哈克夫妇的儿子“一个全名”时，米娜解释道，这个名字“包括我们这小小团队中所有男子的名字”（第485页；中译本第378页）。幸亏孩子的母亲需要输血，而共同体又愿意提供，这个孩子吸收了小说中所有男性角色的血液，他的出生标志着小说实现了其目标：推动人类向吸血鬼开战。小哈克的确改 131
变了个体和未来公民的构成，同时维持着一种幻觉，即他仍然是有能力在单一躯体内综合一切差异的“普遍人类”（universal human）。然而，关键在于，米娜不再容纳通过德拉库拉的血液获取的那份意识。

她一直有一种能读懂他人心思的天赋，是最早察觉到共同体成员正在被某些经过身体侵入心智的东西所控制的人之一。她的转录工作使得这群科学家和商人能像吸血鬼那样思考。但最终需要吸血鬼的咬噬来放大米娜的感性，以便于这一群原本平庸的男人有能力在他的巢穴捕获他。事实上，正如范海辛谈及米娜时所说的，“她具有男人的头脑——如果一个男人非常具有天赋，他会拥有那样的头脑——和女人的心灵”（第302

页；中译本第239页）。然而，随着她感染的加剧，她的男性同伴们开始意识到，如果她直接共享了吸血鬼的思想，那么他很可能也在直接共享她的思想，并且通过感性渠道获取他们的计划。他们得出结论，她不再能“参加我们的会议了，只要接受我们的保护就行”（第416页；中译本第324页）。她和德拉库拉共享并传递给他的竞争者的那种思维，随着她受到感染而彻底消失了。

帮米娜摆脱掉吸血鬼痕迹的治疗方法比消灭吸血鬼更加复杂、神秘且耗时，我认为，我们可以视之为斯托克的一种方式——他既承认又压制了一个事实：他的女主角比她的男性同伴们更早以吸血鬼的方式思考。通过重复信息，她使她的男性同伴有可能从他们原本忽视的来源获得信息。通过综合这些信息，她为他们提供了关于其消长变化的知识。但她必须停止充当他们的媒介，为的是让这些男人不仅像吸血鬼那样思考，还能将这种思考视为他们自己的，以此来证明男性对竞争对手的掌控。不必介意需要通过重复来终结重复的暴政，也不必在意为米娜成为母亲做准备的净化仪式，这样的做法虽压制了她孩子的混杂性，但并未使之减少。在繁衍能力得到恢复之前，她以群体方式思考的能力必须被切断，她的手稿也被剥夺了权威性。标志着女主角的成功仅仅是她的生物繁衍能力。由于她用打字机打出来的文字不是她自己的，而是来自各种其他来
132 源，包括书面的、口头的，以及由不同人在一系列文件中制定下

来的内容，这些人中甚至包括德拉库拉自己，所以，最终成形的手稿不是任何人的故事。它放弃了渐进叙事的树形逻辑，转而详述吸血鬼身体根茎般的聚集和收缩。正如若干年后她丈夫回忆的那样："我从保险箱里拿出了那些日记，自从我们七年前回来后，这些日记就一直保存在保险箱里。在构成这份记录的一大堆材料中，竟然没有一份权威的文件，这让我们很吃惊。全都是打字机打出来的混乱记录。"（第486页；中译本第378页）由此，小说将自身视为一种拼凑物，是缺乏可辨识的人类来源的重复产物。尽管如此，小说最后以乔纳森·哈克对重复（以米娜的手稿为形式）的否认以及对繁衍（以她的婴儿为形式）的赞颂告终，这将《德拉库拉》重新定义为一种尝试：捍卫传统和个人主义，对抗为使个人主义适应新的历史时刻所需的多元发生论思维。

有差异的再生产

在19世纪的最后十年间，公众关注的焦点从人口过剩问题转向退化的问题，这标志着新型专家阶层的兴起。[1]与所谓中产阶级的旧式代表不同，这一新兴阶层并非由个体工匠、店主、投

1　参见尼古拉斯·戴利：《现代主义、罗曼司与世纪末》中对德拉库拉和专业化兴起之间关系的详细讨论，第30—53页。

资者或农民构成。形成这一群体的是那些受到资本雇佣的人，旨在巩固资本对大不列颠内部的传统无产阶级和流动工人以及整个帝国内受养人口中统治精英的文化霸权。直到将自身特定的民族实践确立为英国文化本身的实践时，现代中产阶级的地位才稳固下来。如果说，这个新的专家和专业人士群体的权威依赖的是将实践标准化并贯彻的能力，那么其权威自然会随着资本的增长而增强。这种权威还会随着它所服务的日益壮大的富足人群所引发的焦虑感而成正比地增强。

《德拉库拉》记录了一种专家文化的兴起，书中一群原本平庸的男性组成了混杂的“一伙人”，他们承担了小说中被识别为“女性化的”并属于中产阶级女性领域的大部分（即便不是全
133 部）文化职能。[1]这些文化职能包括保障顺利分娩的医学知识、教育、情绪调节、家庭管理以及沟通的各个方面——换而言之，现代中产阶级繁衍所必需的知识。通过这种方式，小说清晰表明，中产阶级女性的优越女性气质不再能对她们周围的人的性行为起到足够的示范和约束作用。在那些看似最合格的年轻女性中，歇斯底里症明显流行，这不仅让弗洛伊德，也让通俗小说家意识到，马尔萨斯一度认为有希望抑制性繁衍的品位和修养，都已经走向极端。由于对自身内心的欲望迹象感到恐惧，

1　阿妮塔·列维（Anita Levy）：《性别化劳工、女性作家和多萝西·理查逊》（“Gendered Labor, the Woman Writer, and Dorothy Richardson”），《小说》第25期（1991年），第50—71页。

品位高雅、情感细腻的女性对男性身上的欲望迹象同样产生了恐惧的反应。反过来，受过教育的男性对于彼此似乎更感兴趣，甚于与有品位、有情调的年轻女性相伴。通俗小说表达了这样一种忧虑：随着欲望的衰退，中产阶级的身体丧失了传统的强健，而与此同时，下层社会的人口数量却在持续增长。写于这一时期的文学作品在这方面观点一致。

维多利亚时代晚期的想象力彻底抛弃了马尔萨斯试图在《人口原理》中复现的焦虑。帝国衰落和人类退化这双重迷思阴影般笼罩着19世纪末，而书写这些迷思的作家和知识分子是在《政治经济学原理》的困境中开展工作的。书中，马尔萨斯提出，过剩的生产将反噬自身，并造成欲望的逐渐萎缩。然而，考虑到这些作者和知识分子已经巩固为一个专家及专业人士阶层，我们需要问，他们仅仅是在回应那个以一系列异常表象和行为著称的世纪末吗？还是说，他们制造了那些焦虑，而那些焦虑最终演变为中产阶级症状：繁衍能力不断下降，男性变得过于粗鲁，女性则因为过于敏感无法婚配？

我认为，有一点很重要：我们需要承认，现代男性气质还挪用了另一项特征——而这项特征所属的性别，其在现代文化中的精神内核与社会功能正被男性气质所篡夺。这一新兴群体把自身作为文化资本生产者的权力描述为对于前一代强悍个体的完全依赖——那一代人单凭资本本身就掌控了权力。值得注意的是，在斯托克的小说中，后一类角色唯独由坚定的美

国资本家昆西·莫里斯来代表，斯托克让他在同吸血鬼短兵相
134 接的战斗中丧生。哈克夫妇为他们的孩子起名昆西，不是为了赞颂这位资本家的攻击性，而是为了埋葬他、纪念他；这一群体获得的身份认同并非作为资本主义商人的依附者，而是作为一个以知识保障英国母性安全的群体。要实现这一点，正如我解释的，其群体成员必须篡夺米娜作为信息采集者、分类者、综合者和传播者的角色。在如此修正中产阶级男性气质的过程中，《德拉库拉》像《她》一样明确表明，个人实际上并非从自身内部发展而来，并追逐他们与生俱来且被社会认可的对客体的欲望。相反，他们演绎了一段乐谱，或上演了一出情节剧，并没有以现代个体的繁衍为目标。

从一开始，小说就受到指责，认为它在对世界缺乏了解的女性头脑中植入了想法，这些想法足以使她们成为男性不称职的伴侣和孩子不合格的母亲。虽然我怀疑绝大多数受过教育的人会认为，小说如同吸血鬼一般，真的会改变享用它们的个体——至少如果那个个体受过教育的话，他们不会这么想，但事实上，我们的文化的确依然认为，即使是对世界高度虚构的描述，也可能扭曲公众关于自身和现实之间关系的理解。因此，审查制度的问题，或者说我们不应该听什么、看什么、读什么的问题，随着暴力的展现、性滥交或对家庭和政府的无视而出现。引诱或毒害——坏情人、坏食物、毒品或疾病——这些意象持续描绘着接触不被许可的文化生产所带来的危险。维

多利亚时代的主流小说将个人野心和欲望采取反社会形式并选择错误客体时产生的困难视为源自个体内部的问题，需要通过教育、升华和自我约束来解决。与此对照的是，罗曼司认为这一问题源自个人之外的世界，在这个世界中，别无选择，要么归属于西方定义的人类共同体，要么变成怪物，最终走向毁灭。

与此同时，诸如《她》《德拉库拉》《道林·格雷的画像》《黑暗之心》《螺丝在拧紧》(仅列举几个公认的切题的例子) 等风格迥异的小说都表明，小说不得不想象那些非自然和异常的事物，以此来维系规范性主体，并让读者渴望化身为这样的主体。我的意思是，小说必须超出个人主义的范围展开思考，为的是把某些个人主义的过度行为判定为不可想象之物。19世纪晚期的罗曼司正是这么做的。它提供了不可想象的东西，允许读 135
者追求那些并非源自他们自身的可能性，因为那些可能性单纯且明确存在于文学之中。我们依然乐见于具有破坏性的创造力，这种创造力暂时推翻了现实主义准则，为的是揭示出，现实主义的限度就是个人主义本身的限度。然而，正如我将在结论章中提出的，这类虚构将逃离个人主义限制的快感与人性的丧失等同起来，这一事实最终迫使我们不顾一切捍卫个人主义。就这方面而言，我们与那赋予现代个人以形式并持续保卫它、更新它的文类达成了一致。

第五章　必要的哥特

137　乌托邦式的思考，意味着去想象，那被称为“现代个人”的不知餍足的存在如何可能获得自我完善和自我满足的手段。一种观念上的反向运动总是伴随着这样的乌托邦想象，因为我们必须立刻制订措施来遏制该个人的自私过度行为，以免侵犯他人的权利。比如，当我们鼓吹言论自由的时候，这不正是我们所面对的两难之境吗？一旦我们想象自由表达的可能性，就立刻感到必须对言语有所约束——当它转变为仇恨言论、允许电话销售员侵犯我们晚餐时光的神圣，或者把淫秽材料交到孩子们颤抖的手中时。经济理论体现了同样的悖论：它坚持资本主义应按照自身规律运作，继而又急于将这些规律界定为要么是自我调节的，要么需要外部调控以使供需相匹配。类似地，支持性的自由表达的论点也用譬如“在家庭的私密环境下”和“在两个成年人之间”这些限定语来限制其应用范围。本书通篇关心的是这样一个问题：人们在什么时候以及通过何种文化手段，逐渐被软性植入这种强迫性思维——以不断扩展个人实现可能性的角度想象未来，但唯一的目的似乎只是为了让人们害怕这类可能性，并对其加以限制。

我已把这一普遍存在的文化悖论和维多利亚时期小说形 138
式的变化联系起来，正是这一变化培育了人们巨大的期望。这类小说邀请我们去想象更美好的世界，然后将这些愿望变得苦涩，让我们宁愿选择当下这个充满社会不平等的现实。实际上，我最喜欢的那些小说把无限包容以及人类可完善性的幻想转化为希望破灭和自我满足的畸形形式的场景，这种转化以一种规律性反复出现，让我意识到这正是重点所在。维多利亚时代的小说设法说服我们，局部满足要好过社会替代性选择，后者沉溺于人类对欲望永不满足的渴求。但就像现实主义的大多数定义那样，我刚提出的模式在逻辑上过于松散，在术语上又过于接近它试图描述的悖论。

为了展示这一悖论在维多利亚时代读者的文化思想中实际引发的奇特转变，以及它至今依然对我们施加的修辞影响力，我将采取两种批评策略。首先，我想从这一悖论的形式及其得失入手，因为新近女性主义理论从维多利亚时期的小说中挪用了某些叙事策略，并用它们来主张新的阅读方法和更具包容性的文学正典。可以这样理解：女性主义理论影响下的解读试图让受过良好教育的人更容易想象出一个更为多元化的大学教师群体，以及一个更为民主化的社会环境。娜奥米·肖尔 (Naomi Schor) 提醒我们，女性主义在学术界对权力的质问表达了一种“或许是乌托邦式的渴望，渴望一所不同的大学，一所充满差异的大学”[1]。我认为，维多利亚小说为展开这一论述提供了契机和素材，因为，近期女性主义批评与维多利亚时代小说家们曾经追求的目标几乎相同。鉴于女性主义在文学学科内获得的成功并未使其比维多利亚时期的小说更易于做到以下这点：在想象拓展自我表达的手段的同时不限制这些可能性。那么，探究为何小说和女性主义均未能超越这一悖论，应当是颇有助益的。如果这一连串质询得以成功，我们将会了解到，维多利亚文化的这一特征是如何持续影响着我们的政治思维的。在指出女性主义和维多利亚小说在这方面的共通之处后，我想要尝试逆转伴随现代乌托邦思想发生的批判性暗流，并思考：如果我们认
139 同吸血鬼对于旨在维护国家、家庭和个人自治权的现实主义之限度的拒斥，那么，对《德拉库拉》的解读在政治上会把我们引向何方。

1　娜奥米·肖尔：《法国研究》(“The Writing of French Studies”)，收于《坏客体：流行与非流行文集》(*Bad Objects: Essays Popular and Unpopular*)(杜罕，北卡罗来纳：杜克大学出版社，1995年版)，第72页。

女性缺什么

直至20世纪80年代女性主义成为小说研究的重要力量之前，学者和批评家们基本上都是以小说本身的角度来解读小说的。所谓“从小说本身来解读”，我指的是识别主人公身上的缺失，而这缺失是主人公必须克服的。一旦主人公获得了那缺失的要素——就像鲁滨孙·克鲁索得到了土地，汤姆·琼斯得到了祖产，或者爱德华·威弗莱得到了英国身份——这个个体就能克服阻碍他提升生活地位的障碍，在共同体之内得到认可，并最终让共同体的秩序和活力得到更新。主人公的缺失定义了魔法要素——既在促进社会赋权的同时让自我实现成为可能，又创造出感知到社会认可的缺失并期望看到弥补的读者。如此界定自我实现，无异于要求现行社会秩序发生天翻地覆的剧变。纳入帕梅拉·安德鲁斯、汤姆·琼斯、范妮·普莱斯或是简·爱这样的人物，所引发的微小冲击为那些怀揣着活力、才智和欲望的个体打开了想象的大门，使他们得以占据原本将其拒之门外的社会位置。我认为，当作者赋予一种愿望以叙事形式——这种愿望希冀着一套足够灵活、能容纳个人主义的社会秩序，这个时候，小说就诞生了。

女性主义文学理论对于阅读英国小说的方法进行了迅速有效的干预，塑造出一种愿意思考女主人公缺少什么以及这种缺失如何得以纠正的读者。女性主义者从能动性角度确认了女性的缺失，通常指的是诸如财产和世袭祖产这类让男性有能力实现某种社会变革的东西，无论这种变革是局部的还是暂时的。但是，这些批评家虽然从小说中得到启发，却极少从财产或地位的角度为这种缺失寻求男性化的补救措施。相反，女性主义者将一种特定的言语表达确立为获得权威的前提。从笛福到弗吉尼亚·伍尔芙的小说都表明，具有作者性质的女主人公必须首先将自身再现为一个理性、始终如一、持之以恒且足智多谋的人，然后才能反驳某种形式的偏见，去做偏见不允许她完成的事，并因拓展可接受的女性行为界限而在一个看似进
140 步的共同体内获得认可。这一举措说服了一代读者，使他们相信，获得发言权（即接触印刷品的机会，或可称为文化能动性）可以弥补传统上向公民赋权的各种财产形式的缺失。[1]

1　卡罗尔·吉利根（Carol Gilligan）的《不同的声音：心理学理论与妇女发展》（*In a Different Voice: Psychological Theory and Women's Development*）（剑桥：哈佛大学出版社，1982年版）对这一小说化手法在现实女性中的应用进行了更具影响力的诠释："正如我们几个世纪以来一直在倾听男人的声音，以及以他们的体验来表明发展理论那样，我们现在也越发地不仅注意到妇女的沉默，而且听出她们讲话时在讲些什么困难。然而，妇女的不同声音体现出关系伦理学的真理，体现出关系和责任之间的联系，以及在联系失败情况下攻击性的起源。人们之所以看不到妇女生活不同的现实，之所以听不出她们的不同声音，一方面是根源于这种假定，即只存在着一种社会体验和解释方式。通过提出两种不同的方式，我们更为复杂地再现了人们的体验，这种体验看到男女生活中分离和依恋的真理性，认识到这些真理如何通过不同的语言和思考方式来获得。"（第173—174页；[译者注] 中译见肖巍译：《不同的声音：心理学理论与妇女发展》[北京：中央编译出版社，1999年版]，第187页）

例如，桑德拉·吉尔伯特（Sandra Gilbert）和苏珊·古芭（Susan Gubar）的开创性研究《阁楼上的疯女人》一书要求我们这样阅读女作家的小说：把这些小说看作作家通过虚构代理人之口，为自己在经济和政治方面的缺失寻求补偿的方式。两位作者声称，“这种反叛的冲动投射到……疯女人或怪物般的女人身上……女性作者们戏剧性地呈现了自己身上……表现出既想接受父权制社会的严苛批判又有意抵制和拒绝它的双重渴望。这一点意味着……女性作家创作的文学作品中的疯女人……某种意义上是**作者的**重影或替身，表达了作者自己的焦虑和愤怒的形象”。[1]在这一模式的引导下，读者能感受到作者/主人公的缺失，但拒绝将其接受为她仅仅因为身为女性而产生的缺乏。比如简·爱，读者将其政治能动性的缺失投射到一个疯女人身上，这个疯女人演绎着每个女性在男性文化中因依附和禁锢而产生的愤怒。但随着小说将行动从女主人公身上剥离，并将其移置到一个被贬低的替代者身上时，很难不注意到，言语行为本身获得了一种优于行动的权力，最终，这种权力不仅向勃朗特的叙事者和她本人授权，还授权了那些将勃朗特的缺失与她们自身作为男性主义学科成员所感到的缺失等同起

---

1 桑德拉·吉尔伯特和苏珊·古芭：《阁楼上的疯女人：女性作家与19世纪文学想象》（*The Madwoman in the Attic: The Woman Writer and the Nineteenth-Century Literary Imagination*）（纽黑文：耶鲁大学出版社，1979年版），第78页。[译者注] 中译见杨莉馨译：《阁楼上的疯女人：女性作家与19世纪文学想象》（上海：世纪文景/上海人民出版社，2015年版），第100页。

来的批评家们。通过把造成这一缺失的责任从女性的自然属性转移到男性保留权力和特权的文化制度上，女性主义显然朝着正确的方向迈出了一步。

20世纪80年代，这种阅读方法改变了英美课堂中被阅读和教授的具体小说，也改变了个人和国家之间那种促使读者认同主人公的想象性关系。女性主义批评家开始用丹尼尔·笛福的《摩尔·弗兰德斯》来代替《鲁滨孙漂流记》，用塞缪尔·理查逊的《帕梅拉》代替亨利·菲尔丁的《汤姆·琼斯》，用简·奥斯丁的《爱玛》代替瓦尔特·司各特的《威弗莱》。然而，由于女性主义所定义的**文化**权威依靠的是**政治**权威的缺乏，这一论点给新一代女性主义者留下了艰巨任务：如何在不丧失因政治权威的缺失而获得的修辞能力的前提下克服这一缺失。温迪·布朗 (Wendy Brown) 把这一两难困境解释成尼采所谓的**怨
141 恨** (ressentiment)，即主张由于权力腐蚀真理并危及道德权威，因此那些没有权力的人反而最有资格发声。按照这个逻辑，为了从缺少权力的位置迈向拥有权力的位置，女性主义将不得不放弃作为其赖以占据道德高地的基础的权力缺失或伤害，并探索替代性的伦理可能。[1]解决方案在于将发言权 (即文化权力) 与政治重新相连。20世纪80年代末期及90年代的女性主义学

1　温迪·布朗：《伤害的状态：晚期现代性的权力和自由》（*States of Injury: Power and Freedom in Late Modernity*）（普林斯顿：普林斯顿大学出版社，1995年版），第45页。

者(包括我自己)不再声称男性拥有女性所缺失的东西并利用这种权力阻止女性获得它，而是把女性差异本身视作一种积极的权威来源，尽管这种权威与男性保留的权威不同。[1]另一些人则认为，女性被排除在公共领域之外，这反而让女作家们有可能发展出新颖有趣的方式来展现心理的广度和细腻。[2]不久以后，还有人注意到，18世纪的小说把女性作为情感的源泉，这些情感在一个感性共同体中将人与人联合起来，否则，攫取型个人主义会让这些个体分崩离析。[3]因此，20世纪90年代，文学批

1　参见南希·阿姆斯特朗：《欲望和家庭小说：小说的政治史》(*Desire and Domestic Fiction: A Political History of the Novel*)(纽约：牛津大学出版社，1987年版)；凯西·N. 戴维森(Cathy N. Davidson)：《革命和词汇：美国小说的兴起》(*Revolution and the Word: The Rise of the Novel in America*)(纽约：牛津大学出版社，1986年版)；桃瑞丝·萨默斯 (Doris Sommers)《基础小说：拉丁美洲的民族罗曼司》(*Foundational Fictions: The National Romances of Latin America*)(伯克利：加州大学出版社，1991年版)。

2　参见肖珊娜·费尔曼 (Shoshana Felman) 编：《文学和精神分析：其他方面的阅读问题》(*Literature and Psychoanalysis: The Question of Reading, Otherwise*)(巴尔的摩：约翰·霍普金斯大学出版社，1986年版)；娜奥米·肖尔：《打破锁链：女性，理论以及法国现实主义小说》(*Breaking the Chain: Women, Theory, and French Realist Fiction*)(纽约：哥伦比亚大学出版社，1985年版)。

3　参见珍妮特·M. 托德 (Janet M. Todd)：《感性入门》(*Sensibility: An Introduction*)(伦敦：梅休因出版社，1986年版)；克劳迪娅·约翰逊 (Claudia Johnson)：《模棱两可的众生：18世纪90年代的政治、性别与多愁善感》(*Equivocal Beings: Politics, Gender, and Sentimentality in the 1790s*)(芝加哥：芝加哥大学出版社，1995年版)；简·汤普金斯 (Jane Tompkins)：《感觉的设计：美国小说的文化成果，1790—1860》(*Sensational Designs: The Cultural Work of American Fiction, 1790–1860*)(纽约：牛津大学出版社，1985年版)；雪莉·塞缪尔 (Shirley Samuel) 编：《情感的文化：19世纪美国的种族、性别与多愁善感》(*The Culture of Sentiment: Race, Gender, and Sentimentality in Nineteenth Century America*)(纽约：牛津大学出版社，1992年版)；茱莉亚·A. 斯特恩(转下页)

评将感伤小说视为一个更具包容性的国家、增强的阶级流动性和美学创新的想象温床。

朱迪斯·巴特勒所著《性别麻烦》(*Gender Trouble*) 的出版，同时验证和推翻了这样一个前提，即发言权可以弥补女性缺失而男性天然拥有的政治权力形式。[1]福柯式的历史主义严重瓦解了性别的自然性，将女性和男性置于同一个文化竞技场上，而巴特勒提出，身份不过是一种表演，这一观点有效扭转了无标记术语（即普遍的男性气质）的首要地位。巴特勒把有标记或被排斥的术语——女性、酷儿，乃至变装皇后——转化为包括“直男”在内的所有身份的范本。她著名的表述是这样的：“在同性恋语境里所谓异性恋惯例的‘在场’(presence)，以及独特的同志性差异话语的增衍……不能把它们解释为对原来的异性恋身份的一种异想天开的再现……在非异性恋的框架里对异性恋构建的复制，凸显了所谓异性恋真品 (original) 在本质上全然是建构的。因此，同性恋之于异

（接上页）(Julia A. Stern)：《感情的困境：早期美国小说中的同情与分歧》(*The Plight of Feeling: Sympathy and Dissent in the Early American Novel*)（芝加哥：芝加哥大学出版社，1997年版）；伊丽莎白·巴恩斯 (Elizabeth Barnes)：《同情的状态：美国小说里的引诱与民主》(*States of Sympathy: Seduction and Democracy in the American Novel*)（纽约：哥伦比亚大学出版社，1997年版）。

1 《性别麻烦：女性主义与身份的颠覆》（纽约：劳特利奇出版社，1990年版）中，朱迪斯·巴特勒拆解了“能动性”这一谬误，即认为行动背后必有存在者的假设。她主张：“在性别表达的背后没有性别身份；身份是由被认为是它的结果的那些‘表达’，通过操演所建构的。”（第25页；[译者注] 中译见宋素凤译《性别麻烦：女性主义与身份的颠覆》[上海：上海三联书店，2009年版]，第34页）

性恋，并非复制品对真品，而是复制品对复制品的关系。”[1]依照巴特勒的模型，个人一开始是多种可能性的混合体，在其表演行为中放弃女性或男性特质，分别成为“男性的”或“女性的”，从而形成性别身份。男性气质的缺失既是女性从文化中 142
获得的东西，也是她们身份认同的基础。获得这样的认同不是一夜间的心血来潮，而是对重复表演的终身承诺。借助这一模式，我们可以把小说理解成一种文化手段，它不仅使身份范畴自然化、污名化并不断更新这些范畴，而且还为个人表演设置了标准：主人公必须重复什么样的表演？又必须抛弃什么样的表演？哪些对身份范畴的违规是女主角能够逃脱惩罚的，哪些又是她必须避免的，因为它们与她的本性格格不入？小说本应向我们展示：内在性来自外部源头（即写作）；长期的重复表演对我们文化中关于性别差异的标准产生重大影响。基于“表演产生身份认同”这一理解（就我的目的而言，表演指小说），女性主义可能早已劫夺了某些叙事策略并对其进行重构，从而想象 种秩序，这种秩序的权威性并非源于对财产权主张的回应，而是取决于它对那些被剥夺公民权的依附群体的需求和欲望的回应。那么让我们想一想，是什么阻碍了我们这样做。

---

1 《特别麻烦：女性主义与身份的颠覆》（纽约：劳特利奇出版社，1990年版），第31页；[译者注] 中译本见前揭书，第43—44页。

虚假乌托邦之母

就我看来，评论家和学者们在重拾女性气质中较为柔软一面的过程中，重演了欧洲小说史上被称为“向内转”的事件。格奥尔格·卢卡奇认为，1848年前后，小说开始放弃想象一个更灵活、更具包容性的社会秩序的尝试。[1]19世纪中叶以后，即使像狄更斯和福楼拜这样顶尖的小说家，也并非通过社会关系的某些微小转变，而是通过内心的转变、过度的感伤主义、遁入异国情调和家庭生活的愉悦来填补他们所定义的社会环境中的缺失。赫伯特·马尔库塞 (Herbert Marcuse) 对这一时刻的分析将卢卡奇的失望置于有益的历史视角之中。在《论文化的肯定性特征》(“The Affirmative Character of Culture”) 一文中，马尔库塞把小说的向内转时刻形容为现代文化的一次断裂，这一断裂导致心灵和精神的理想领域同文化的其余部分分离。他主张，这一新领域的决定性特征在于“一个具有普遍约束力的，永远更美好、更有价值的世界，它必须被无条件肯定：这个世界与

1　在《欧洲现实主义研究》(*Studies in European Realism*)（伊迪丝·波恩 [Edith Bone] 译，纽约：格罗塞特&邓拉普出版社，1964年）的序言中，卢卡奇赋予现实主义神圣职责，认为它维系了“作为私人个体的人和作为社会存在、共同体成员的人之间有机、牢固的关联性”（第8页）。在《历史小说》（汉娜·米契尔 [Hannah Mitchell] 和斯坦利·米契尔译，林肯：内布拉斯加大学出版社，1983年版，第171—250页）中，卢卡奇指出，小说在1848年前后便已背离这一原则，甚至早于现实主义在英国和美国达到鼎盛时期之前。

日常为生存斗争的事实世界之间有本质上的不同，但又是可实现的，靠的是每个人‘从内心’为自己实现，而无需改变事实状态本身”。[1]马尔库塞认为，把物质满足移置到纯粹的文化层面上，是一种针对经济不平等问题的自由主义解决方案。其理念是：每个人有责任从自身内部寻求情感、精神或美学上的补偿，来弥补他/她在物质层面可能缺失的任何形式的满足。马尔库塞对“向内转”的阐述也在很大程度上解释了乌托邦想象是如何被一种虚伪的对应物所纠缠，这种对应物以前资本主义共同体的怀旧式重生为形式，而这些共同体显然无力改变由现实主义定义的世界。如他所解释的：“一个更高的世界、超越物质存在的高层次的善的真理”实则成为一种掩饰——掩饰了“一种更好的物质生活”实际上可能被实现的这一真相。[2]

小说这样演绎了属于自身的“向内转”版本：它借用一种具有阶级特性的家庭模式，取代了公民社会作为个体赖以得到照顾和保护的集体这一理想。这么一来，小说就把家庭塑造为想象社会关系的典范。二十多年前，南希·霍多罗夫 (Nancy Chodorow) 阐明了这一独特机制——确切地说，是资本主义经济的特有机制——如何生产出性别化的个人，每个人在社会阶

1 赫伯特·马尔库塞：《论文化的肯定性特征》，收于杰里米·J. 夏皮罗（Jeremy J. Shapiro）译：《否定：批评理论文集》（*Negations: Essays in Critical Theory*）（波士顿：灯塔出版社，1968年版），第95页。

2 同上，第121页。

层特质方面彼此区别，而阶层多多少少是由母亲决定的。[1]经过如此构想的家庭作为询唤（interpellation）的主要手段——通过重复遵守或偏离家庭规范的行为，我们持续进行自身个体化的过程；不仅如此，现代家庭还为人们遵守这些规范提供了相应的奖励。这类家庭基于外婚制（exogamy）原则形成并延续自身，它迫使我们在母系家庭之外寻找伴侣，和对方一起繁衍出酷似母系家庭的东西，结果是：家庭形态看起来既自然又人人可拥有。[2]

《简·爱》结尾处共同体的形成凝结了我所设想的文化历史进程："所以，我的爱德华和我都很快活，尤其使我们快活的是，我们最爱的人同样也都快活。黛安娜·里弗斯和玛丽·里

1 南希·霍多罗夫：《母性的再生产：精神分析和性别的社会学》（*The Reproduction of Mothering: Psychoanalysis and the Sociology of Gender*）（伯克利：加州大学出版社，1978年版）。

2 近年来，随着同性恋或"自主选择"家庭的公开组建以及新型繁衍技术的出现，基于异性伴侣及其生物学后代所形成的亲属关系之纯粹自然性正面临日益增多的挑战。相关研究可参见凯丝·威斯顿（Kath Weston）：《永远是很久的：同性恋亲属意识形态中的真实浪漫化》（"Forever is a Long Time: Romancing the Real in Gay Kinship Ideologies"），收于西尔维亚·亚娜基萨科（Sylvia Yanagisako）和卡罗尔·德兰尼（Carol Delaney）编：《权力的自然化：女性主义文化分析文集》（*Naturalizing Power: Essays in Feminist Cultural Analysis*）（纽约：劳特利奇出版社，1995年版），第87—110页；海伦娜·拉贡（Helena Ragoné）：《无可置疑的动机》（"Incontestable Motivations"）；以及科琳娜·P. 海顿（Corinne P. Hayden）：《千禧年的生物多样性样本集》（"A Biodiversity Sampler for the Millennium"），收于莎拉·富兰克林（Sarah Franklin）和海伦娜·拉贡（Helena Ragoné）编：《繁衍中的繁衍：亲属关系、权力和技术创新》（*Reproducing Reproduction: Kinship, Power, and Technological Innovation*）（费城：宾夕法尼亚大学出版社，1998年版），分别是第118—131页及第173—205页。

弗斯都结了婚；我们一年一次轮流：这一年她们来看我们，下一年我们去看她们。黛安娜的丈夫是一个海军上校；他是个英勇的军官，也是个善良的人。玛丽的丈夫是一个牧师，是她哥哥在大学里的朋友；从他的造诣和品行来说，是配得上这门亲事的。”[1]夏洛蒂·勃朗特为什么要费尽心思刻画那些几乎无 144
法和女主人公的家庭相区别的家庭之间的差异，其原因显而易见。她让主人公把一个新社会的形成描述为私人领域的再生产，而私人领域的再生产，是通过一系列模仿并以简和罗切斯特的婚姻为标准的联姻来实现的。勃朗特甚至没有试图从主人公在小说进程中遭遇的异质性人群里组装出这一社会理想。相反，她从简的血亲——表姐玛丽和戴安娜——入手，进而暗示公民社会是由这些女人认为"值得嫁"的男人构成的。这部小说最终呈现给我们的，是一个以家庭为单位逐步革新的社会秩序——直到所有其他形式的亲属关系都被放逐到殖民地或天主教欧洲为止。在《简·爱》缓慢而坚定地流放或抹杀那些敢于以替代性生活方式存在的人物的过程中，它将一种基于夫妻及其生物学后代的极端受限的亲属关系观念普遍化了。[2]在

1 夏洛蒂·勃朗特：《简·爱》（纽约：企鹅出版社，2003年版），第501页；[译者注] 中译见祝庆英译：《简·爱》（上海：上海译文出版社，1980年版），第595页。

2 多位人类学家将亲属关系被窄化为这种严格的血缘观念归功于达尔文。参见，例如吉尔伯特·赫德（Gilbert Herdt）：《导言：第三性和第三性别》（"Introduction: Third Sexes and Third Genders"），收于吉尔伯特·赫德编：《第三性，第三性别：超越文化和历史中的性二元论》(*Third Sex, Third Gender: Beyond Sexual Dimorphism in Culture and History*)（纽约：雷恩出版社，1994年版），第28—32（转下页）

这方面，小说预示了19世纪英国小说自身形式发展的未来走向。奥斯丁之后，典范主人公绝少成长为公民社会的成员。以狄更斯笔下的男主角为例，他们进入一个家庭，而这个家庭取代了此前他成功周旋其中的复杂多变的社会环境的一切表象。此时，小说为他的幸福设下的限制奇迹般消失了，随之消失的还有一个事实，即这样的幸福是社会规则的例外。正是通过这一举措的无数次重复，一个阶级将其自身的民族实践确立为国家标准，并确保这些实践在后代中得以再生产。

如果说，正是在这一文化历史层面上，家庭充当了小说取消其民主使命并把性别化的劳动分工和政治权威自然化的机制，那么，女性主义理论和批评为何未能针对这种文学行为展开持续性批判？除非我们能够挑战文学层面的既成事实，否则从政治角度而言，我们还能有什么机会呢？诚然，在女性主义运动的历史进程中，已经产生了一些重要的反家庭主义范例。但若以严格的批评眼光审视，大多数此类政治批判最终都会以另一种家庭模式来取代由异性恋一夫一妻制夫妇及其后代组成的家庭，而事实上，这种新家庭模式几乎无法改变国家向其民众分配商品及服务的方式。[1]朱迪斯·巴特勒在一篇关于同

（接上页）页；海顿：《生物多样性样本集》，第177页。我认为，同时期的小说比科学更甚地将理论转化为实践，小说采纳了所谓生活事实的象征秩序，并将其重塑为形形色色的个人命运，这些命运的成功正是通过婚姻与生物繁衍得以实现。

1　在《利润与愉悦：性认同和晚期资本主义》（*Profit and Pleasure: Sexual Identity and Late Capitalism*）（纽约：劳特利奇出版社，2000年版）一书中，（转下页）

性婚姻的文章里直面了这一问题，文中，就将家庭合法性扩展 145
至男女同性恋伴侣的身上是否会威胁或巩固传统婚姻这个问题，她拒绝表态。[1]我认为，这正是霸权形态的运作方式：越轨行为既威胁又维护了被文化定义为“自然”的事物。

被压抑者的回归

一旦小说家用一种局限化而理想化的家庭取代启蒙主义先辈们想象的那种扩张更新的社会，那么任何试图构想不同社会关系模式的人，都不得不首先与“家庭”角力。我认为，维多利亚时代的小说就是这样把现代乌托邦思想逼到了墙角，而后者要么必须提出一个真正能替代现代家庭的选项，要么向读者提供一种改良版的现状。但与此同时，同样是这些小说，把非家庭形式放逐到一个类似于弗洛伊德定义的“暗恐”的领域：

（接上页）罗斯玛丽·汉尼塞（Rosemary Hennessy）同样指出，替代性家庭并未改变一个事实：大部分人口的基本商品和服务仍通过家庭进行分配。此外，正如她所解释的，家庭确保了尽管“更多女性进入劳动力市场，但家庭内的分工并未受到显著影响”（第63页）。“仅从同性恋的权利角度重新定义性取向的家庭伴侣关系和同性婚姻”，对“资本主义在家庭、劳动与消费关系中的历史利害”未加质疑，甚至间接强化了这一点（第67页）。

1 朱迪斯·巴特勒：《亲属关系永远是异性恋的吗？》（“Is Kinship Always Already Heterosexual?”），《差异：女性主义文化研究期刊》第13卷第1期（2002年）：第14—44页。

这个领域通过悬置现实主义与常识在文学和生活中自我彰显，从而破坏我们和现实之间被视为理所应当的关系。我甚至可以说，“暗恐”体验在根本上是集体性的，不仅涉及内外差异的消失，还涉及个人和集合体之间差异的消解。弗洛伊德在关于“暗恐”的文章中致力于把原始人的思维——总是隐含着集体性——与现代个人在被压抑的幻想突然涌现并颠覆他/她赖以理解人、事及其行为的那些范畴时所感受到的不适分离开来。然而，如弗洛伊德所承认的那样，即使在理论层面也几乎不可能保持这种差异。[1]而且我认为，倘若这种差异无法维系，那么“暗恐”特有的幻想就为我们提供了一种理解路径：如果我们没有经历那些使我们转变为现代个人的分离、认同与贱斥的话，我们彼此之间的关系可能是怎样的。正如弗洛伊德在“暗

1 在《论暗恐》（收于詹姆斯·斯特雷奇译：《西格蒙德·弗洛伊德心理学著作全集标准版》［伦敦：贺加斯出版社，1973年版］第17卷）一文中，西格蒙德·弗洛伊德尝试解释现代成年人生活中那些放弃理性、转而用“思想的万能、愿望的即时满足、隐秘的伤害性力量以及死者的复归”来理解自身经历的时刻（第247页）。这些时刻不仅挑战了个体化意识的限制，还揭露了一个事实：这些界限与对全能思维的古老信仰一样，本质上都是文化习得的产物。如他阐释的：“我们——或者说我们的始祖们——曾经相信，这些可能性就是现实，而且确信它们真实发生过。如今我们不再相信这些可能性，我们已经**克服**了这些思维模式；但我们对新信仰并不完全笃定，旧信仰仍存于我们内心，预备利用任何机会证实。一旦生活中**确实发生**某事似乎印证了那些被抛弃的旧信仰，我们就体验到暗恐”（第247—248页）。弗洛伊德提到集体退化的可能性，仿佛只是为了否定这一可能，以便继续论证“两类”暗恐体验“在理论上的重要区别”（第248页）。但他越是试图区分被压抑内容涌现时的感受与唯有古老集体思维模式才能解释世界时的感受，就越削弱了个体内在本质与外部文化之间的差异——直至他承认，其论证“无疑将‘压抑’一词的含义扩展到了合理范围之外”（第249页）。

恐”层面上难以维持个人和群体之间的边界所表明的那样，现代个人首先是集体性的，其次才是个体性的存在，那么，这些个人又是何时以及如何感觉到，如果他们不组成核心家庭的话，他们的生存就会受到威胁？在我看来，问题的根源在于，维多利亚时代的小说向读者呈现了替代性的亲属关系实践，却又戏 146
剧化地证明这些替代性选择会消解性别差异，并制造出怪物。

艾米莉·勃朗特笔下乱伦般相似的凯瑟琳和希刺克厉夫，玛丽·雪莱笔下那单性生殖的怪物，以及罗伯特·路易斯·斯蒂文森 (Robert Louis Stevenson) 笔下内部分裂为哲基尔和海德的哲基尔，均属此列。事实上，这正是19世纪哥特文学的使命：将任何挑战核心家庭的存在形态都转化成一种与现代自我意识极度对立的堕落形式，从而断然否定其存在本身。在维多利亚时代小说的伟大传统中，现代意识被看作一种弥合自我实现和社会许可之间日益扩大的鸿沟的手段，[1]而与罗曼司复兴相关的小说采取了“向外转”的姿态。斯蒂文森没有费心将维多利亚时代的绅士和他的野蛮祖先置于同一发展时间线上——从而更好地正当化西方对其他地区的统治，而是将这些对立转变为一种矛盾。在其1886年的著名小说中，他安排海德先生周

1 在《伟大的传统：乔治·艾略特、亨利·詹姆斯和约瑟夫·康拉德》(*The Great Tradition: George Eliot, Henry James, Joseph Conrad*)（纽约：纽约大学出版社，1967年版）一书中，F.R. 利维斯将康拉德式的情感描述为一种内在分裂的状态——“如此切身体验着孤立意识的紧张与匮乏，又如此深刻地认识到现实的社会性本质，即那种通过某种协作建立并维系的存在”（第209页）。

期性地接管哲基尔医生的身体，占据他在时间坐标中的位置。这个故事证明，尽管海德和哲基尔来自同一本体，却既无法作为一体生存，也不能作为两个独立个体存在。1897年，《德拉库拉》出版，正如上一章中所说，布拉姆·斯托克将一元发生论的逻辑推向了崩溃的临界点。不同于史蒂文森笔下同一本体在全然不同时间维度中的呈现，斯托克小说中的自我与他者作为竞争性人类变体相互对峙，在双方之间达成某种妥协性产物的可能性已不复存在。这是多元发生论的逻辑在起作用，它将“人类作为一个单一家庭，自治、相对自给自足且致力于照料所有成员”的观念渲染成令人恐惧的东西。

吸血鬼的种种行为显然是想象的产物，但它所代表的正是以牺牲人类为代价实现自我繁衍的亲属关系观念。然而，自然繁衍并不是问题的关键。在现代文学中一个较为奇特的卧室场景里，斯托克将吸血鬼造成的威胁从根本上界定为文化性的，因为德拉库拉系统性瓦解了现代家庭中的自然化关系：

> 乔纳森·哈克躺在靠窗一边的床上，涨红着脸，呼吸沉重，似乎处于昏厥之中。面向门口、跪在床边的正是他那穿着白色睡衣的妻子。她身边站着一个又高又瘦的黑色男人。他把脸转在一边，但是当我们看到他的一刹那，都
> 147 认出来那正是伯爵……他用左手握住哈克夫人的双手并向后拉着，他的右手则掐住米娜的后颈，迫使她低着头靠

在他胸前。米娜的白色睡衣上血迹斑斑，一小股血顺着伯爵因撕破外衣而袒露出的赤裸胸膛流下来。[1]

读到这里，我们可以预见一个经典情色场景的展开。但斯托克又加了一句话，目的在于平息所有传统的情色意味："这看起来就像一个孩子正在强迫一只小猫把鼻子伸进盛牛奶的碟子中喝奶一样。"（第363页；中译本第285页）这句话将连接男人和女人、女人和男人的转喻链条转化为一系列隐喻性替代物，由此逆转了规范性欲望的动态关系。

德拉库拉必须把她的双手"往后拉着"，迫使"她低着头靠在他胸前"，这样的事实让我们觉得，某种类似强奸的事情正在发生。她丈夫面色涨红，呼吸沉重，表明他正陷入某种类似性交之后的"恍惚"。哈克夫人跪在德拉库拉面前，她的姿势可能暗示着口交，但事实上，她正在遭受一名男性的母性攻击行为，而这名男性刚刚才享用了她的丈夫。由此，通过篡夺妻子、母亲和情人的位置，德拉库拉剥夺了这些角色在19世纪色情文学中的意义，并让他们受制于另一种力比多经济。这是一个极其夸张的场景：一个月经来潮、胸衣撕裂的男性，一个穿着带血睡衣、受到污染的女性，一个被阉割的父亲，以及一个带阴茎的母

1　布拉姆·斯托克：《德拉库拉》（纽约：企鹅出版社，1993年版），第362—363页，所有引用均来自这一版本，将在文内标注。[译者注] 中译本见前揭书，第284—285页。

亲。在最后一句重新确认这个奇怪男人对一个女人的所作所为与不耐烦的孩子喂小猫之间的差别之前，出现了一个转瞬即逝的意象混乱时刻：强奸犯表现得像一个母亲，情人实则是双性恋，口唇的欢愉占了上风。与近期批评界的主流观点不同，我认为这段文本并非通过性来表现外国人、犹太人、东方人或移民有多不可容忍——这些人的特征都是德拉库拉所具备的。这部小说是借助外国人、犹太人、东方人和移民的形象来把所有对抗家庭的社会群化形式表现得不可容忍。[1]那么，这些亲族关系的反家庭规则是什么，它们又为何如此可怕？

小说以描绘一个理想家庭开篇，以呈现一个纳入了某些吸血鬼特质的家庭收尾。这个家庭从具体地理环境中抽离出来。

1　在《皮肤秀：哥特式恐怖与怪物技术》(*Skin Shows: Gothic Horror and the Technology of Monsters*)（杜罕达勒姆，北卡罗来纳：杜克大学出版社，1995年版），朱迪斯·霍伯斯坦（Judith Halberstam）把德拉库拉的形象和移民、犹太人的形象关联起来："德拉库拉需要'吞噬尽可能多的生命'，其女性化的非阳具性特征，以及驱使他远离家园寻找新鲜血液的漫游癖，都使他带有犹太神经症的所有特征。作为流浪者原型的德拉库拉——'异乡的陌生人'，也反映出当时人们认为无家可归或漂泊无根会破坏国家稳定的观念。"（第98页）。在《维多利亚世纪末的失落小说》(*Fictions of Loss in the Victorian Fin de Siècle*)（剑桥：剑桥大学出版社，1996年版）中，斯蒂芬·阿雷塔（Stephen Arata）这样鉴别逆向殖民的叙事，"问题人物或破坏性人物从帝国边缘崛起，威胁着动荡不安的宗主国中心"（第107页）。阿雷塔认为，《德拉库拉》是一部以怪物形态将帝国行径反照给英国人的叙事作品。在《异己的国家：19世纪哥特小说和英国的民族性》(*Alien Nation: Nineteenth-Century Gothic Fictions and English Nationality*)（费城：宾夕法尼亚大学出版社，1997年版）一书中，坎南·施密特（Cannon Schmidt）从东方主义角度阅读《德拉库拉》，认为斯托克让"东方吸血鬼"威胁到"母系"，目的在于"用单一的西方身份来取代多重民族身份"（第144页）。

乔纳森·哈克是地产掮客，他负责了一桩交易，让德拉库拉有机 148
会侵入英国。他作为父亲养育的混血儿体内流着德拉库拉的血液，还有其他为了对抗米娜体内吸血鬼的血液而给她输血的男人们的血液。这个群体形成了一个一妻多夫制的共同体，共同照料一位平凡的女性以及他们集体的孩子。因此，在这个19世纪末的故事里，家庭依然塑造着共同体。然而，当这个家庭在英国乡村找不到庇护所时，需要一个国际专家共同体来确保其繁衍能力。[1]反过来，这群专家要想履行职能并重振衰退的社会，还缺乏某些必备要素。正如我所指出的，唯有在纳入吸血鬼的某些特征后，这个群体才能克服这种缺失。通过吸收这些残余的文化元素，现代中产阶级适应并经受着不断变化的历史条件。

就我的论点来说，比那些可以被纳入新的、不那么个人主义的统治阶级精神的聚合形式更重要的，是那些难以被归入斯

1　在《繁衍的冲动：通俗小说阅读、性欲和英国民族》（*Reproductive Urges: Popular Novel Reading, Sexuality, and the English Nation*）（费城：宾夕法尼亚大学出版社，1999年版）中，阿妮塔·列维（Anita Levy）抵制对《德拉库拉》进行种族化阅读，转而提出这样的问题："吸血鬼形象使什么成为可能，或是提供了什么便利？"作为回答，她提醒我们"吸血鬼使得……家庭形态的重新配置成为可能，通过专业人士与有读写能力的女性的形象，将文化再生产的劳动与家庭组建及延续的劳作联结在一起。……斯托克笔下中产阶级女性与专业人士特权式联盟的新颖之处在于，文化再生产的智识劳动不再与社会及生物繁衍的母职劳动割裂开来。"（第168页）。在《现代主义、罗曼司和世纪末》（*Modernism, Romance, and the Fin de Siècle*）（剑桥：剑桥大学出版社，1999年版）中，尼古拉斯·戴利把《德拉库拉》解读为"一个新兴专业阶层的起源故事"。小说"把这些新人的出现再现为外部威胁的必然结果，而这一外部威胁继而体现在故事里的女性角色身上。故事结尾，吸血鬼被打败，而专业男性团队活下来了"（第26页）。

托克的神圣家庭的哥特元素。在我关于这类元素的列表中，首当其冲的是女主角的奇特形态，颠覆了早期家庭小说中女主角的构成方式。最初，米娜·哈克是那种生来担当男性助手的次要角色之一。可当她被咬噬后，便占据了中心舞台，成为她周围的男性角色们（一位医生、一位科学家、一位美国资本家，还有一位英国绅士阶层的成员，以及她的丈夫——一位地产经纪人）倾注劳动的焦点和目标。与传统女主角截然不同，米娜掌握着大量信息，这些信息是她从共同体成员那里抄录并为他们综合整理而成。她的综合行为模糊了事实和虚构之间的区分，以及男性和女性劳动之间的差异。因此，正如我所论证的，米娜提供了一种手段，把吸血鬼文化的某些特质传递给了她所在共同体的男性成员。通过吸收并净化现代男性所缺乏的那些特质——共同的欲望客体、集体性思维，等等——她逐渐成为那种缺乏的具身化。为了成为传统意义上的再生产女性（即负责繁衍），她必须停止管理信息，并把文化再生产的工作留给男性。

在将德拉库拉从世界上和自己的身体里清除的过程中，小说消除了依照成瘾原则形成个体认同的可能性，维多利亚时代
149 的医学将成瘾理解为一种能够压倒个体自然欲望的异质性物质对个人心灵和感受力的入侵。[1]在德拉库拉的咒语之下，米娜

1 关于这些理论和《德拉库拉》之间关系的启发性阐释，参见史黛西·马戈利斯（Stacey Margolis）：《上瘾和欲望的终结》（“Addiction and the Ends （转下页）

的欲望来自别处，属于其他人。和家庭小说（这类小说将源自自我内心的欲望同社会地位强加于该个体的限制相对立）截然相反，吸血鬼文化承认一切身份认同在根本上都是文化性的，因此其根源在于外部，尤其是性欲。但就米娜的例子而言，如果说个人欲望不是她自己的，而属于外在于她的其他人，这并不意味着她在践行他人的欲望——倘若整个群体由与她毫无二致的个人构成，就绝非如此。

个体化欲望的终结意味着不再需要小说来保卫共同体免受过度个人主义的侵袭，而根据启蒙时代社会契约论的阐述，这曾是公民社会的主要目标。基于"个体欲望不仅是自然的，而且在人类中过度存在"这一假设，财产观念应运而生：既需要拥有它，也需要保护它。然而，如果每个个体都试图践行所有人的欲望，那么，保护每个个体免受他人侵害的理由就不复存在，公民社会也就无需捍卫家庭的自治权了。[1]同样的逆向

（接上页）of Desire"），收于珍妮特·法雷尔·布罗迪和马克·雷德菲尔德编，《高度焦虑：上瘾的文化研究》（*High Anxieties: Cultural Studies in Addiction*）（伯克利：加州大学出版社，2002年版），第19—37页。

1 这部小说中吸血鬼们奉行即时无节制享乐的法则，唯独一个例外显得格外刻意——这个安排显然是为了让乔纳森·哈克意识到自己即将从食用主体沦为食用对象，从而促使他逃离德拉库拉的城堡。当哈克在德拉库拉门外偷听时，偶然听见这位吸血鬼伯爵发表了一段充满讽刺意味的宣言，竟反常地赞同延迟满足并尊重私有财产："'回去，回去，回到你们自己的地方去！还没轮到你们，继续等，要有耐心！等到明天晚上，明天晚上就是你们的了！'接着门外传来一阵阵轻柔悦耳的笑声。一怒之下，我拉开了房门。看到门外站着那三个可怕的女人，个个都舔着嘴唇。"（第70页；[译者注] 中译本见前揭书，第52页）

逻辑也适用于知识产权。对于专家文化的成员们来说，传阅日记、笔记、书籍、报纸和文件是一回事。这么做只是巩固了一种观念，即这些印刷资料源自某个特定个人头脑中的思想。但知晓某个人在思考时的具体想法则是另一回事，因为这消除了使她成为个人的那些边界。德拉库拉没有个人性，所以他几乎可以模仿任何人，无论男女。通过模仿，他进入他们的内部，知晓他们所知的一切。在容纳他的过程中，他们也反过来了解了他；实际上，他们分享了所有被纳入者的认知。如果群体中的任何成员都可以掌握整个群体的认知，那么专家或作者存在的意义又是什么。在这方面，我们可以说，吸血鬼思维逆转了米娜·哈克原本就倾向于违背的知识劳动的性别化分工。[1]她并非把信息据为已有，而是将其重铸为一种形式，这种形式提供了团队战略性控制战场和建制所必需的全局视野。正如她感受到的欲望那样，米娜产生的想法来自群体，也理应归属于这个群体。

但在小说的描写中，德拉库拉对她心智的渗透并不及他戏
150 剧化地篡夺了哈克夫妇婚床权利的行为那样令人震惊，这一侵

1　在《吸血鬼、木乃伊和自由主义者：布拉姆·斯托克和通俗小说的政治》(*Vampires, Mummies, and Liberals: Bram Stoker and the Politics of Popular Fiction*)（杜罕，北卡罗来纳：杜克大学出版社，1996年版）中，大卫·格洛弗（David Glover）把米娜·哈克称为“双重代理人”，认为小说“暂时让女性顶替了男性的位置”，却最终抛弃了对阴茎女性气质的平等尊重，转而推崇“过度女性化的母性”。（第96—97页）

犯公然消除了性别差异。哺乳男性的形象取消了家庭所维系的男人、女人和儿童之间的范畴性区隔，而这一取消正是由吸血鬼那充满需求、吞噬一切却又在授精的嘴呈现并造成的。嘴这一器官为斯托克提供了挑战家庭和公民社会之间天然差异的手段——前者被视作女性天性的表达，后者则被归为男性天性的体现。温迪·布朗分析了现代文化赋予公共领域和私人领域间性别化差异的象征性权重，她的分析让我们了解到，除了性别之外，男女差异还牵涉到诸多利害关系。她解释道："自治的自由主义主体是一种幻想出来的存在，它诞生并完全存在于公民社会的领域内，却否认那些从家庭隔绝空间内维系着它在公民社会中的生存的关系、活动和主体。但这一存在不仅是幻想性的，而且最终是依赖性的：这位'自治的'主体依赖于［其依附者］为了情感和物质上获得供养而做出的服从。"[1]德拉库拉的咬噬可能会抵消差异原则——这一原则不可避免地让一个有标记术语从属于一个看似普遍性的术语，例如女性和男性之间的差异——但哺乳男性的形象让斯托克的吸血鬼在另一方面同样令人不安。德拉库拉的传统角色是榨干个人身上最基本（被假定为兽性）冲动的人性。与传统角色截然不同，小说中，德拉库拉表现为"邪恶乳房"的化身，将异质鲜血的传染性他者特质，连同与现代文化定义的与人类物种繁衍相敌对的欲

1　温迪·布朗：《伤害的状态：晚期现代性的权力和自由》（普林斯顿：普林斯顿大学出版社，1995年版），第158页。

望一起，注入这个世界。[1]在《简·爱》这样的小说中，家庭作为解决社会矛盾的象征性手段让公民社会黯然失色，而《德拉库拉》反其道而行之，用一个彻底包容的社会来让家庭变得过时，由此终结了自由主义个人的政权。

对负面事物的否定

尽管斯托克的小说让我们几乎不可能从积极角度看待核心家庭的消亡，但欧洲文化的确向读者提供了这么做的方法。为了否定吸血鬼的负面含义，我们可能会转向对一种世界主义秩序的幻想，这种秩序在与现代民族主义争夺现代政治主导权的斗争中败下阵来，并最终被妖魔化。在1795年的《永久和
151 平论》一文中，伊曼纽尔·康德提出，代议制共和国是唯一能够依法律而非暴力进行统治的国家。康德主张，为了消除和专制

1 梅兰妮·克莱恩（Melanie Klein）对俄狄浦斯冲突早期阶段的阐述，包含了一段颇具启发性的描述：卧室场景中过度铭刻的阴茎与乳房的混淆，在斯托克笔下的吸血鬼身上得到了解剖学意义上的具现。克莱恩将这种混淆与以下事实相关联：性别化个体的形成，既意味着与母亲乳房的不可挽回的分离，又涉及对父亲阴茎的内摄（introjection）——这种状况引发了对母亲极其强烈的矛盾情感。这种矛盾情感表现为：乳房时而能带来完全的满足，时而又拒绝给予满足，从而激发了一种深刻且持久的破坏性幻想；在这种幻想中，孩子将自身的愤怒转向外部世界，认为这个世界提供的是毒药而非滋养。参见艾利克斯·斯特雷奇（Alix Strachey）译：《儿童精神分析》（*Psycho-analysis of Children*）（伦敦：贺加斯和精神分析学会，1973年版），第268—325页。

相关的冲突，法治必须超越国界，从理论上讲，应该包括全人类。因此，正如我在前一章里解释的，他请读者想象一个包罗一切的世界共和国，这个共和国保障所有人——无论其出身如何——都享有“普遍好客的条件”。根据他的解释，好客取决于“一个陌生者并不会……受到敌视的那种权利……并不是任何做客权利，”他继续道，“而是一种访问权利。这种权利向其他人索求，要求他们接受一个人加入他们的社会。”[1]康德认为，一个群体的欲望会抵消另一个群体的欲望，从而中和这些人群内部或人群间不可避免产生的冲突，“只要他们有智慧”。[2]一个世纪以后，当斯托克动笔写作时，情况想必已完全不同。人口从大都市核心向殖民地边缘迁移并再次返回，以及大都市中心之间的文化流通，显然让世界主义看似正在挑战国家的自治权，进而挑战民族主义原则本身。斯托克笔下的吸血鬼肆意践踏民族差异，把普遍好客的乌托邦幻想转变为一种排外幻想——一个国家欢迎陌生人，却最终成为不同于自身的存在，一个从内部被殖民的殖民者。

正如我此前所解释的，康德在19世纪初撰文时，把美洲的野蛮人置于可被人类共同体包含的那些人群的极限位置，理由

1 伊曼纽尔·康德：《永久和平论：一部哲学规划》，收于路易斯·怀特·贝克编：《康德文选》（新泽西，恩格尔伍德·克利夫斯：普伦蒂斯·霍尔出版社，1988年版），第436页；[译者注] 中译本见前揭书，第24—25页。

2 同上，第439页。

是食人族的行为彻底颠覆了“好客”所需的对差异的尊重。食人者将个体吞噬进一具复合躯体，从外部摧毁其个体性，而吸血鬼从外部进入个体，通过引入外来污染物摧毁其个体性。两者制造出的复合体几乎完全相同。因此，在这些小说里，食人族和催眠术、成瘾等形式一同出现。对大多数读者而言，将吸血鬼和食人族相关联的范畴性僭越，足以为我所探究的概念盖棺定论了。事实上，有人可能会问，在一个死者以生者为食的模式中，还能挖掘出什么新的可能性呢？

但我必须强调，这个问题还会引出其他问题：如果不存在所谓“新的想法”呢？如果新想法产生靠的只是我们从历史中挖掘残余素材并对它们进行重组，从而改变我们理解彼此关系
152 的方式呢？可以说，洛克和卢梭正是这样做的，他们各自提出一个国家模型，重新诠释了主权，从而把每个个人都想象成是他私人领域的主权者。两百年后，弗洛伊德提出，无意识心理通过类似方法对文化碎片或“白昼残余”素材展开重新加工，表达个体最深层、最私人的需求。[1]时间再快进五十年，到了20世纪下半叶，克洛德·列维-斯特劳斯把文化变迁解释为这样一种循环再生过程：各种范畴从早期素材中凝结成形，上升到主导地位，而当它们曾经象征性解决的文化冲突变得过时后，它

1　西格蒙德·弗洛伊德：《梦的解析》（*The Interpretation of Dreams*），詹姆斯·斯特雷奇译《西格蒙德·弗洛伊德心理学著作全集》（标准版）第四卷（伦敦：贺加斯出版社，1973年版），第165—187页。

们即随之消散。[1]紧随结构人类学之后，福柯的《规训与惩罚》把这种叙事转化过程转变为一种历史理论，就像驯马技术从一种单纯的骑术展示或战术手法，演变为社会工程的一种战略或方法，对工业资本主义所需特定人口的增长和维系至关重要。[2]

斯托克请我们倾听那些残余的、被压抑的、过去的、表面上消亡的事物，正如弗洛伊德、列维-斯特劳斯和福柯所做的那样。但与那些试图解释"外部的、过去的和消亡的事物如何侵入我们的心智并决定我们的欲望，从而决定我们如何想象未来"的理论截然不同，斯托克强调了一个令人不寒而栗的真相：以替代性亲属关系的形式将过去引入现在，很可能意味着我们作为自由主义个人的灭绝。我把斯托克和缺乏其末日论锋芒的20世纪理论联系起来，绝不是暗示他的这个预言过于夸张。我相信在这一点上他只是比多数现代理论家更直率而已。我想说的是，通过积极解读维多利亚时代小说中被蓄意贱斥的元素——那些被视作与小说协调自我和社会之间的紧张关系时所使用的术语相抵触的内容——或许能让我们收获重要启示。若要采纳一种积极形式、以真正全新的方法来概念化这一关系，就必然会使一切支持阶级、种族、性特征和族裔差异并使这

1 克洛德·列维-斯特劳斯：《神话如何消亡》（"How Myths Die"），《新文学史》第5期（1974年）：第269—281页。

2 米歇尔·福柯著，阿兰·谢里登译：《规训与惩罚：监狱的诞生》（纽约：古典书局，1995年版）。

些差异特征化的范畴变得无效。

毫无疑问，女性主义已经把我们带到文化史上的一个十字路口。进而言之，隐含着自我言说的权利，以及在特定界限内保持差异的权利。基于差异政治的论证思路，把我们间接地带回自由主义个人，并为我们赢得消极权利所赋予的权力：身体
153 不受侵犯的权利，不被剥夺代表权的权利，进而隐含着为自己发声的权利，以及在特定限度之内保持差异的权利。低估这些权利的价值，意味着违背一切常识，在当今的政治气候之下尤其如此。然而，另一条论证思路已在文学理论内部蓄势待发，准备挑战我们在人类范畴内部维系的种种差异基础上建立起来的关于身份认同的盛行观念。这一反驳观点颠倒了差异的概念，旨在强调：我们之所以共享某些东西，凭借的是我们对于现代家庭所自然化的文化规范做出的个体性偏离。[1]20世纪90

---

1 在《安妮·弗兰克和汉娜·阿伦特：普遍主义与悲悯情怀》（“Anne Frank and Hannah Arendt: Universalism and Pathos”）（收于维内·达瓦德克［Vinay Dharwadker］编：《世界主义地理》［*Cosmopolitan Geographies*］［纽约：劳特利奇出版社，2000年版］）一文中，莎伦·马库斯（Sharon Marcus）巧妙借用阿伦特的理论，挑战了大屠杀研究中普遍与特殊的对立二分法。根据马库斯的解读，阿伦特“提出了一种具有普遍性的人性定义，但同时剥离了普遍性对特殊性的困扰性排斥”。正如她阐释的：“阿伦特将普遍人性定义为‘复数性’（plurality）与‘诞生性’（natality）的条件…… 人类的共同之处在于世界，而世界仅存在于人与人之间，因此它需要——而非否定——个体间的差异与距离；每个人所代表的‘诞生性’，则是开启新事物、引发未知的可能性。”（第112页）马库斯进一步强调，阿伦特将大屠杀理解为“对人类多样性本身的攻击 —— 这种多样性是**人类身份**的根本特征，失去它，‘**人类**’或‘**人性**’这类词汇将失去意义”（第269页）。

年代，女性主义理论与批评开始共同提出一种论点，旨在证明，那些被指定为“有标记的”“特殊的”或“依附性的”身份认同，其实优于与之截然相对的规范性的男性个人，后者往往**依赖于**其依附者组成的家庭，来获得一种现实主义表象。根据这一模型的逻辑，支配性和从属性、普遍性和标记性，是同一枚文化硬币的两面。女性主义理论曾凭直觉捕捉到这一基本真相，它将价值被低估的（或者说，有标记的）术语圈定为自身理论的基点，却随着各类群体关于“女人是否有权以处于该位置者的身份发声并为该群体代言”的质疑声，最终又从这一信念中退缩了。

至此，女性主义文学理论已经把“女人”不折不扣地理解为一个占位符，用来指代所有那些在白人“直男”气质的范畴内感到不完全自在的人，包括白人直男自己。在拉康和福柯理论浸润下的一代读者充分理解，现代个人实现独特性的基础在于，他们要么未能达到自由主义个人的幻想所设定的人性标准，要么违抗了这种标准。换句话说，我们明白，女性主义与其说是关于我们自己，倒不如说是一场关乎有标记术语自身优先性的论证，这一论证有可能摧毁自由主义个人的幻想。正如我试图通过指出《德拉库拉》的乌托邦潜能来表明的那样，制定出更恰当的“人类”观念的诀窍在于，找到一种方式，以肯定性而非否定性的措辞来阐明我们所缺乏的东西：我们因始终且必然无法达到文化规范的标准——这种文化规范为现代个人所蕴含，并由核心家庭提供再生产——而获得的共同性。